JN146801

恋うた

百歌繚乱

万葉から江戸末期まで、浮かびくる恋のあかし

——和歌秀詠アンソロジー

松本章男

◉紅書房

恋うた・百歌繚乱——目次

恋うた
——百歌繚乱——

はじめに

和歌のアンソロジーを編みあげよう。発心したのは一九七〇年代のはじめであった。

学生時代はフランス文学を専攻、そののちも西洋の文学書と哲学書を読んだのだが、西洋の育てた思想からは生涯の糧としたいほどのものを見出せないでいた。しっぽを巻いて遠いみちのりを峠まで帰りつき、ふるさとを望見するような思いで、私は四十歳になっていた。『古事記』『日本書紀』をまず読み返して、神話の世界に生本能をゆさぶられた。次いで涙を流しつつ読んだのが鎌倉仏教六宗の始祖たちが書きのこしてくれたもの。私は禅思想と法然・親鸞に結晶される浄土教思想に安息をえた。心にゆとりが芽生えたところから、日本固有の民族性・情操・美意識などを掘り起こしたくなって、膨大な和歌の林のなかへ分け入った。

記紀歌謡・万葉歌から江戸末期の作まで、先人たちがのこしてくれている和歌を読み返し、先年、四季歌のアンソロジー、『和歌で感じる日本の春夏』『和歌で愛しむ日本の秋冬』の二冊を新潮社から上梓した。次いで書きあげたのが恋歌のアンソロジー、本書である。

今日に伝わる和歌はほとんど目をとおしているので、恋歌もおよそ二〇万首ほどを読み返したことになる。資料として項目に分け、ノートに書きとどめた歌数が三千首あまり。本書はそこから四七九首を撰んで、解読をほどこし感想をしるした。

古今集・仮名序に《わが恋はよむとも尽きじ有磯海(ありそうみ)の浜の真砂(まさご)はよみつくすとも》という。――わたしは数をよみ尽くせないほどの恋をしてきたので、思いのすべてをも歌に詠みつくせないほどです。荒磯の海辺の小石の数ぐらいなら、かぞえ尽くせるでしょうけれども――。素養ある日本人、在りし日の男女の多くがこのような心境にあったようだ。

スタンダールが恋愛を四つの類型、虚栄恋愛・趣味恋愛・肉体恋愛・情熱恋愛にわけて解析している。

和歌でもこの四つが詠まれてきた。往日、素養ある日本の女性は決して、男性社会のしがらみに虐げられるのみであったのではない。

自尊心・嫉妬心などから生じる虚栄恋愛。才気・洗練・繊細さが持続させる趣味恋愛。エロティスムの極限を追求する肉体恋愛。人生の至上で崇高な目的となって昇華する情熱恋愛。日本の男女、わたしたちの祖先も等し並みに、この四つの恋愛を三十一文字の和歌にうたいあげてくれている。

装　幀　木幡朋介
カバー画　山口蓬春「留園駘春」部分
（公益財団法人ＪＲ東海生涯学習財団提供）
見返し画　山本雪堂

相聞（一）

和歌では一組の男女が互いの私情を贈答のかたちで述べ合った詠作を「相聞（そうもん）」とよぶ。詠み交わされる私情といえば、おのずから恋愛感情が主となって、恋の相聞歌が数多く今日に伝わっている。

最初に、万葉歌から鎌倉初期の作にいたるまで、相聞歌を見ていただこう。日本人の先天的な恋愛感情と男女間の気心がいかに流動しているか、その微妙なおもむきを、相聞歌によって、まず味わい推し量ってもらえればとおもう。

あしひきの山のしづくに妹（いも）待つとわれ立ち濡れぬ山のしづくに　　大津皇子（おおつのみこ）

我（あ）を待つと君が濡れけむあしひきの山のしづくにならましものを　　石川郎女（いしかわのいらつめ）

古来の日本社会は多重婚。一夫一婦制にともなうような倫理意識は万葉期にもみられなかった。大津皇子は端正な容貌の気宇壮大な青年だった。男性は親しい女性を「妹」とよんだ。大津は異母兄、草壁皇子の恋人に一首を贈ったのである。

「あしひきの」は「山」に掛かる単なる枕詞（まくらことば）とされるが、「あしひきの山」といえば、足がおのずからそちらへ引き寄せられる、平素から馴染んでいる山、といった意味合いを私は汲みたい。第二句と結句に「山のしづく」が重ねてつかわれている強調ぶりにも留意をしよう。

――わたしは山のしずくがすぐに乾いてしまうように、いずれあなたから忘れられてしまう人間かもしれません。でも、わたしは今日もしずくのように涙を流し、あの場所にあなたを待って立ちながら、山のしずくにも濡れてしまったことです――。

――今日はお逢いできなくてすみません。せめて、わたしを待ちながらあなたがお濡れになった山のしずくになりたいものです――。

逢い引きは女性のほうが男性を待つのが通常であった。反対のこのばあいは密会だからで、石川郎女はすでに草壁皇子の妻となっていたのかもしれない。この二人の逢瀬（おうせ）の前途は短く、しかも多難であったようである。

ますらをや片恋（かたこひ）せむと嘆けども醜（しこ）のますらをなほ恋ひにけり　**舎人皇子（とねりのみこ）**

嘆きつつますらをのこの恋ふれこそわが結ふ髪の漬（ひ）ちてぬれけれ　**舎人娘子（とねりのおとめ）**

「ますらを」は男らしい青年をさす。舎人皇子は大津皇子の異母弟。長じて『日本書紀』編修の総裁をつとめた。舎人娘子は舎人の乳母子(めのとご)で、舎人家に仕えていた女性と考えられる。

――ますら男は片恋などするものかと嘆いてみるのだが、ろくでなしのますら男であるわたしは、これまで以上におまえを恋しくなってしまったよ――。

――嘆きに嘆いて、ますら男のあなたがわたしを恋い慕ってくださるから、わたしの結っている黒髪が濡れてほどけてしまったわ――。

特定の男性からつよく慕われたとき、ひとりでに、女性の髪型はくずれるという俗信があったようだ。

なかにゆく吉野の川はあせななん妹背(いもせ)の山を越えてみるべく　　**小野　篁(たかむら)**

妹背山かげだに見えでやみぬべく吉野の川は濁れとぞ思ふ　　**小野峰守女(みねもりのむすめ)**

平安朝第三代の嵯峨天皇が少年の篁を召して「子」の字を一二並べた料紙を示したという。「猫の子の仔猫、獅子の子の仔獅子」、篁はすらすらと読んだ。なるほど「子子子子子子(ネコノコノコネコ)、子子子子子子(シシノコノコシシ)」と読める。篁の非凡広才を伝えた逸話である。

父の小野峰守がこの篁をいまだ面識のない異母妹の家庭教師につけることにした。

平安期は通い婚・重婚が通常だった。母親を異にする兄弟姉妹がある年齢に達するまで顔を合わさないことも往々。近親不婚の拘束もない。適齢期がちかく初めて顔を合わせた兄弟姉妹には、血がかよい合っているからか、恋愛感情が生じやすかった。

篁が書見台の漢籍を読みあげる。異母妹の家は格式が高く、姫さまは御簾（みす）の内。遮蔽具の几帳（きちょう）まで間に立ててあるから、美しい顔が全く見えない。しびれを切らした篁は一首を御簾の下へ差し入れた。

――あなたとわたしの間を遮って流れる吉野川が干上がってくれないものか。妹山と背山がじかに向き合えるように――。

この当時、のちに夫婦の意味となる「妹背」は、なお妹と兄のことであった。篁は吉野川をへだてて対峙する妹山と背山に互いをなぞらえたのみならまだしも、「妹背の山を越えてみるべく」と詠んだのだから、妹と兄の関係を超えて互いに寄り添いたいという願望も見え隠れする。これは大胆な誘惑の表白とも解せられる。

姫さまは吃驚（びっくり）して返歌におよんだ。

――はしたないことを言われるのね。妹山も背山もその影が水に映らないように、吉野川が濁ってくれればいいと思います――。

警戒心が咄嗟にこの拒絶のポーズをとらせたのであろうが、ふたりの間には恋の感情がふくらんでいった。

つれづれのながめにまさる涙川そでのみひちて逢ふよしもなし　藤原敏行

浅みこそ袖はひつらめ涙がは身さへながると聞かばたのまむ　在原業平

平安前期に女性たち一般から好感され、その行実がとくに語り継がれた伝説上の人物を二名挙げれば、小野篁・在原業平ということになる。

業平は紀有常女を妻としていた。あるとき、妻の妹に敏行が求愛していること、義妹のほうも求愛に応えたいと思っていることを、業平は感知した。ところが、敏行から恋文を受け取っても羞じらいから義妹は返書をためらってしまう。業平は返書を自分で下書きし、義妹に清書させて、敏行のもとへ使用人に届けさせた。敏行はその手紙に感じ入ったのだ。そこで敏行の贈歌はいう。

――お手紙をもらった嬉しさに、何も手につかず物思いに沈んで涙を流しているわたしです。降りつづく長雨に川の流れが増水していますが、涙の川も水かさが増し、袖ばかりがびっしょり濡れて、いまはあなたにお逢いしようにも、身なりを整えるすべもありません――。

「つれづれ」は所在なく時間が経過するさま。「ながめ」には、物思いにふける意の「眺め」と「長雨」とが掛かる。「ひち」は「沾つ」の連用形で、びっしょり濡れる意。

贈歌の切々たる意を汲みとって舞いあがる義妹を、やすやすと相手を受け容れてはならないよ、と業平はさとす。

――川が浅いからこそ袖は濡れると申します。あなたの涙の川はわたしを思ってくださる心が浅いので、袖が濡れる程度なのですね。あなたのお体まで流されるほど深い涙の川なのだと聞いたならば、そのとき、あなたをお信じして頼ることにいたしましょう――。

この返歌もじつは業平の代作なのである。敏行は取るものもとりあえず駆けつけてきたのではなかったか。

秋の夜は春日わするるものなれや霞に霧や千重まさるらん　**在原業平**

千ぢの秋ひとつの春にむかはめや紅葉も花もともにこそ散れ　**染殿内侍**

業平の一代記『伊勢物語』では清和天皇女御となった藤原高子、さらに伊勢斎宮の恬子内親王にスポットがあてられているのだが、他にふたりの女性の存在を忘れられない。ひとりは生涯の伴侶であった紀有常女。いまひとりがこの贈答にみる内侍である。

――秋の夜には物憂く退屈だった春の日のことなど忘られてしまうのでしょうね。春のふんわりした霞にくらべて秋の霧は千倍もまさり、あなたをしっぽり心地よく包みこんでいるのでしょう――。

業平と内侍は仲違いをしていた。業平が斎宮とスキャンダルをおこしたこと、内侍が若い愛人をつくったこと、いずれもが原因。「秋の夜」は内侍が愛人と暮らす現在の夜。業平は「霞」に自身を「霧」に内侍の愛人をたとえている。

――わたしの秋のさまざまの体験をまとめるとしても、あなたと過ごした一つの春に相応するでしょうか。相応はしないと思うほどわたしは春を好みます。そうはいっても、秋の紅葉も春の花も、たちどころに散ってしまうのが気に入りません――。

係り結びで「散れ」は強調の「こそ」を受けた已然形。命令ではない。

贈歌・返歌いずれにも、元の鞘におさまりたい執着がうかがえる。秋の「霧」も気紛れ。内侍は気位も教養も高い女性であったから、男性の無節操を容認できない苛立ちをも返歌に覗かせずにはいられなかったのだろう。

年をへて住みこし里を出でていなばいとど深くさ野とやなりなん　**在原業平**

野とならば鶉(うづら)となりて鳴きをらむかりにだにやは君は来(こ)ざらむ　**紀有常女**

現京都市の東南部、山城国紀伊郡深草の里は、豪族の一つ紀氏にとって揺籃の地だ。業平は藤原氏（北家）が統治の実権を掌握してゆく国家体制に反目、紀氏一族も徐々に京都を離れて生活圏を紀伊国（和歌山県）に移していた。業平の妻のみは父有常が深草の里にわずかにとどめた土地に逼塞（ひっそく）したと考えられる。

通い婚でもあり意のままに居所を変えていた業平だが、最晩年は、ようやく深草の妻のもとに落ち着いた。

——この里に住み暮らして年月が経った。今日わたしが出て行ってそのままもどって来なかったら、ただでさえ草深いこの深草の里は、ますます荒れて淋しい野となり、この家も草の茂みに隠れて見えなくなってしまうだろうなァ——。

家集にみる詞書によれば、業平が「京都まで行って来る」とこの一首を示したところ、妻は即座に詠じたようだ。

——あなたに去られてここが野となったら、わたしは鶉となって、憂（う）、つら（い）と鳴いておりましょう。そうすれば、あなたはお好きな狩にかこつけて、仮そめにでも来てくださるのではないかしら——。

「鳴き」に泣きを含ませ、「かり」に狩・仮の双方を掛けてある。業平は妻のいじらしい返しぶりに感じ入り、去ろうかとする心が失せてしまったという。

この相聞は後世の歌人への浸透が大きかった。両詠を証歌とした作を二首添えておこう。藤原俊成は《夕されば野辺の秋かぜ身にしみて鶉なくなり深草の里》を自讃歌とし、藤原雅経は《深草や秋さへこよひ出でていなばいとどさびしき野とやなりなん》と詠じている。

石のうへに旅寝をすればいと寒し苔の衣をわれに貸さなん　小野小町

世をそむく苔の衣はただひとへ貸さねば疎しいざふたり寝む　遍昭

仁明朝の宮廷に女官として出仕したとされる小町は、男性たちの羨望の的、妖花であったらしい。その小町が石上神宮の別当寺に参詣。日も暮れたので一夜の参籠を余儀なくされたところ、のちの僧正遍昭がいまこの寺に滞在していると聞かされ、贈歌を思い立った。「苔の衣」は粗末な僧衣をさす。

——石上寺という名にあやかるからには、岩の上で旅寝をすべきかもしれません。でも、寒くてわたしには辛抱できないでしょう。遍昭さま、あなたの僧衣を寝具としてお貸しくださらないでしょうか——。

——俗世を捨てた僧が身につける衣はただ一枚。それも裏地のついた袷ならまだしも、ぺらぺらの単（ひとえ）です。さりとて、お貸ししないのも気まずい。えい、つべこべ言わず、二人して一枚の苔の衣をかぶり、抱き合って身体を温め合いましょうか——。

遍昭も磊落（らいらく）で融通無碍（ゆうずうむげ）、型やぶりな僧侶であった。

早くこのかみの十日も過ぎななむ二十日（はつか）にてだに三十日（みそか）なりやと
源信明（さねあきら）

はつかにて密（みそ）かならんと思ほえずのちや四十日（よそか）にならんと思へば
中務（なかつかさ）

中務の夫は冷泉天皇の摂政へまでのぼった藤原実頼（さねより）。この夫婦に睦まじい日々はつづかなかった。信明は中務の幼馴染み。薄幸な中務への同情が恋の火とかわって燃え立っていた。

——早くこの月の上旬が過ぎてほしい。二十日には色好い返事をもらって三十日には密会をしましょうよ——。

二十日に、ちらりと物の一端が見えることを意味する「はつか」を、三十日に、密会を暗示する「密（みそ）か」を掛けてある。信明にしてみれば、中務の堅い心をほぐそうと、精一杯、滑稽味をも利かせたのであろう。

——わたしたちはまだ、おっしゃるようにはこべる仲だとは思えません。契り合ってのち十日もすれば仲違いするのが落ちではないかしら——。

中務の返しは、四十日に「余所か」つまり無関係にもどるという意を掛けてある。信明は誠心誠意の恋が通じないのが無念やるかたない。中務のほうには男性の心は変わりやすいという不信感がある。そこのところが嚙み合わず、ふたりの仲は口喧嘩ばかりの日々がつづいた。とはいえ、実頼の桎梏（しっこく）が絶えた晩年、ふたりには大きな仕合わせがおとずれたようである。

雲井には渡るときけど飛ぶ雁（かり）の声ききがたき秋にもあるかな　井殿（いどの）

雲井にて声ききがたきものならばたのむの雁も近く鳴きなむ　藤原伊尹（これまさ）

井殿は中務の娘。確証はえられないのだが、贈歌の主を私は井殿だと思う。伊尹（これまさ）は実頼の甥。中務は将来の官位が約束されている貴公子と知り合う機会をつかむよう、平生、井殿を教育していたようだ。

——秋もたけなわ、南の国へ空を渡ってゆく雁をすでに見た人があるようです。雁の声を聞けば、わたしもそれと知ることができるのですが——。わたしに飽き（秋）をおぼえてしまわれたのかしら。でなければ、この家の前を通られるとき、生垣のむこうから声を掛けてくださってもいいのですよ——。

やさしく詠じて、巧みに相手の行為をうながしている。童が伊尹を追って届けたこの贈歌には、母中務の手直しが加わっているのかもしれない。

四半時（三〇分）ほどして随身が伊尹の返歌を持参した。あたかも雁の群れがゆくように、雁皮紙のうえに薄墨の文字が散らばっている。伊尹は政庁（雲井）に着くやいなや返歌の筆をとったらしい。

――雲の上をゆくので雁の声が聞こえないとおっしゃいますが、期待してお待ちなさい。そのうち、田の面に降り立つ雁が鳴きますから――。

頼む、田の面、双方が掛けてある。「たのむの雁」は井殿から期待されている伊尹自身である。

この相聞が交わされたとき、伊尹は二十二歳、井殿のほうは十七歳であったろうか。

わが恋は春の山べにつけてしを燃えいでて君が目にも見えなむ　藤原兼家

春の野につくる思ひのあまたあればいづれを君が燃ゆとかは見ん　藤原道綱母

兼家は伊尹の実弟でのちに摂政関白までのぼった。道綱母は兼家の妻妾のひとり。『蜻蛉日記』の作者で、わが国ウーマン・リブ運動の草分けといってもよい存在である。

——わたしの恋は春の山辺に付けた火のようなもの。激しく燃え出したところが、あなたの目にもはっきり見えているでしょう——。

早春には山焼き・野焼きがおこなわれていた。これは単刀直入な求婚の贈歌。

——春の野にはここかしこに野焼きの火が付いていますから、どれがわたしへの、あなたの思いで燃えあがった火なのか、見分けがつきません——。

求婚してくる青年はあなたばかりではない。親の権威を笠に着て自惚れないで、と返歌は言っているようだ。

兼家にはすでに正妻があったから、日記作者の家では、本人よりも両親がこの求婚への対応に知恵をしぼった。日記作者は両親の指図を守って兼家の出方を見た。

逢坂(あふさか)の関やなになり近けれど越えわびぬれば歎きてぞふる　　**藤原兼家**

越えわぶる逢坂よりも音にきく勿来(なこそ)をかたき関と知らなん　　**藤原道綱母**

——逢坂の関とは何なのか。ごく近くにあって人びとが越えてゆく。にもかかわらず、わたしは越えることができないで歎息の日々を送ることになろうとは——。

淡白な交際しか応じてもらえないことを愚痴る兼家に、返歌はいう。

――あなたが越えあぐんでいる逢坂より、奥州の有名な勿来のほうが越えがたい関だと心得てください――。

来る勿れ――。こんな冷たい拒否をしておいて、日記作者はほどなく兼家を招婿した様子なのだが、そこにはいかなる風向きの変化があったのだろう。

道綱母の父を藤原倫寧という。下級官吏であったこの父親が、娘の招婿成立から二カ月後、陸奥守に任じられ、勿来の関を越えて現地へ赴任している。この任官が兼家の通いを許す代替条件だったのであろうから、「勿来をかたき関と知らなん」は、ずいぶん意味深長な返歌であったことになる。

研ぎおきしさやの刀もさびにけり差してひさしきほどや経ぬらん　**小大君**

鉄よわみかへる刀に身をなしてつかのまもなく恋ひやわたらむ　**藤原朝光**

十世紀末から十一世紀初頭にかけては、赤染衛門・清少納言・紫式部・和泉式部などの目をみはる活躍をみた。小大君はこの名だたる才媛たちより少し先立って宮中をにぎわわした女流。朝光とはひととき恋愛関係にあったらしい。これは露骨な贈答だがご寛容のほどを。

――磨いておいていかれた鞘の刀にまで錆がきていますよ。お差しになって日も経ちましたから――。

宮中に小大君の局（私室）をたずねた朝光は、短い共寝をしたあと、差していた刀を局においたまま、今夜は御殿の宿直、と言って出て行った。数日そのまま顔をみせなかったらしい。――鉄のよわい鈍刀なので錆もきたのでしょう。刀身を堅くつよくして、ほどなくお局へ恋いわたらせていただきます――。

研ぐ・鞘・錆・差す・鉄・柄、すべて刀の縁語。そして、ことわるまでもないものの、刀は男根、鞘は女陰の隠喩。

あすならば忘らるる身になりぬべし今日を過ぐさぬいのちともがな　**赤染衛門**

遅れゐて何かあすまで世にも経む今日をわが日にまづやなさまし　**大江匡衡**

理想のカップルといえども、些細なことから仲違いして、夫婦生活の雲行きが怪しくなることがある。

一夜、「今日をかぎりに、もうこの家へは来ないから」と、捨て台詞をのこして去っていった匡衡が、いかに思い直したか、翌日の昼をすぎてもどって来た。無言のまま私室にこもって書物をひらく匡衡の膝元へ、赤染はそっと一首を差し出した。

――明日ならば、あなたに忘られる身とわたしはなってしまうでしょう。ですからいっそ、今日のうちに死んでしまいたいと思います――。

匡衡は即座に筆をとった。返歌をしたためたのだ。

――君に遅れて、どうして明日まで生きていられよう。とりあえず今日一日を、わたしと一緒に過ごしてくれないものだろうか――。

口頭のやりとりでは、このようなばあい、互いに意地があるから事態がなお紛糾するかもわからない。歌であってこそ素直に胸の内を述べ合える。歌を差し交わすことによって、ふたりは危機を乗り切った。

さて、ここで小休憩。次項では和泉式部の歌から味わっていただく。

相聞（二）

冷泉天皇の第三皇子が為尊（ためたか）親王とよばれる。和泉式部はこの親王と恋におちたが、親王は二十六歳で夭逝。和泉はときに二十五歳であったろうか。

故親王の弟、第四皇子の敦道（あつみち）親王が和泉のもとへ訪ねて来るようになった。故親王の思い出を語りあううち互いに心が慰められてゆく。ふたりは芽生えてきた恋情を秘め、頑なに故親王を追慕する姿勢をとる。しかし、互いがついに自制のことばを口にしたとき障壁は消えた。式部は几帳をはらって辷り入ってきた敦道（あつみち）を掻き抱く。これが和泉の生涯をかけた恋となった。

恋といへば世のつねのとやおもふらんけさの心はたぐひだになし　敦道親王

世のつねのことともさらにおもほえずはじめてものを思ふあしたは　和泉式部

――これを恋といえば、世間一般にいわれている恋の感情をあなたは想像されるでしょうか。

わたしの今朝の感情はそんなものではありません。世間の恋と比較できるような、なまなかな心境ではありません――。

――わたしも宮さまと全く同じ心境でございます。互いの将来を思う朝ですから、いっそう切なさもつのってまいります――。

この相聞ははじめて共寝をした翌朝に交わされた。

あな恋し今も見てしかやまがつの垣ほに咲けるやまとなでしこ（敦道親王）

恋しくは来ても見よかしちはやぶる神のいさむる道ならなくに（和泉式部）

ふたりは相手にたいする恋情を古歌に託して、古歌を贈答、墨の色も麗れいしく書き送る遊びをもしている。

――あァ恋しい、今も逢いたいなァ、山里に住む人の家の生垣の下に咲いていた山戸撫子のように、いじらしいあなたに――。

親王が古今集よみ人しらずのこの歌を贈ると、和泉は『伊勢物語』から一首を返した。

――それほど恋しいなら、越えてはならぬ垣を越えてでも逢いにいらしてください。恋路というものは、太古から霊威をふるってこられた神でさえ、かよってはならぬと禁じていられる道ではありませんから――。

現(うつつ)とも夢ともなくて明けにける今朝(けさ)の思ひはたれまさるらん　藤原定頼(さだより)
見ぬ夢もあらぬ現(うつつ)もおしなべてくだすや袖の涙なるらむ　相模(さがみ)

和泉には夫があって和泉守だった。夫のもとをとび出して為尊・敦道両親王との恋を和泉はつらぬいた。そこから、和泉守の妻のスキャンダラスな女官という意味で、彼女は「和泉式部」とよばれた。相模の夫は相模守。こちらは夫に任地へ帯同されたが、その相模の国から、京都に残した恋人へさかんに歌と手紙をおくったので、「相模」とよばれている。

定頼は前項の中務の歌でふれた実頼の曾孫。相模たち宮中の女官の憧れの対象であった。ここに採ったのは、相模がいまだ後宮にあって夫の目を盗み、密会をした翌朝の贈答である。

――現実とも夢ともいえないうちに明けた今朝のご気分はいかが。充ち足りた気分でいらっしゃいますか――。

「たれまさるらん」が含み深長。誰まさるらん、ととれば、今朝のふたりの切ない思いはいずれが大きいだろうか、と推量する意味になる。

――見てはいけない夢、現実であってはならない現実をも、すべてを涙として流しているのでしょうか。わたしの今朝の袖はうれし涙にびっしょり濡れています――。

相模は「足れまさる」を「垂れまさる」と移しかえてみた。昨夜の夢も現実も、ふたたび見てはならないし、あってはならない。返歌はそのように、涙とともに訴えてもいるかのようだ。

送りては帰れと思ひし魂のゆきさすらひて今朝はなきかな　**出羽弁**
冬の夜の雪げの空に出でしかど影よりほかに送りやはせじ　**源経信**

寛仁三年（一〇一九）からあしかけ五〇年間、藤原頼通が関白の地位にあった。この相聞と次の下野・俊綱の相聞は、その頼通時代の作。

雪の降り積もる深夜、出羽弁は共寝をした経信を、密かに後宮の局から送り出したのであろう。

――あなたがご自宅に着かれるのを見届けて引き返すと思っていたわたしの魂が、どこをさすらっているのか、もどってきません。今朝のわたしの身体はいまも抜け殻同然です――。

――冬の夜の雪模様の空の下に出たのでした。雪の道に難渋しないよう、あなたの見送ってくれている影（姿）をまぶたに焼きつけて帰ってきたものの、まさか、目にみえない影（魂）までが付き添ってきてくれたのだとは――。

あだ波の立ちは寄れどもうらなれぬ海女(あま)は深さを知らぬなりけり　四条宮下野(しもつけ)

吹く風に立つことやすき徒波(あだなみ)も浅き浦には寄するものかは　橘俊綱(としつな)

俊綱は頼通の一子で橘家を継いだ貴公子。後宮に姿をみせて新参のうら若い女官に目をつけたところ、古参の下野が現われた。

――殿方がいかほどに言い寄られても、あの乙女は波の立たない入江にさえ潜ったことのない海女のように、何ごとも未経験で、男女のかかわりの深さを知りません。なにとぞ、ほどほどに――。

――そうとは見えないのだが。風が吹くとただちに騒ぐむなしい波さえ、浅い入江には寄せないものだ。わたしは浮わついた心で近づこうとしたのではないのだよ――。

『源氏物語』「明石(あかし)」に、海辺の生活に慣(な)れている人という意味で、源氏が「浦なれたまへらむ人」と明石入道をよぶくだりがある。「うらなれる」の原意はこの浦慣れるであった。『源氏物語』が王朝社会で読まれはじめるとともに、和歌でも「うらなれる・うらなれぬ」は成句となって、この下野の贈歌のような用法がみられることとなった。恋愛体験の乏しいうら若い娘に性急に言い寄るなどしても効果はありませんよ、と女官下野は徒(あだ)し男をたしなめてもいるわけだ。「うらなれぬ」にこうして、世間ずれをしていない、可憐で初ういしい、といった意味が派生している。

逢ふことや今宵こよひとかよふまに空忘れして月日へにけり　源国信

あや莚おとなふまでも恋ひずしてまだきに床を忘るべしやは　皇太后宮大進

平安末期が近づいて、これは白河院政下の艶書和歌会より。

——逢い引きねぇ。今宵もこよいもと通ううちに、うっかり忘れてしまうこともあって、月日が経つようになりました——。

——まァ、寝具が音をたてるほど恋い慕いもせずに、早くも夜床を忘れることができるなんて、できないはずなのに——。

返歌の「あや莚」は掛詞を汲んで「あや、綾莚」と重ね読みをしよう。「あや」は、あら、なんとまァ。「綾莚」は模様のある寝具。「まだきに」は早くも。「やは」は反語。

堀河天皇が和歌に堪能な宮廷人、男女各一五名を清涼殿に召集して、恋歌の相聞をさせた。その一贈答だが、宮中にも閉塞感がしのびよる世の中となって、反って、捌けた催しがおこなわれたのか。

花見にときくに心のたぐふかな姿は苔にやつれはつれど　寂然

花のためかひなき身にてゆくよりは苔にやつるる人に見せばや　上西門院兵衛

寂然は西行と竹馬の友であり、同い年である。寂然の父が自邸でひらく和歌の月例会に、待賢門院に出仕する美しい姉妹、堀河・兵衛がかよっていた。頑是ない少年の二人、寂然は九歳年長の兵衛に、西行は十歳年長の堀河に恋心をいだいた。寂然は兵衛から、西行は堀河から、和歌の手ほどきを受けたともみられる。

崇徳上皇派・後白河天皇派の確執から保元の乱（一一五六年）が起こった。崇徳上皇の近習であった寂然はすでに出家、比叡山の別所の大原に隠棲していた。兵乱のあと、兵衛の身上を憂慮する寂然は大原から密かに入京、彼女が仕える上西門院の御殿をたずねた。

贈歌の詞書に「法勝寺へ花見にゆくとて、親しき人、出で立ちけると聞きて申しやりける」とある。想像するに、兵衛はたった今、女院に随伴して白川の花見に出向いたところだというので、寂然は顔見知りの舎人に贈歌を托し、舎人は歌の料紙をもって女院の一行を追ったらしい心証をうける。

——花見に出向かれたと聞いて、わたしの心だけは、すぐさまあなたのあとを追って連れ立っております。おちぶれ果てた僧衣姿はお目にかけませんけれども――。

「たぐふ」は類うで、連れ立つ意。寂然は風貌も痩せこけてしまっているので、痩けるという意をも「苔」に含ませたであろうか。

――白川の花にとっては、わたしなどが張り合いのない境涯の身で行くより、あなたに見てもらい、あなたのおやつれを癒やしたいことでしょう。あなたにお見せしたいのに、お見せできないとは――。

さかのぼる保安五年（一一二四）、白川の法勝寺へ宮中を挙げての盛大な花見御幸がおこなわれ、兵衛は指名をうけて花宴を言祝ぐ一首を詠進、喝采をあびたことがあった。寂然も記憶するにちがいないその日を回想するところに、兵衛は今現在を「甲斐なき身」と詠じているようだ。

戦勝した後白河派の検非違使たちが崇徳派同調者の行動に目を光らせていた。兵衛との再会を断念した寂然は、独り法勝寺へ立ち寄り、《しらかはのみぎはになびく糸ざくらこずゑになみのよるかとぞみる》と一首を詠じ、大原へ帰って行った。


西へ行くしるべと思ふ月かげのそら頼めこそかひなかりけれ　待賢門院堀河

立ち入らで雲まをわけし月かげは待たぬ気色や空に見えけん　西行

西行が出家したのは保延六年（一一四〇）二十三歳。翌々年、待賢門院の落飾に殉じて堀河も出家している。待賢門院が久安元年（一一四五）崩じて以降、堀河がやがて住まいとしたのは、長く仕えたこの女院の陵墓のかたわらに番所として建つ小庵だった。

あるとき、西行がこの小庵のそばを通ったと堀河の耳に伝わったのである。

——あなたは何のために西行と号しているの。西行さんだから、わたしは西方極楽浄土への案内役になってもらおうと、あなたを頼みにしてきたのです。それなのに、いずれ行くからと言って来ず、おまけに庵の前を素通りするとは。——浮き雲に隠れるお月さまね、あなたは。当てにならぬことを当てにさせるのがお上手なこと——。

この贈歌は本気で立腹などしていないが、物蔭から覗いてまでわたしに逢おうとした昔のあなたはどこへ行ったのかと、西行を揶揄している。

——なぜ立ち寄らなかったのかなァ。いま考えてみると、わたしという月の光があなたの庵にさしこまず、雲間を分けて過ぎてしまったのは、あなたが月などを待っていない様子が、空にまで見えたからでしょうね——。

西行の返しも堂に入ったものだ。すでに仏道修行を積んでいる西行は、往日の恋の炎が昇華したあとに何のわだかまりをも残していない。堀河のほうも心安さは同じ。遠慮のいらない二人の間柄の親密さがこの贈答には匂っているように思う。

心をば向かひの岸にかくれども寄せぬは老いの波にぞありける　　源頼政（よりまさ）

老いの波つひに寄るべき岸なればそなたを忍ぶ身とはしらずや　　小侍従（こじじゅう）

頼政の邸宅、小侍従が二代后多子（たし）に仕えながら住まう河原御殿、京市中を流れる鴨川を挟んで双方が向かい合っていた。嘉応二年（一一七〇）頼政・小侍従のこじれていた仲が旧に復している。ときに頼政六十八歳、小侍従は五十一歳。この贈答はその年以降に交わされた。

頼政には老いらくの恋が新鮮だった。もはや以前のような激しい媾合はできないが、互いにやさしく秘戯をつくしては夜の共寝を語らい明かし、月日が流れていた。

ときどき性行為がそれでもエスカレートしてしまう。頼政の詠は小侍従がいつもとちがう乱れ方をした翌朝に贈られている。

――屋敷にもどった今は、疲れがふき出してくたくたです。わたしの心をば常に向かい岸に住まうあなたに波飛沫（しぶき）のごとくかけてきたのだけれども、わが身に寄せ返ってくるのは老いの波ばかり。今朝というけさは、白旗をかかげましょう――。

――あなたという老いの波が最後に寄せてくだけるにちがいない岸はわたし。そんなふうに思ってあなたを受けとめている、このわたしの身だとはお気づきになりませんの。――悦ばせてくださるのは嬉しいのですが、昨晩のようなご無理は、どうぞなさらないように――。

小侍従の返歌から真情が伝わってきて、頼政はほろりとなったようだ。

けふとてもとはぬあやめの憂きなかにあらぬすぢこそうれしかりけれ　小侍従

日にそへてねぞみまほしきあやめ草あらぬすぢをば思ひかへして　源頼政

五月五日、端午の節句の贈答。この節句には菖蒲（あやめ）を薬玉などにして、とくに女性から男性に贈る慣習があった。小侍従の贈歌は「あやめ草にはあらぬ草につけてつかはしける」と詞書があって、頼政の家集に収められている。

――きょう一日はお屋敷で節句の行事にお過ごしになるでしょう。お逢いできませんね。あなたをお迎えしないわたしのあやめ（陰部）はつまらない夜をすごすのですが、そのほうがあなたの筋（陰茎）のためには好ましいことなのです。――どうかお筋をお大切に――。

菖蒲の長い根は強壮効果があるとされていたから女性は根を浸けた酒を意中の男性に飲ませたりもしており、「あやめ」は女性の陰部を「あやめ草」は陰毛を、それぞれ意味する隠語でもあった。頼政が壮年ならば菖蒲の長い根を贈るところを、老いの身の健康を思案して、小侍従は何かはしれないが他の薬草を歌に添えたのであったろう。

頼政はさっそく返歌している。

——日増しにまた、あやめの根を欲しい、あなたと寝たい、あなたの黒ぐろした陰毛が茂るところにも逢いたいとねがっていいます。陰毛が色も変わり薄くなったわが筋を頭のなかに浮かべながら。——節句の贈りものは、仕来りどおり、菖蒲の根を見たかったのに——。

「みまほしき」は、見たい逢いたい。「ね」には「根」と「寝」が掛けてある。


わが恋は細谷川の丸木橋(まろきばし)ふみかへされて濡るる袖かな　平通盛(みちもり)

ただたのめ細谷川のまろき橋ふみかへしては落ちざらめやは　上西門院(じょうさいもんいん)

寂然・兵衛が上述した相聞を交わして二〇年後のこと。上西門院はやはり白川の花見をしている。平清盛の甥のひとり通盛は、その花見で女院に随行していた、小宰相(こさいしょう)とよばれる若い女官を見初めたという。

通盛はくりかえして恋文を書き、使いに届けさせたのだが、なしのつぶて。意を決した通盛はあるとき、小宰相の乗る車に自分で結び文を投げ入れる。女院御所に着いて、狼狽している小宰相は結び文を女院の目の前で落としてしまった。

花の香をたきしめてあるその結び文から、筆づかいもあでやかな一首を、上西門院が読みとったのである。

――細い谷川に丸木橋がわたしてあります。わたしはその丸木橋を踏みそこなって谷に落ち、ずぶ濡れになるような恋、文をいつも突き返されて涙に袖を濡らす、そんな恋をあなたにしています。――お返事はついに頂けないのでしょうか――。

朽ち濡れている丸木橋は危ない。辷(すべ)って足を踏みはずす。男女の仲も結ばれるまでは蓋然性に乏しく、丸木橋をわたるようなものだ。「ふみかへされて」は、踏みそこなって、文を返されて、両意が掛けてある。

上西門院は言う。「この歌は逢ってもらえぬのを愁訴しています。女性があまり物堅いのはよしあし。あとに遺恨をまねきかねません」。そこで、女院自身が返歌をしたため、通盛のもとへ使いを走らせた。

――悲観しないで望みをもちつづけなさい。細谷川の丸木橋も何回となく踏みそこなわれているうち、橋そのものが落ちないはずはありませんから――。

この贈答がとりもった縁で通盛と小宰相は結ばれ、人も羨む仲むつまじい妹背となった。けれども、通盛はやがて一ノ谷で敗死、屋島に待って訃報に接した小宰相は、深夜、座船から海へ投身死している。

注連のうちに月はれぬれば夏の夜も秋をぞこむる朱の玉垣 法然

玉の井の氷のうへに見ぬ人や月をば秋のものといひけん 式子内親王

この両首は現実に贈答として交わされてはいないだろうが、相聞とみなす扱いを容認していただこう。法然・式子、ふたりの生涯を結びつけたその瞬間と場所を背景に詠じられている作だからである。

日本仏教はかつて、女性は男性とくらべて生まれながらにハンディをもち、男性と同様には死後の安息をえられないと理由づけるところに、苛酷な戒律を女性にたいして強いていた。因習ともいえるそれら戒律から女性を解放したのが、安元元年（一一七五）、法然による浄土宗の開教であった。諸院・諸社・貴人の邸宅に出仕する教養ある女性の集まりに法然はしばしば招かれた。そして、浄土経典に約束されている阿弥陀如来による女性の救済を法然は説いた。

法然の教えに啓発された式子は、かつて自身が賀茂斎院として奉仕した下鴨神社の神宮寺へ法然を招請。講筵がおわり、下鴨神社の境内を、ふたりは初めて親しく散策したのにちがいない。

――注連縄を張りめぐらした泉に月の光が澄んで、なんと涼しく厳かなことでしょう。夏の宵というのに、朱に塗られているこの玉垣のうちには、秋がすでに立ち籠めているかのようですね——。

「玉の井」は一般に伏流水の湧き出る泉をいう美称。下鴨神社には現在も、朱の玉垣をめぐらされて御手洗(みたらし)の泉が存続している。

——あの方に玉の井の氷を照らす月をお見せできないかしら。この月の光をごらんになっていないから、あのとき、月をば秋のみの景物のようにおっしゃったのだろう——。

式子は冬の月が好きだった。斎院として奉仕した少女時代、氷の張りつめた泉を冴え冴えと照らしていた月の光が瞼から消えない。年を経ても式子は懐かしい泉をときにおとずれ、この冬の夜は、法然と初めて逢った在りし日の思い出にも浸ったのであったろう。

ふたりがプライベートに逢える機会は容易におとずれない。そこで式子と法然は、現世はともあれ弥陀の浄土で、蓮の台(うてな)の上に再会しようという約束を取り交わしていた。

露の身にむすべる罪は重くとももらさじものを花の台(うてな)に　　式子内親王

露の身はここかしこにて消えぬとも心は同じ花の台ぞ　　法然

斎宮・斎院として神に奉仕した内親王は、一生をとおして人身の恋をしてはならなかった。

この禁忌を犯すのは罪になる。さらに式子は異母弟の道法法親王から要請され、真言の諸仏に結縁する「十八道」という護身の修法を果行しなければならなかった。これとて、浄土の教理に反する罪ではないかと、式子は自覚したことだろう。

贈歌は、露のごとくはかない人身であなた（法然）と来生を契るのもまた罪だとしても、必ず浄土の蓮の台の上に再会を果たさせてもらう、と言っている。来生の再会を取り逃がさない（もらさじ）を、秘めに秘めている恋を決して他人には気づかせまい（もらさじ）と掛けている歌体の巧みさも、式子らしい。

贈られてきた歌にみる成句を一つか二つもちいなおして、そこに相手にたいする意志をこめる。これまた返歌の作法だった。法然の返歌は見事に趣意が照応している。

式子内親王の薨去は五十三歳。法然はときに六十九歳であった。この贈歌を詠じた式子はすでに死病の床にあったのかもしれない。法然にも、専修念仏の停止と京都を追われる法難が迫っていた。

恋路のはじめ

古来わが国で、人びとが人生の目的として第一にもとめたのは、恋に生きることだった。和歌史をみれば、社会的な制約・慣習などにとらわれない教養ゆたかな男女の交わした自由恋愛が、うるわしい流れをみせている。

恋愛が結婚に帰着したばあい、夫婦同居はめずらしかった。圧倒的に男性のほうが女性の許にかよっているのだが、夫または妻が相手にかよう「通い婚」が慣例であった。男女双方のがわに重婚もみられ、親の意思が左右する政略婚もおこなわれたから、目まぐるしい。

恋愛と結婚のこれら形態のあらましに〔相聞〕の二項で想到してくださったのではないだろうか。

この項では、男女ともにどのような滑り出しで恋路をたどっているか、一五首の歌からその心理を覗いてみよう。

夢にだにまだ見ぬ人の恋しきは空に注連ゆふ心地こそすれ　よみ人しらず

いにしへはありもやしけむ今ぞ知るまだ見ぬ人を恋ふるものとは　よみ人しらず

――夢にさえまだ逢ったことのない人が恋しいのです。空のどこかを縄を張って占めるような、つかみどころのない、不安でもどかしい気分がしています――と、前首。

――昔はあったことかもしれませんが、わたしは今はじめての経験です。まだお目にかかってもいない人を恋い慕うことになろうとは――と、後首。

藤原定家によって『新勅撰集』恋歌の部の冒頭にこの二首が撰進されている。後首のほうは、身分の高い女性のもとに何者とも知れない男から呈されたとして、『伊勢物語』百十一段にみえる歌である。

『新古今集』を継ぐ『新勅撰集』の最初の奏覧は天福二年（一二三四）だった。老いた定家はこの勅撰集の撰考に精魂を傾ける過程で、自詠《かぎりなくまだ見ぬ人の恋しきはむかしやふかく契りおきけん》をものしている。定家のいう「むかし」の意は、前世。おそらく撰進両首が証歌となって脳裏を占めていたから、自詠をものしえたのであろう。

姿を垣間見た程度でまだ逢ったともいえない人がなぜか懐かしい。もしかすれば前世に結ばれていた人ではないだろうか。恋の滑り出しにそんな感情まではたらくことを、定家はよく知っていた。

夢よりぞ恋しき人を見初めつる今は逢はする人もあらなん　よみ人しらず
いさやまだ恋てふことも知らなくにこやそなるらん寝こそ寝られね　よみ人しらず
まだ知らぬ人をはじめて恋ふるかな思ふ心よ道しるべせよ　肥後

――夢にまで見たので、かねて噂に聞いてあこがれていた方を、ほんとうに見初めて恋しくなってしまった。このうえは、正夢であるように、逢わせてくれる人があらわれてほしいものだ――。

――さてどうしたことか、まだ恋ということを知らないのに、これが恋なのであろうか、寝ても眠られない――。

眠ることを名詞で「寝」、動詞で「寝」という。動詞の「寝」は「ね・ね・ぬ・ぬる・ぬれ・ねよ」と活用する。「寝を寝」は眠ることを強調する常用句であった。

――まだよく分からない。わたしの初めて恋をするあの方はどんなご身分なのだろう。あの方のことを思うわたしの心よ、道案内をしておくれ――。

『古今集』にはじまる勅撰和歌集は、「古今・後撰・拾遺・後拾遺・金葉・詞花・千載」までが平安期、鎌倉期にうつって「新古今・新勅撰」から室町期の「新続古今」まで二一集の成立をみた。「夢よりぞ」「いさやまだ」の二首は『拾遺集』所収。肥後の作は『千載集』に採られている。

心からほの見し人をしるべにてけふは恋路にまどひぬるかな　覚性法親王（かくしょうほっしんのう）

逢ひみてのあらましごとをながめして思ひつづけぬ夜半（よは）はあらじな　覚性法親王

――以前、わずかに見知って心にとめた女性があった。おもかげがその人に似ているのを手がかりに、今日は心のおもむくまま、恋路というところに迷い入ってしまったことだ――。

初句「心から」を、第二句・第四句に掛ける重ね読みをするところに、味わいの深まりが感じられる。

――最初の逢瀬（おうせ）から仕来り（しきたり）に直面する。その仕来りをぼんやり頭に描いて、いかに処すればよいかを思いわずらってしまう。せめて一晩でも逢瀬の仕来りなど心から離れてくれる夜があってほしいなァ――。

前途に予想される事柄・計画などを「あらましごと」という。「ながめ」の意は、ぼんやり物思いにふけること。

逢う約束の初夜はまだ先なのに「あらましごと」を考える作者は、平静な心を徐々に失っていたのであろう。

まだ知らぬこれや恋路のさがならんふみそむるより身のみ苦しき　俊恵

日かず経ば恋路の末やいかならん思ひたつより苦しかりけり　藤原季経

逢ふとみし夢の契りをたのみにてその寝覚めより思ひそめてき　飛鳥井雅有

男女の関係が「あらましごと」どおりに推移するとき、男性はさしあたって三夜、女性のもとにかよい、枕を交わした。ここに採る三首は、その初夜あるいは二夜の直前の感懐を詠じているとみてよいであろうか。

――いまだ経験のない泥濘をゆくような気がする。これが恋路というものの本来の地質なのか。踏み出したばかりなのに歩きづらく身体ばかりが苦しい――。

古語では「泥」をも「こひぢ」という。泥・恋路を掛け合わせたところが一首目の趣向。「さが」は本性、本来の性質。

――枕を交わす日数がこのままつもってゆけば、行く末はどのようになるのか。早くもそんなことまで思ってしまうから、恋路とは苦しいものだなァ――と、二首目。

――ふたりが逢って枕を交わす夢をみた。あの夢をよりどころに、ふりかえれば、夢の寝覚めから思い初めてしまったのだった――。

この三首目は、かつて夢にみた逢瀬を思いうかべ、現実に体験したばかりの初夜の余韻に浸っているかのよう。そんなうたいぶりである。

ふた夜にて止みなむともや思ふらんはかなくけふの暮れを待つかな　**源有房(ありふさ)**

ならはねばまだ知らねどもこれはさはあやしかるべきながめなるらん　**源通親(みちちか)**

三日(みか)の夜の餅(もちひ)は食(く)はじわづらはし聞けばよどのにははこつむなり　**藤原実方(さねかた)**

「あらましごと」は三日目となった。

――相手は逢って枕を交わすのを二晩だけで止めようとでも思っているか、決してそうではないだろう。とはいえ、確かな見通しのつかないまま今日の夕暮れを待つなんて、心もとないことだなァ――。

有房は「止みなむともや思ふらん」の「や」に反語の意をこめているだろう。

初夜・二夜は当事者ふたりのみがその自由意思で相手を観察し合うのが不文律だった。情愛がいかに深いか、器量がいかに優れているか、さらに身体そのものから局部にいたるまで、いわば相性をさぐり合う。その結果、男女いずれにも関係を清算する意思表示まで認められていた。

ここで、三日目の夜は、関係をつづけるならば女性のがわから迎えの使いを差し向ける約束になっていたのかもしれない。有房は心細い心境でその使いを待ったのであろうか。

——未経験だから、いかに対処すればよいかまだ分からない。そうはいってもこれは、なんと不思議な、としかいいようがない光景であることだろう——。

三夜目となると婚姻がほぼ成立したと女性の両親・眷族に判断されて、夜床のしつらえが一変する。通親は内大臣家の御曹子。婿取りをするがわは逃がしたくない。贅をつくした室内のありさまに通親は仰天絶句したのであろう。

この通親の作は「初恋」の題詠である。三夜目にのぞんだ心情が詠じられていると特定して、まず間違いはない。後鳥羽院政期、建仁元年（一二〇一）に和歌所でおこなわれた「歌合（うたあわせ）」に出詠されている。通親はすでに五十三歳だが、若き日に体験したこの三夜目、瞼になお焼きついている光景を題詠にふさわしいと思い起こしたのではなかったか。

——三日の夜の餅は食べないでおこう。食べてしまえば婿として自由をうばわれるから煩わしい。聞くところによれば、夜殿に母子餅をすでに母親が積み盛っているそうだ——。

この一首は、「よどのにははこつむ」に、淀野に出て母子草を摘む、夜殿に母子餅を積む

（盆に盛る）両意を掛けてある。

三日目の夜床を交わしたあと、新郎新婦は母子草を搗きこんである伸びのよい草餅を食べ、夫婦生活を誓い合う。「餅の式」といい、これまた「あらましごと」であった。「餅の式」を経ることによって別の日、新婦の家で改めて「露顕し」とよばれる結婚披露宴がおこなわれた。「露顕し」によって新郎新婦ともにずいぶん恋愛の自由を制限されてしまうことになる。それゆえに、実方は早くも三日の餅から遁走した。

本項では、よみ人しらずを別として、作者名の伝わる歌のなかではこの実方詠が最も古い。ちなみに、「悪事が露顕した」などという露顕（露見）は、この「露顕し」からきている。「三日坊主」という成句も三日の餅から生じたという説がある。

見送るとかなとに立ちし吾妹こが朝けのすがたいつか忘れむ　　**本居宣長**

後さらにまさる思ひはありなめどまづ嬉しきは逢ふよなりけり　　**木下幸文**

江戸期までくだっての歌を二首添えておこう。

——わたしを見送ると言って頑丈な門の前に新妻が立っていてくれた。あの夜明けの姿をそのうち忘れるだろうか、いや、いつまでも忘れはすまい——。

「かなと」は金戸、金具をもちいてつくられた門をいう。「吾妹こ」の「吾妹」は妻・恋人などをさして「こ」は親愛の情をくわえる接尾語。「朝け」はなお明けきらない早朝。「いつか」の「か」も反語の意をふくむ。

自由恋愛のみならず正式な通い婚であっても、男性は朝まだ顔の見分けがつかないほど暗いうちに、女性の許を去らねばならなかった。顔を他人に知られてしまえばそれだけで相手の女性の自由が制限され、いわば相手にたいする生活保障の義務が生じてしまう。

――恋路というものは辿るにつれて思いがいろいろ加わってゆくのだとしても、まず嬉しかったのは、逢うよ、逢いましょうよ、と言ってもらえたこと、そして、逢う夜がきたことでありました――。

きぬぎぬの別れ

愛し合う男女が一夜を共にして別れる翌朝を「きぬぎぬ」という。漢字で「衣衣」または「後朝」とも当てられる。

共寝をする男女は互いの衣服を袖の部分の重ね合わせで畳んでおいたり、相手の衣服を自分に掛け合って就寝した。朝が来れば元どおりに着せ合って別れることになる。そこに「衣衣」という表意が生じたようである。

そのうえ、共寝をして早朝に離ればなれとなる時刻そのもの、別れそのものをもさすところに、「後朝」とも表わされることになった。

この項では、業平の古今入集歌から江戸期の歌まで、採りあげる詠作をほぼ年代順に配するので、味わっていただこう。

起きもせず寝もせで夜をあかしては春のものとてながめ暮らしつ　　在原業平

しののめの別れを惜しみわれぞまづ鳥より先になきはじめつる　源寵（うつく）

――帰宅してからのわたしは、起きるでもなく眠るでもなく夜を明かし、春の景物である細い長雨にぼんやり目をやって、物思いにふけってしまいました――。

『伊勢物語』でも知られる歌で、『古今集』にみる詞書からも、いまだ恋愛経験の浅い業平が、夜半、暗いうちに女性の許から帰宅し、その日のうちに相手に贈った一首とわかる。

「ながめ」の語がふくむ意は〈相聞（一）〉の項、敏行の歌でみてもらった。

意中の女性と共寝をした男性は、帰宅後できるだけ速やかに、相手のもとへ歌なり感想なりを書き贈る。それが後朝（きぬぎぬ）のならわしであった。男性は昨夜の女性に愛をあらためて誓ったり、相手をねぎらう文言（もんごん）を贈ったりした。一首には初めての体験をさせてもらったのかもしれない相手への感謝がこめられているようにも思える。誰に教わったわけでもない。若輩の業平が早くも、このような後朝の「あらましごと」を身につけていた。

――夜が明けてゆく頃合いのきぬぎぬの別れが惜しいので、鶏（とり）が鳴くのをさしおいて、わたしのほうが先に泣きはじめてしまいました――。

馴れ初めのころの男性は、とにもかくにも、一番鶏が鳴くまでに女性のもとを去らねばならない。この歌も『古今集』にみえて作者は女性である。人目につくのを避けんがために寵の相手は帰り支度を急ぎすぎたのであろうか。

二つなき心は君におきつるをまた程もなく恋しきやなぞ　源清蔭（きよかげ）

逢ふことを待ちし月日のほどよりも今日の暮れこそ久しかりけれ　大中臣能宣（よしのぶ）

帰るさの道やはかはる変らねどとくるにまどふけさの淡雪　藤原道信（みちのぶ）

いにしへの人さへ今朝はつらきかな明くればなどか帰りそめけん　源頼綱（よりつな）

——二つとはない心をあなたの許に置いて帰ってきたばかりです。それなのに、いままた、あなたを恋しいと思う心が起こってきました。なぜでしょうか。心は二つあるのでしょうか——。

副詞「また」が効いている。「また」は、一つの状態が持続するところへ、さらに同様の状態がいま一つ生じたことを表わす。

——あなたと逢う夜がくるのを待った月日の長さよりも、ふたたびの逢瀬、今日の夕暮れを待つ時のほうが長いだろうと、すでに感じられてきました——。

詞書に「初めて女の許にまかりて、あしたに遣（つか）はしける」とある。作者もこの相手の女性も経験は重ねているのだが、互いの間では初の逢瀬であったのだろう。「ほど」は時間的な長さ。

――帰る途中、道はいつもと変わらないのです。けれども、あなたがうちとけてくださった嬉しさに夢心地だったわたしは、折から降りつのる淡雪が解けて身体をびっしょり濡らすのにはうろたえ、道を迷いそうになってしまいました――。

「とく」は、わだかまりが解ける、雪が溶ける。「まどふ」には、心が乱れる・うろたえる・道に迷う、などの意がある。

――昔の人であっても、初めての後朝はつらかったことでしょう。夜が明ければどうして、愛する人の許から帰るなどという行為を、昔の人は始めたのでしょう――。

この頼綱の歌にも詞書があって、「通ひそめての朝につかはしける」とみえる。

前二首は『拾遺集』、後二首は『後拾遺集』所収。四首はいずれも、女性の許から帰宅して直ちに贈歌したという、「あらましごと」をよくわきまえた作である。

人はいさあかぬ夜床にとどめつるわが心こそわれを待つらめ　源頼政

明けぬれどまだきぬぎぬになりやらで人の袖をも濡らしつるかな　二条院讃岐

――あなたのほうは、さあ、お気持はいかがでしょうか。これで満ち足りたということのない夜の床にとどめてきたわたしの心はきっと、わたしが現われるのを待ってくれているでしょう――。

「人はいさ」は常用の対句「心も知らず」を省略している。

――夜は明けてしまったけれど、なお互いに衣服を着せ合うこともためらわれて、相手の直衣(のうし)の袖をまで、わたしの涙で濡らしてしまったことです――。

頼政は摂津源氏の棟梁。〈相聞(二二)〉で一端を見てもらったとおり、平安末期きってのダンディーな武将でもあった。讃岐は頼政の一女。こちらも父の血をひいて、エレガントな官女であったと思われる。

明けぬなりはや帰りねといひながらなぞや心をひきとどむらん　覚性法親王(かくしょうほっしんのう)

帰りつるそのあかつきにまた寝して夢にぞみつる飽かぬなごりを　覚性法親王

――明けてきたようですよ、早く帰ってちょうだい。促してはおきながら、どうしてか、心を行かせまいとする。いや、そうでもないのかもしれないが――。

「なぞや」に疑問・反語の意がみえるから、別れぎわの機微を覗く妙味を感じる。

――帰ってきたのはまだ夜半。そのまま又寝をして、夢に見てしまったことだ。飽きることのない夜床のなごりを――。

この二首は家集に「後朝」の題詞で併置されている。作者は「明けぬなり」と「そのあかつき」を時間的に継続させているのかもしれない。明けてきたようですよ、と言われたのはなお夜半だったのだ。暁(あかつき)はまだまだ暗い。夜は、あかつき、あけぼの、あさぼらけの順に明けてゆく。

この法親王は仁和寺門跡。後白河天皇の同母弟、上西門院の同母兄にあたる。歌友の影響もあってか、前項でも二首をみてもらったように、法体の身で恋歌を好んで詠じた。

きぬぎぬにいまやならんのあらましに逢はぬ床さへ起きぞやられぬ　藤原季経(すえつね)

見るままにふせ屋のひまはしらめどもなほきぬぎぬになりぞわづらふ　源有房(ありふさ)

——相愛の男女がいまごろは互いに衣服を着せ合おうとしているかと「衣衣」を想像してしまうから、独りで夜を過ごした床であっても、起きあがろうにも起きづらいことだ——。

「あらまし」は「あらましごと」をいろいろと頭に浮かべる、その予想そのもの。

——目をやるにしたがって、夜殿の隙が明るくなってゆくけれども、相変わらず、起きあがって衣服を着せ合おうという気にはなりかねる——。

この有房詠のほうは「朝(あした)に遅く帰る恋」と題詞がともなう。「ふせ屋」はほんらい「伏せ屋」

であって、低い屋根をかぶっている家屋を意味する。作者は転用で「臥せ屋」と音読させ、夜殿（寝室）を想像させようとしているか。夜殿の障壁は板戸か蔀（しとみ）がはまるにちがいないから、屋内は暗く、細い隙間から線となった早朝の陽光が徐々に射しこんできていたのであろう。

明けぬとてかへりそめけむいにしへにかはる例（ためし）を今朝（けさ）はのこさむ　慈円（じえん）

きぬぎぬのつらき験（ため）しにたれなりて袖の別れをゆるしそめけむ　源家長（いえなが）

――夜が明けてしまうからと帰り始めた遠い昔に変わるならわしが求められる。あすの朝はわたしが遅くまでとどまって、先例をのこすことにしよう――。

「今朝」は、その朝、という意であって、かえりみるその朝もあれば、予測するその朝もある。で、夜半から念頭にする翌朝をもさす。

平安仏教は天台宗および真言宗。法親王が世襲した仁和寺門跡は、いわば真言総合大学学長という地位だった。慈円は天台座主を四期もつとめたから、こちらは比叡山大学名誉学長。慈円にも恋歌は多い。後鳥羽院の護持僧を兼ねたこともあり、歌会にしばしば名をつらねねばならなかったからである。新古今歌壇では、おもむきのふかい恋歌をも詠じることができてこそ、歌人としての地位も保証された。

――後朝の辛さを真っ先に誰が体験して、このように衣衣の袖を分かつ別れを、心を乱しながらも許し始めたのであろうか――。

家長は『新古今和歌集』が編纂されたとき、「開闔（かいこう）」とよばれて実務にあたり、収集されている資料の書庫番をも担った。《白妙（しろたへ）の袖の別れは惜しけども思ひ乱れて許しつるかも》という万葉歌をその書庫で見出し、一首を詠ずる証歌としたかもしれない。

人の寝しあとの枕の移り香にまたわかれじと添ふもはかなし 大内政弘（まさひろ）

むつごとにつきぬ思ひを書きやるも夢のうちなるけさの玉章（たまづさ） 後柏原院（ごかしわばらいん）

夢にだにまたもや逢ふと帰りてはうち臥すほかのなぐさめもなし 松永貞徳（ていとく）

――共寝をした相手との別れが辛かった。その相手がつかった枕に匂う移り香に、別れまいと再び寄り添ってみる。これもまた虚しく、はかない――。

政弘は室町期の守護大名。一国の城主なのだから、通ったのは女性のほうではなかったか。時代はくだり、恋歌は詠じる行為そのものが技巧化もして、男性が立場を女性のがわに代えて作った歌も見出されるようになっていた。この作をその種の一首とみるむきがあってもよいと思う。

――ふたりだけの秘めごとに尽きない思いを書き添えるのだが、それは夢のなかの出来事、目覚めてみれば、かりそめの後朝の玉章だった――。

「むつごと」は睦言、寝室での男女の語らいなど。「玉章」は、手紙・消息の類。

――せめて夢にだけでも再び逢えるかもしれないと、帰宅したからには、とにもかくにも寝る以外に心をなごませてくれるものが見出せない――。

「だに・もや・ては」、副助詞と連語の用法が絶妙。含蓄を味わおう。

待ちに待つ宵

きぬぎぬの別れは一番鶏の声を聞くほぼ直前があらましであった。夕暮れの逢瀬は戌（いぬ）の刻（いまの午後八時）の晩鐘を合図に訪いつ訪われつする。そういう男女が多かったようである。

和歌の歴史は、当然ながら、時代がくだるにつれて詠作される主題が細分化をみせている。恋歌では「後朝恋・別恋」の詠作が定まったところに、「待夕恋・待恋」といった題詠もはじまった。

月夜よし夜よしと人に告げやらば来（こ）てふに似たり待たずしもあらず　よみ人しらず

さりともと十（と）ふのすがごもあけて待つ七（なな）ふに塵（ちり）のつもりぬるかな　源師光（もろみつ）

――月が澄んで美しい、すばらしい夜ですよと、あの人に告げる使いをやれば、まるで来てちょうだいと催促していることになる。でも、待っていないというわけではないのだから――。

「来てふ」の来は動詞「来(く)」の命令形。「てふ」は「といふ」の約。

——そうであるからといって、十編(とふ)の菅(すげ)むしろをもわたしが空けて待つとすれば、きっと七編に塵がつもってしまうだろうなァ——。

前首は古今入集歌。こちらは平安末のざれこと歌。編目が十筋からなる菅むしろが「十編の菅菰(すがごも)」で、奥州の名産として知られていた。《みちのくの十編のすがごも七編には君を寝させて三編(みふ)にわれ寝む》という古歌をふまえているところに、「さりともと」の意がうなずけて、微苦笑をさそわれる。

待ちしころまちならひしに夕暮れは待たれぬときもなほまたれけり　藤原忠良(ただよし)

この暮れとたのめし人は待てど来ずはつかの月のさしのぼるまで　後鳥羽院

——あの女性がわたしを待った時期、わたしも逢瀬の時刻が迫るのをひたすら待ったから、夕暮れが来るのは、待たれることのない現在ですらやはり、ついつい待つことになってしまうのだ——。

なぜ自分はこうなのかという理由に気づいた心情が巧みに詠じられている。

——この夕暮れに来てくれるとあてにした人が待てども来ない。やっと姿はみせてくれたのだが、夜更けの月がのぼってからだった――。
「はつかの月」すなわち二十夜の月は「更け待ち月」とよばれて、月の出は午後十時ごろとなる。

　後鳥羽院は正治二年（一二〇〇）から翌年にかけ、『新古今和歌集』撰歌資料蒐集の目的で当代の有望歌人を糾合する大きな催しをした。『正治初度百首』と『千五百番歌合』がそれ。忠良の前首は『千五百番』への、後鳥羽院自身の後首は『正治初度』への、それぞれ出詠歌である。

　後首では〈相聞（一）〉の項から信明・中務の贈答を思い起こしていただきたい。物の一端が見えるさまを形容動詞の「はつか」は表わす。そこで後首に、――密会の相手として期待をかける女性が今まで誘いに乗ってくれなかったが、誠意の一端をみせたので、やっとその気になってくれた――と、こういう賞玩も可能になる。

待ちわびてひとりながむる夕暮れはいかに露けき袖とかはしる　　**宗尊親王**

今宵とへや後の幾夜はいくたびもよし詐りにならばなるとも　　**伏見院**

――あなたを待ちくたびれて独り物思いに沈む夕暮れは、どれほど衣の袖を涙で濡らしていることか、あなたはご存じでしょうか、ご存じありますまい――。

証歌として百人一首から道綱母の《歎きつつ独り寝（ぬ）る夜の明くる間はいかに久しきものとかはしる》を対比させていただくとよい。

――今夜だけは間違いなく来てくれないか。今後の幾晩もの「行くよ」は、何回も、ままよ、空約束になるならなるとしても――。

前項で言及したように、詠作の技巧化がすすむにつれて、男性歌人が立場を女性のがわに代えて恋歌を詠じている。宗尊（むねたか）親王の前首はその典型ともいえよう。本項では以下、主題の性質もあって、立場転換の作をくりかえし味わっていただくことになる。

おのづから詐りならで来るものと思ひ定むる夕暮れもがな　**二条為世（ためよ）**

疑はでこの夕ぐれは待ちやみむさのみは人もこころかはらじ　**二条為世**

――まれにでも、空約束でなく来てくれるものとはっきり信じることができる、そんな夕暮れがあってくれたらいいなァ――。

――疑わないでこの夕暮れは待ってみよう。あの人もそうは無闇と心が変わるはずはないだろうから――。

両首ともに「待恋」の題詠である。「おのづから」の意は、たまに・まれに。「待ちやみむさのみは」は音韻を整えようとした「待ちみむさのみやは」の語順変え。「さのみやは」は「然のみ」の反語的表現で、そう一概には。

宵の間はさりともとこそ待たれつれ心つきぬる鐘の音かな　藤原定房

思ひやる寝覚めもいかがやすからん頼めし夜半のあらぬちぎりは　進子内親王

——宵のうちは、先詠の轍は踏むまい、もしや来てくれるのではと、待ちに待ったのだった。しかし、晩鐘の音に不意を衝かれることになって、ついに辛抱づよいわたしの心も尽きてしまったなァ——。

「さりとも」は、すでに存在する事態を是認したうえで反対の事態が起こらないかと予測する表現。定房は古詠をもとに「さりとも」と師光が十編の萱菰を空けて待った結果の反対を、ふたたび「さりとも」と期待したわけである。

ちなみに鐘のひびきは、感動をともなわず耳にするとき「鐘の音」と詠み、感動しながら聞くときは「鐘の声」と詠む。

——眠られないまま思いめぐらす相手、つれないあの人の寝覚めも、どうして安らかなものでありえようか。堅くわたしと約束しておきながら、今夜は他の女性と交わっているにちがいないから――。

一夜（ひとよ）にもうき偽りはしらるるに何の恃（たの）みにたへて待つらん　頓阿（とんあ）
立ち濡るる山のしづくにあらねども待つ夜は袖のかわくまぞなき　頓阿

――ただ一夜でも無情な虚言は察知できるのに、わたしは何を拠りどころとして、夜がくればいつも、つらい思いをこらえながらあの人を待ってしまうのであろう――。
――立ちつくすから濡れる山のしずくならまだしも、そうではなく、あなたを待つ夜は、嬉し涙をもよおして袖が濡れてしまい、乾くひまがありません――。

前首は「連夜待恋」の、後首は「待恋」の題詠。後首を詠じた作者の脳裏に、大津皇子の〔相聞（一）〕の冒頭にあげた歌があるのはいうまでもない。

訪はぬ夜のつもるにつけて変はらじといひしばかりをなほ頼むかな　中山満親（みつちか）
夜なよなをかさねてぞなほしられぬる待ちよわる身も心つよさも　飛鳥井雅世（まさよ）

——あの人が通ってこない夜が多くなるにともなって、いつまでも気持は変わらない、と契ってくれたのを思い起こし、愚かにも、よりいっそう、そのことばだけを頼みとしてしまう——。

——夜ごと夜ごとを経るにつれて、ますます思い知るようになった。待ちくたびれてわが身の気力が弱ってきていることをも、相手が片意地でしぶといことをも——。

この二首は最後の勅撰『新続古今和歌集』より。前首に「契待恋を」、後首に「連夜待恋といふことを」と、詞書が添う。

ときならずあらましにのみ待つことをけふとて恃む夕暮れもがな　宗祇（そうぎ）

苦しくも待つ夜ぞふくるせめてさは訪（と）はじとつぐる音づれもがな　猪苗代兼載（けんさい）

思ひきや立ち待ち居待ち待ちかさね独り寝待ちの月を見むとは　香川景樹（かげき）

——日も時刻も定まらず不意に現われるので、つねに予想だけで待つのだが、前もって逢瀬の時刻を決め、今日と定めて目当てにする、そのような夕暮れもあってほしいなァ——。

言及してきたとおり「あらまし」は前途の計画・予想などをさす語だが、含意がひろく、「あらましに」と副詞的に用いるとき、前もって決定して、という意にもなる。「ときならずあらましのみに待つことを、あらましにのみけふとて恃む」と二重読みをした。

——辛いことに、待つ夜ばかりが更けてゆく。せめてこんなことなら、今夜は行けないと告げる使いの音信だけでもほしいのに——。

音信（おんしん）（便り）が古くは音信（おとづれ）であった。音連（つ）れる・音ずれる・訪（おとず）れる、とも推移している。

——思いもしなかった。十七夜・十八夜と待ちに待ち、独り十九夜の月を見ることになろうとは——。

夜空の月は十五夜から、いざよい（十六夜）立ち待ち（十七夜）居待ち（十八夜）寝待ち（十九夜）とよばれてゆく。「寝待ちの月」は「立ち待ちの月」より一時間半以上も遅れて中天にかかることになる。

意中の女性をも、初夜は門口で立ち待ち、翌夜は書斎で居待ち、さらに次の夜は寝所で臥し待ちをしたというおもむき。この景樹の一首もまた「連夜待恋」の題詠である。

恋は久しく老いるまで

恋という名の感情が言動となって趣くさきに終着点は存在しない。歌人たちは憧れを切らさない、長い年月をかけて思い慕う老いらくの恋までした。

たとえ、一つの恋を清算したとしても、そのとき歌人たちは同時に、新たな恋路の振り出しにもどっている自己を見出した。こうして、歌人たちは老いの繰り言としてまで恋への執着を詠じている。

まず万葉歌の二首から味わっていただこう。

娘子(をとめ)らが袖ふる山の瑞垣(みづがき)の久しき時ゆ思ひきわれは　**柿本人麻呂**

こともなく生き来(こ)しものを老いなみにかかる恋にもわれは逢へるかも　**大伴百代(ももよ)**

――乙女たちが袖を振る布留(ふる)山の石上(いそのかみ)神宮。あの古い社(やしろ)にめぐらされている瑞垣に劣らず、久しい昔からあなたを恋しておりました、わたくしは――。

「娘子が袖ふる」は巫女(みこ)の舞姿を形容したのであろう。布留の社(石上神宮)といえば大和朝廷の黎明期から存在した最古の神社であり、「瑞垣」は神聖な境域を仕切る垣根の美称。人麻呂はそれにしても特異な表現をしたものだ。「娘子らが袖ふる」が序詞として布留にかかり、さらに上句五七五全体がこれまた序詞となって「久しき時」を修飾している。

――何の災いにも遇わない平穏な日々を生きてきたというのに、老い先も短くなってから、こんな苦しい恋にもわたしは悩むことになってしまったよ――。

「老いなみ」は老次(なみ)・老波の双方。老人の仲間入りをして・老い波が寄って。

年ふれど人もすさめぬわが恋や朽ち木の杣(そま)の谷のむもれ木　藤原顕輔(あきすけ)
瑞歯(みづは)さすのこりもしらぬ老いの世をやさしや恋にあやなこがるる　藤原教長(のりなが)

――長い年月が経ったけれども、わたしの恋を心にとめようともあの人はしてくれない。わたしの恋は、木樵りたちが宮材(みやき)を流す渓谷に見捨てられ埋もれている、腐った廃木のようなものだ――。

木樵りたちが宮材を切り出す山を「杣」という。ほんらい「朽木(くちき)」は平安京へ送る宮材を切り出していた西近江の山峡の名。ここでは朽ちた木・腐れ木の意を掛けている。
——瑞歯が生え出てきているので、死に遅れてまだ少し生命を保つのだろうか。その老残の日々を、身がさらに細るほど恥ずかしいのだが、なんとまァ、わたしは恋になお胸を焦がしている——。

「瑞歯」は永久歯が抜け落ちてから老人にふたたび生える歯。長寿のしるしとしてめでたいとされた。「やさし」は、恥し。身が細るほど恥ずかしい、という意。

昔われ振り分け髪を見てしより恋にみだれて老いぞしにける　藤原季経

色に染む心は同じ昔にて人のつらさに老いを知りぬる　藤原隆信

和歌の題詠は、歌会がもよおされ、歌合・定数歌の競作がおこなわれたところに発展をみせている。「歌合」は歌人集団が左右に分かれ、双方から一首ずつ詠作を出して二首一番の組み合わせをつくり、それぞれの番に勝負をつけた。この二首は建久四年（一一九三）、『六百番歌合』に「老恋」の題で、季経詠が左歌・隆信詠が右歌として番われている。

——その昔、あなたの振り分け髪を見た当時から、わたしの心はあなたを思う恋に乱れて、そのままこのように年老いてしまったのです——。

「振り分け髪」は男女ともに左右に分けて肩のあたりで切りそろえていた童児の髪型。女子は十三、四歳となったとき、成人したしるしとして、垂れ髪を結いあげるならわしであった。

『伊勢物語』二十三段に季経の心を奪っていたにちがいない女歌がある。《くらべこし振り分け髪も肩すぎぬ君ならずして誰かあぐべき》。歌意は——あなたと長さくらべをしたわたしの振り分け髪も、肩から下へ垂れるまでになりました。誰のために髪上げをいたしましょう。あなたのためにしたいのです——という。季経はこの証歌の作者、まぼろしの女性に心を乱しつづけたのではないだろうか。

——女性美に惹かれ魅せられる心は昔となんら変わるところはありません。というのに、今はどの女性からも邪険な扱いを受けるこの身です。女性がたから相手にしてもらえない辛さに、しみじみ老齢を感じてしまいます——。

隆信は似せ絵の名手。壮年のころまでは、己が容姿を描いてもらおうとねがう後宮の女官たちから、引っ張り凧だった。そういう隆信の往日を知る歌合の会衆はこの歌に首肯した。

番としての勝負は如何。左歌は振り分け髪に心が乱れたとは年月が経過しすぎているという理由づけで、隆信の右歌の勝となっている。

年ふれど恋はをはりもなかりけり思ひ染めしは初めなりしを　　**藤原宗隆**

この世には年はふれども恋ひわびてかひなき名をやなほのこすらむ　**慈円**

翁さび人はすさめぬ年をへてことわりしらぬ恋もするかな　**祝部成茂**

――長い年月が経ったというのに、恋にはこれが終わりという時は来ないようだ。深く心に思いつめたのが、恋の初めであったけれども――。

六百番歌合より遅れること二年、『民部卿家歌合』に「久恋」の題で宗隆のこの作は出詠された。「久恋」という題が歌会でもてはやされてゆく切っ掛けをなした一首ともいえる。

――この現世には、長い年月を過ごすことになるとしても、わたしはただ恋に苦しんで、名をとどめても何の役にも立たない、空しい名だけを残して死んでゆくのであろうか――。

慈円はなにしろ天台座主。このような述懐にはさすがに驚かされるが、じつは初度の座主となる以前、僧俗両様のなりわいであった壮年期の作である。

――年寄り臭くなり、愛し合った人に見捨てられたのも過去となって、それでもわたしは、世の常の条理をわきまえない恋をすることになったなァ――。

「翁さび」の「さび」は老人らしい雰囲気をもつことをいう。

幾世へぬ袖ふる山のみづがきに越えぬ思ひの注連をかけつつ　**藤原定家**

思ひつつ経にける年のかひやなきただあらましの夕暮れの空　後鳥羽院

建仁二年（一二〇二）、後鳥羽院は水無瀬殿に定家を召して、十二首六番から成る二人だけの歌合をおこなった。定家が左、自身が右、「水無瀬釣殿当座歌合」とよばれている。この二首は最終の六番目、「久恋」の題詠である。

——あの人が袖を振って誘ってきても間違いを犯さないでおこう。わたしはそう自分に言い切かせる思いで、布留の社に結界の瑞垣が幾世を経てめぐらされているように、越えてはならない標示の縄を、今もあの人とわたしの境界に掛けつづけて来ているのであるから——。

左歌の意であろう。証歌はもちろん、本段冒頭の人麻呂の詠である。

さて、後鳥羽院が右歌を「思ひつつ」と詠み出したのは、定家詠が「注連をかけつつ」と結んでいるのを見つめた結果だと思える。接続助詞の「つつ」がいずれも状況・行為が継続中であることを表わしている。院はそこに照応をまず意図したのではなかったか。

「かひ」は甲斐、すなわち効き目。万葉歌《暇(いとま)あらば拾(ひり)ひに行かむ住吉(すみのえ)の岸に寄るといふ恋忘れ貝》が知られていたから、「貝」の意までほのめかせてあるとみるのもよい。摂津の住吉(すみよし)神社は和歌にゆかりが深く、恋を忘れようとする歌人は、当社に参詣、社殿の背後の浜に出て空貝を拾(ひろ)って帰るという習俗があった。

「ただ」は直であり徒、早くも・むなしく、二つの意をみせる。「あらましごと」に関連してすでに言及してきた。ここでは、将来についてあれこれと思いをめぐらせる形容。

そこで右歌はこのように味わいたい。

――あの人を思いつづけて過ごして来ている年月の効きめとてなく、あの人を忘れようと空貝を拾った効きめも著われてくれない。今日もまた逢える見込みはなく、この恋の将来はどうなるかとむなしく思い煩ううち、気づいてみれば、早くも空は夕暮れとなっていることよ――。

ところで、この当座歌合の一番は「河上夏月」の題詠であって、定家の左歌は《高瀬舟くだす夜川のみなれ棹とりあへず明くる比の月かげ》と詠じられている。「みなれ棹」とは、水に馴れた棹。「とりあへず」は、たちどころに。歌意は――高瀬舟がくだってゆくよ、夜の川を。棹からあがる水しぶきが月にきらめくが、夏の夜は短く、たちどころに明けてしまう。夜が白んで水馴れ棹の月の光も移ろってゆくことよ――といったおもむきであろうか。

後鳥羽院は一番冒頭の定家詠から「とりあへず明くる比の月かげ」の語句に魅了された。つまるところ、これに照応する語句をもって結句とし、最終六番をしめくくりたいと、そう意図したにちがいない。

たちどころに明ける夏の朝。早くも暮れる秋の夕べ。辛苦のすえに想到したのであろう「ただあらましの夕暮れの空」は、なんと至妙な表現であることか。

定家は和歌の風体を十様に分類して、「十体のなかに、いづれも有心体(うしんたい)にすぎて歌の本意と存ずる姿は侍らず」とも、「ひとへにただ有心の体をのみ詠むべしとおぼえ候」とも言う。「幽玄」などと同様、歌論上の「有心」は時代とともに意味概念の変遷をみせるが、定家のいう「有心体」は、歌の詠じられている形象の表面へ、作者の心の働きそのものが奥深くから滲み出てきている風体、とでもいうのが似つかわしい。

定家はおそらく、「河上夏月」「久恋」いずれの自詠をもいまだ幽玄の域にとどまると認ずる一方で、後鳥羽院の「久恋」の詠にはすでに有心に達している風体を見て取ったのではなかったろうか。

へだてける心もしらで瑞垣の久しきなかと頼むはかなさ　頓阿

いかにして人にむかはむ老いはててかがみにさへもつつましき身を　細川幽斎(ゆうさい)

——わたしを遠ざけてしまっている相手の本心をも知らないで、定家卿も詠じているように、二人は間違いを犯すまいと互いに自省したところに長くつづいてきた仲なのだと信じるこの思いの、なんとはかないことか——。

これまた題詞は「久恋」。定家の先詠と合わせ味わえば含蓄が深まるといえるだろう。

——どのように振る舞い、あの人に対面すればよかろうか。老いさらばえて、鏡の前に立つのさえ気後れがする身をもってして——。

この一首には「恥身恋」と題詞が添う。「つつまし」は、慎まし。意は、気後れする・遠慮がちな・恥ずかしい、など。

伊勢・和泉式部

伊勢は古今時代を代表する女流歌人。宇多天皇の後宮で中宮の温子に出仕、父が伊勢守であったから、伊勢とよばれた。自立心が旺盛で、恋愛というものすべてにフェティシスムをみてよいとすれば、伊勢のそれは年下志向であった。

宇多天皇は女御の胤子とのあいだに、敦仁（醍醐天皇）・敦慶、ふたりの皇子をもうけている。伊勢のたゆまぬ情愛は十三歳年下の敦慶親王にそそがれた。

まず、百人一首でも知られる絶唱から味わっていただこう。

難波潟みじかき蘆のふしのまも逢はでこの世を過ぐしてよとや

蘆は節と節との間隔が狭いが、汽水域に自生する蘆は屈強で丈低く、ことに節の間隔が詰まっている。伊勢が後宮で見慣れた玉簾は上質のものだから難波潟の蘆で編まれていただろう。

上句五七五は短いうえにも短い間隔をいう喩えである。「てよ」は完了の助動詞「つ」の命令形。「とや」は格助詞・間投助詞の連語で、聞いたことを確かめ直す、強い疑問の意を表わす。
――淀川河口の洲に茂る蘆の節の間隔のように短い一瞬の時間であっても、あなたとご一緒していたいのです。逢わずにこの夜を耐え忍べ、日々を過ごせ、とおっしゃるのですか。まさかそんな酷いことを――。

もちろんこの一首は敦慶親王に投げかけられている。

伊勢は皇子を産めなかった中宮温子から請われて宇多の更衣（こうい）となり、男子をもうけていた。しかも、その皇子を幼く死なせてまだ日が浅い。敦慶親王のほうは異母妹の内親王をすでに妻とし、他に通う女性もある。ふたりの関係には周囲の目もきびしく、歌の背景には、親王のほうから別れ話が切り出されたこともあったのであろう。

困ったことに一首には、家集中の配列から他人の作とみた古来の説までつきまとう。藤原定家はその他人説を承知のうえで、この絶唱を伊勢の作と信じ、『新古今集』に採取した。私も真作にちがいないという心証をもちつづけたい。

知るといへば枕だにせで寝しものを塵（ちり）ならぬ名のそらに立つらん

恋しきに死ぬてふことは聞こえぬを世の例（ためし）にもなりぬべきかな

夕やみは道たどたどし月待ちてかへれわが背子（せこ）その間にも見む
音に聞く天の橋立たてたてておよばぬ恋もわれはするかな

——秘めた思いを枕が知ってしまうというから、わたしは枕さえしないで就寝してきた。それなのになぜ、塵が空に舞いあがるみたいに、塵にさえ価しないような噂が当て推量で立つのであろうか——。

中宮温子（おんし）は摂関位を継ぐ藤原北家の長者、基経の娘。宮廷には温子派・胤子（いんし）派の隠れた皇位継承抗争があった。伊勢は温子派の皇胤をもうけた身で胤子派の皇子を熱愛したのであるから、口さがない取り沙汰をも耳にしなければならなかった。

——恋しさのあまりに死んだということは聞いたこともありません。わたしがその先例となりそう。きっと先例になってしまうのではないかしら——。

敦慶（あつよし）親王の愛を自分ひとりのものにしようとする、この歌は思いのかぎりをこめた自己表現だったといえるかもしれない。

伊勢の恋は成就して、親王とのあいだにもうけたのが、〔相聞（一）〕の項で「はつかにて」の一首を詠じている中務（なかつかさ）である。

——夕闇は道が暗くて足元が危ぶまれます。今夜は御殿でおやすみになるなら、月の出を待ってお帰りくださらい。月が出るまで、その短い間だけでもあなたとご一緒していたい――。

居待ちの月（十八夜）あたりだったとしてみよう。京都で月が東山の稜線にあらわれるのは午後九時ごろになる。

万葉歌に《夕闇は道たづたづし月待ちて行ませわが背子その間にも見む》という。伊勢はこの換骨奪胎を承知のうえで、一首を親王に投げかけたのではあるまいか。

――名に高い天の橋立を直立させて、その上になお橋立をつないでも届かない、行き着く果てのない恋をわたしはしていることよ――。

国生みの神であった伊弉那岐尊は天にかよおうとして長い梯子をつくった。ところが、天に立てかけておいたその梯子が、この神の眠っている間に倒れてしまった。梯子は海上に突き出た砂嘴に形を変えて松が生い、「天の橋立」になったと、風土記は伝える。

長いながい梯子を立ててわたしは天にものぼる恋をしている。伊勢の心の底の思いなのだ。

君によりはかなき死にやわれはせんこひかへすべき命ならねば
身に添へて影にも人を見てしがなうしろやすさを見せむと思へば
夢ならで逢ひ見むことのかたき身はおほかた床は起きずやあらまし

伊勢は恋い死にをする先例になろうと詠じたが、現実は敦慶親王のほうが早くに世を去ることになった。伊勢五十七歳のころ、延長八年（九三〇）に親王は薨じている。

——あなたの死を歎きつづけて、わたしは消え細るような命終をするでしょう。神仏に請うて呼びもどせるあなたの生命ではなく、わたしにも新たに恋をするなどという生命力はありませんから——。

これは親王四十九日の法要にのぞんでの述懐で、「こひかへす」に、請い返す・恋い返すを、「命」にも、故人の命・残されたみずからの命、双方を伊勢は掛けている。

——亡きあなたにこのわたしの身から離れない影となってもらい、あなたを見ていたいのです。わたしが心を許せるのはあなただけであることを、変わらずお慕いしているところをお見せしたいと思うので——。

「うしろやすさ」は、隠しへだてのない有りのまま。影は人の背後にできる。亡き親王が自分の影と一体になってくれたならば「後ろ安さ」を見てもらえる、という着想からの詠。

——わたしはやはり、夢に見る以外はあなたに逢うことが不可能となった身なのですね。これからはほとんど床から起きあがらず、あなたの夢ばかりを見て過ごしましょう——。

このように詠じられているものの、さて、いかに熱烈な恋愛も、その対象が失われてしまえば、月日の経つうち自己愛にもどってゆくのかもしれない。

親王の没後、伊勢は平安京の郊外から市中に居を移し、文学サロンをひらいて、若い貴公子たちに母親のごとく慕われながら、十年ばかりの余生を伸びのびと生きたようである。

和泉式部は一条朝という藤原道長が政権を握った王朝文化の最盛期を代表する女流歌人。「和泉式部」という呼称の由来は〈相聞(二)〉の項でふれた。為尊(ためたか)・敦道(あつみち)ふたりの親王を熱愛した和泉の奔放な生き方は当代の人びとの関心の的であったが、歌人としても名をたちどころに高からしめたのが、この一首である。

津の国のこやとも人をいふべきにひまこそなけれ蘆の八重ぶき

和泉は娘時代に後宮に出仕した経験をもつ。二十五歳のころ為尊親王に夭逝され、三十歳のころ、敦道親王にも先立たれた。そこで、親王の喪が明けた寛弘六年(一〇〇九)、三十二歳のころ、一条天皇の中宮彰子(しょうし)へ再出仕、赤染衛門、紫式部と同僚になっている。これは再出仕をしたばかりのころの詠作であろうか。家集では「わりなく恨むる人に」と詞書が添うので、邪険にされたと理由もなく逆恨みする男に送った歌らしい。

――摂津の国の昆陽(こや)の遊女がするように、「来(こ)や」おいでなさい、とあなたを手招きしたいところです。でも、宮仕えが忙しいので暇がありません。わたしの局はそのうえ、蘆の茂みに七重・八重と覆われている小屋ではないので人目につきやすく、噂の種から逃れる暇もないのです――というわけで、お付き合いはご遠慮します――。

昆陽は兵庫県の伊丹から尼崎にかけての旧地名。外洋航路の船舶にひらかれている難波の港から小舟がかよう湿原がひろがり、蘆の茂みに隠れた小屋で遊女が春をひさぐのが知られていた。「こや」に昆陽・来や・小屋を掛けている。

和泉守との結びつきは親に強制された招婿婚であった。しかし、和泉は夫をあざむいて姦通をくりかえしていたことになる。男性たちの目にその行状が蠱惑的に映った。当の本人が後宮に再出仕するようになったので、交際を執拗に迫る人物が次々と現われたのであろう。「こやとも人をいふべきに」という語句には、通俗な男性たちから多情な女とみなされる屈辱に耐える、和泉の悲哀までがこもっているようだ。

今宵さへあらばかくこそ思ほえめけふ暮れぬまの命ともがな

待たましもかばかりこそはあらましか思ひもかけぬけふの夕暮れ

君恋ふる心はちぢにくだくれどひとつも失せぬものにぞありける

――今宵まで生きていたら昨晩と同じ辛さを耐えねばならないでしょう。もうわたしにはその力がないので、今日が暮れるまでに死んでしまおうと思います――。

これは為尊親王に宛てた一首。和泉は親から勘当されて小さな家に移り住んだ。ところが、和泉守の報復を恐れる親王はなかなか顔を見せてくれない。今宵こそ行くからと使いを寄越しておいて親王が現われなかった翌朝に詠じられている。夫を自分の生家に置き去って、和泉はこの不倫生活をつづけたのだが、為尊親王は二十六歳の若さではかなく逝ってしまった。

――お越しくださるのをもしお待ちしていたとしても、このように苦しいでしょうか。昨晩の逢瀬のぬくもりに慰められているので、お待ちしているわけではないのに、心は苦しく乱れるばかりの今日の夕暮れです――。

詞書に「ゆふぐれにきこえさする」とあり、こちらは敦道親王への送歌。前首と同様に、和泉が本能でひき出していた、相手を誘うこの逆説的修辞のなんと妖婉なことであろう。

――あなたを恋する心の思いはさまざまに砕け散ることがあるのですが、それでも、思いのかけらは一つも無くなることなく、いつしか心のなかにもどってくれているのです――。

夫との離婚は成立せず、和泉はこんな一首をも詠じて、周囲からのきびしい風あたりにも耐えながら、敦道親王と人目を避ける逢瀬をつづけた。

捨てはてむと思ふさへこそ悲しけれ君に馴れにしわが身と思へば
思ひきやありて忘れぬおのが身をきみが形見になさむものとは
ものをのみ思ひ寝覚めの床のうへにわが手枕ぞありてかひなき
あらざらんこの世のほかの思ひ出でに今ひとたびの逢ふこともがな

この四首は敦道親王に先立たれて以降の作。親王は寛弘四年（一〇〇七）二十七歳で亡くなっている。

一首目は、和泉守から陸奥守へ移り任国へくだった夫との離婚がようやく成り、親王の喪に服するただなかで詠じられたか。二首目は、後宮へ再出仕した期間中の作かと思われる。三・四首目は、後宮を退去してのち、晩年の作。和泉の消息は五十歳ごろ、万寿四年（一〇二七）を最後に跡絶えて、没年もどこで命終したかもわからない。四首目はとりわけ死を目前にした作である。

――仏門に入ってこの身を捨て切ってしまおうと思うけれども、それさえが悲しい。宮さまと睦み合っていたこのわが肉体だと思うと――。

「なほ尼にやなりなまし、と思ひ立つにも」と詞書が添っているから、出家しようと一度は決心したらしい。

――思いもかけないことであった。宮さまを忘れようにも忘れられないこの己が身を、独り生き長らえて、宮さまの形見として見つめることになろうなどとは――。

古今集よみ人しらずの《形見こそ今はあだなれこれなくは忘るる時もあらましものを》を脳裏において詠じられているだろうか。形見ほど徒（あだ）な（虚しい）ものはない。形見はいまとなっては仇（あだ）（かたき）のようなものなのだ。和泉の肉体におぼれたがゆえに敦道親王は短命におわったといってよいかもしれない。だから、わが身を宮の生命をうばった仇として見つめる。この二首目のほうは、そう言っているに等しい、痛ましい自虐の絶唱である。

――悲しい物思いにばかり沈んで眠りにつくので、寝覚めの床のうえに、空手枕となっているわが腕を見出すほど、いまもって気落ちのすることはありません――。

親王に抱かれたまま眠るならわしだったので、和泉は自分の腕をも親王に枕としてもらうことがあったのだろう。親王の夢を見た日の出前の寝覚めで、薄明かりのなかに親王を抱くように伸びている己が腕を見出し、辛い虚しさを感じるのだと、この三首目は言っている。

――死期が迫ったようです。あの世への思い出に、いま一度だけあなたにお逢いしとうございます――。

家集で「心地あしきころ、人に」と詞書が添うこの歌は、いったい誰に宛てたものなのだろうか。当代の人びとはこの歌を一顧だにしていない。藤原定家が注目して「百人秀歌」に選んだので、百人一首でも知られることになった。

和泉には幼くして仏門に入れた男子がある。敦道親王ともうけた愛児なのだ。私は初め、石蔵宮とよばれているこの男子に宛てた歌かと考えたのだが弱い。和泉の家集は本人の手に成ったのではなく後人が編集した可能性が高いから、ここでは詞書にとらわれず、敦道親王を偲んでいると判じたい。そう判じるようになったところから、この歌は私の前に立つようになった。背徳の生涯を送ったので成仏は叶わず、あの世では親王に逢えないかもしれない。それなら、いまいちど夢に親王を見て、夢のなかで親王と語り合って命終したい。

定家もおそらく私のような判読をしたのではないだろうか。

小侍従・式子内親王

小侍従は平治の乱（一一五九年）が平清盛によって制されて間もない平安末期、二条天皇に出仕、さらに二代后多子（たし）に仕えた女流である。

多子が二代后とよばれるのは、十一歳で一つ年下の近衛天皇に入内、皇后となり、この天皇が十七歳で崩じてのち、ふたたび十九歳で三歳下の二条天皇に入内したことによる。二条天皇また二十三歳で崩じたので、〔相聞（二）〕の項で頼政との贈答にふれたように、小侍従は後宮を去った多子に河原御殿で近侍することになった。

平治の乱が終息したのは永暦元年（一一六〇）。小侍従はこの年、中納言まで昇ったばかりの夫に急死され、人生の転機に立った。翌年、周囲の勧めで未知だった宮廷に入り、上臈侍従となったようである。注意しておきたいのは、この応保元年（一一六一）、小侍従の年齢はすでに四十一歳であったらしい。

とりあえず、「待つ宵の小侍従」とよばれるほどこの女流を有名にした一首から味わっていただこう。

待つ宵にふけゆく鐘の声きけばあかぬ別れの鳥はものかは

――恋人を待つ宵、夜が更けてゆくのを鐘が知らせてくれます。鐘の声を聞いて、あの人はもうすぐ来てくれると思うそのとき、鶏の鳴き声にうながされる早朝の別れ、心残りな別れの辛さなどは、物の数ではないではありませんか――。

戌の時（午後八時）を告げる鐘の声が逢瀬の合図。あらましごとの一つであった。

宮廷または貴顕の邸宅で、御殿から回廊でつながる建物にみられた女官の居室が局。いったん地に降りねばならない別棟、いわば寄宿舎にもうけられた女官の居室が曹司。平安末期、局・曹司に暮らす女官の夜の生態は、指摘が過ぎるかもしれないが、靡爛していた。「恋に憂き身をやつして遣る瀬ないのはどのような時でしょう」「もちろんそれは一番鶏の声を合図に男を送り出さねばならない時じゃない」。局・曹司の若い女官たちが円座で交わすそんなやりとりが耳をかすめ、小侍従には、この「待つ宵に」の一首が瞬時に閃いたのではないだろうか。

あながちに問へばさてしもなかりけり木の丸殿にすまひせねども

目離れせぬ木ずゑの花にわがごとく散らぬこころにならへとぞ思ふ
君恋ふとうきぬる魂のさ夜ふけていかなる褄にむすばれぬらん

一首目は「初聞名恋」と題詞が添っていて、小侍従が宮廷に入った当初の歌。女官たちが「恋」ということばを口にするのに小侍従は戸惑っている。

――一概に恋はと問われても、わたしは恋などということを経験したことがないのです。夫に仕えるのみで宮廷の暮らしを知らなかったからかもしれませんが――。

「木の丸殿」はここでは宮廷の意。あなたはどのような恋をしてきたか。女官たちから訊ねられることがしばしばであったのだろう。

公卿殿上人・平家の公達・源氏の子弟を、日替りメニューで夜の局に迎えている女官まである。いまは平氏の天下といっても明日は知れない。乱世には立場の異なる男性をそれぞれ恋人にもっておくのが保身につながる。小侍従はわが娘のような若い女官が平然と言い放つのにも唖然とせざるをえなかった。

――美しいから目を離せない梢の桜花だけれども、いちはやく散ってしまうのは惜しい。わたしのように、散るものかという気構えの鍛錬を桜花にもしてほしいと思う――。

小侍従の母親が小大進とよばれ、和泉式部の再来かと騒がれていた歌人である。その母親の血をひくからというので、四十歳を出ていてなお小侍従は殿上人から好奇の目で見られ、ひねもす誘惑の手をはらわねばならなかった。

夫のみしか知らないこの身は蕾とまるで同然だった。花とひらいていつまでも咲きつづけよう。この二首目を詠じている小侍従は、殿上人たちを逆手にとって豹変、すでに数かずの経験をしていたらしい。

——殿方を恋い慕ってわたしの肉体からさまよい出た魂は、夜も更けたいま、いずれの殿方のどのような着物の褄に結ばれたのでしょうか——。

「褄（つま）」は着物の裾の左右両端の部分。往日は肉体から魂が遊離するとされていた。そこで俗信だが、褄を結んで就寝すると恋する相手の魂を結び目にとじ込めることができ、恋愛が成就すると考えられていた。これを「魂結び」のまじないという。

「待つ宵に」はすでに詠じられ、知られていたろうか。三首目は不特定の相手に魂結びを促しているに等しいから、「待つ宵に」の作以上に多くの男性を蠱惑したかと思われる。

よそにこそ撫養（むや）のはまぐり踏み見しか逢ふとは蜑（あま）のぬれぎぬと知れ
ははきぎのありし伏せ屋を思ふにも憂かりし鳥の音こそわすれね
とへかしな憂き世の中にありありてこころとつける恋のやまひを

見し夢をさめぬやがての現にてけふと頼めし暮れを待たばや

源頼政と小侍従が親密な仲となったころ、一方で、同年配の女官と交わす単調な情事に飽き足らない少壮の公達たちまでが、小侍従に近づいていた。小侍従の男性遍歴を頼政がやさしく見守ったのは、老境にさしかかった遊蕩児の矜持であったか。しかし、清盛の末弟、平忠度と恋におちたとみえたときは、二十三歳も年下の相手なので、さすがに頼政も忠告をしたようだ。

――どこかで撫養の蛤をあなたはお踏みになったのではないかしら。わたしが忠度さまを撫で養っていると言われても、それは蛤を採る海女に根も葉もない言い掛かりをつけるようなものです――。

現在の徳島県鳴門市の旧名が「撫養」。阿波国の中心地だった。当時、のちの薩摩守忠度は、同じく目代を代わりに派遣する遥任（不赴任）で阿波守を拝命していたにちがいない。撫養の浜辺が蛤の名産地であったから、頼政にたいして小侍従はこんな巧みな一首を呈したのだろう。

小侍従を慕う忠度のひたむきさは、他の若い公達たちの遊びの態度とはちがっていた。小侍従はそれを感じるがゆえに忠度だけは情事の相手としたくなかった。この青年とだけは母と子のように清らかな付き合いをしたい。「寄源氏恋」と題して詠まれている二首目に、小侍従の心の動きを読みとってよいかと思う。

――あなたを鳥にたとえれば、わたしは鳥を宿らせる母なる木々でありたいのです。空蟬が暮らした屋敷を思うにつけても、わたしを無我夢中に慕ってくださったあなたのお声を決して忘れはいたしません――。

草ぼうきを作る箒草の古名を「帚木」という。母なる木々という意をも私は汲んでみたい。「伏せ屋」は一般に低い屋根をかぶる粗末な家をさすけれども、ここでは『源氏物語』帚木の巻にみる空蟬の自詠と関連させた謙譲的な表現。

源氏は十七歳の春、方違えで受領貴族の屋敷に宿を借り、その家の女房、空蟬を見初めた。熱いことばで言い寄り、恋文を書くまでになっていった。空蟬はうろたえる。源氏があまりにも高貴な身分であり、うばざくらの自分とは年齢もひらきすぎているからだ。煩悶のすえに空蟬は情け知らずの女で押しとおそうと心を決め、源氏に自詠を送る。《かずならぬ伏せ屋に生ふる名の憂さにあるにもあらず消ゆるははきぎ》。――物の数でもない、こんな身分の低い屋敷の妻という名をもつ身の辛さに、居るにもいられない気持です。帚木のように、あなたの前から消えてしまおうと願っています――。帚木とよばれる草は、距離が隔たっていると目によくつくけれども、近づけば近づくほど他の草と紛れて分からなくなるという。

物語のこの経緯を念頭にするとき、「寄源氏恋」の小侍従の歌は、源氏に忠度を、空蟬にみずからを仮託しているのが頷かれる。

さて、嘉応二年（一一七〇）となった。この年は天候が不順で梅雨明けが遅れ、六月二日（現行暦七月二十四日）夜来の大雨に鴨川が氾濫した。〔相聞（二）〕の項で言及したように、小侍従の住まう河原御殿と頼政邸は鴨川を挟んで向かい合っていた。御殿・頼政邸ともさいわい冠水をまぬがれたのだが、水が退いて翌日のこと、まだ濁りがとれない川床を、裾まくりで脛を出した御殿の老宿直（とのい）が頼政邸へ渡って来た。

頼政すでに六十八歳、小侍従は五十一歳である。結び文から小侍従の旧詠、ここに味わってもらう三首目があらわれた。

往日、これと全く同じ歌を頼政が贈られたのは、初の合歓から三日後のことだった。そのとき、歌の意を頼政はこんなふうに汲んでいただろう。

——いまいちどお顔を見せてくださいな。憂うつなこの世の中で、とうとう、このように、わたしの心に取り憑いた恋の病を癒やしてくださりに——。

二度目、いま再び頼政が目を凝らしたこの歌の勘どころは「ありありて」にある。「有り有りて」であれば、このようにして、とうとう、といった意だ。それを小侍従はいま「在り在りて」と転化させている。

——風水の見舞いに来てくださいな。お互い、憂き世の中に暮らしつづけて、わたしの心に取り憑いたままの恋の病を癒やしがてらに——。

忠度（ただのり）の件があって以来、ふたりは交渉の絶えた日々をすごしてきていた。縒りをもどしたいと言ってくれている。頼政は天にものぼる心地がしたらしい。この日以降、ふたりの仲は〔相聞（一二）〕の項にみてもらった経過をたどったのである。

惜別の時がきたのは治承三年（一一七九）。この年の秋に小侍従は有髪（うはつ）のまま仏門に入り、男山の庵室に隠棲した。月を措いて十一月、頼政も出家している。

明けて治承四年、頼政七十七歳、小侍従六十歳である。以仁王（もちひとおう）を説伏して平氏討伐の令旨（りょうじ）を手にした頼政は、五月二十二日（現行暦六月二十四日）鴨川畔の自邸に火を放って兵を挙げ、宇治川の合戦に敗れて平等院に自害した。

「源氏一統のために捨て石となるおつもりですね。わたしが先に尼となって、これからはあなたの菩提を弔う修練にいそしみましょう」。小侍従は前年の出家にあたって、頼政に洩らしていたかもしれない。

掉尾に配した一首は「夢中契恋」という題詞で詠じられている。

――夜中に見た夢を、そっくりそのまま、覚めることのない現実として、今日はお逢いしようと約束した夕暮れを待ちたいものであることよ――。

夢のなかで逢瀬の約束を交わした相手は頼政ではなかったろうか。「やがて」の意は、そのまま引きつづいて、そっくりそのまま。「現にて」はあくまで仮定であるところに含むおもむきが深い。私は頼政没後に詠まれているとみてこの一首を味わうことにしている。

式子内親王は後白河天皇の皇女。平治元年（一一五九）十一歳で賀茂斎院となって嘉応元年（一一六九）に斎院を退下、作歌生活に入った。新古今歌風を代表するこの女流が、〔相聞（二二）〕の項で一端をみていただいたとおり、内に秘めた忍ぶ恋を日本浄土宗を開教した法然とのあいだに貫いている。

玉の緒よ絶えなば絶えねながらへば忍ぶることの弱りもぞする

——わが生命よ、絶えるものなら早く絶えてくれるといい。生き長らえていると、心弱りして、秘めている思いが外に現われてしまうだろうから——。

人と人とのあいだには、その社会的地位や立場から、隠しとおさねばならない関係が生じることがありうる。式子がこのように自虐的な絶唱をのこすことになった忍ぶ恋は、いかなる経過をたどっているか。

たのむかなまだ見ぬ人を思ひねのほのかになるる宵よひの夢

思ふより見しより胸にたく恋のけふうちつけに燃ゆるとや知る
わが恋は知る人もなし堰く床の涙もらすなつげのを枕
わが恋は逢ふにもかへすよしなくて命ばかりの絶えやはてなん

第一首。「思ひねの」を「思ひ寝の」「思ひ、根（本性）の」と両様に読む。「ほのかになる」をも「仄かに生るる」「仄かに成るる」両様に読む。そこに式子がこの詠に二つの意味をこめていることが分かる。

――期待をしたい。まだ見ぬ人を思って眠る宵々の夢に、噂にきくその人の姿がぼんやり像を結ぶようになってきた――。

――お縋りしたい。まだ見ぬその人を思うとき、宵々の夢に、女性の本性も救われると希望をもてるようになってきた――。

法然が宣教を開始したのは安元元年（一一七五）。女人救済を説く法然の評判が耳にはいり、式子は保元・平治の争乱で夫や子を失い悲運の尼となった元女房、さらに女官たちの口伝てに法然の説法の内容を知ったのであろう。「まだ見ぬ人」が法然をさす。

浄土経典以外の仏教経典の多くに「五障」「三従」など、女性は開悟がむずかしい、死後の安息をえがたいとする思想がある。五障は悟りを妨げる五つの障り。三従は、女性は幼少時は父母に、妻となっては夫に、老いては子に従わねばならず、仏の教えを享受しようにもその自由がないという。聖道の平安仏教はしたがって女性にきびしい戒律を強いていたが、法然は因習ともいえるそれら戒律から女性を解放しようとした。

第二首。治承三年（一一七九）法然は上西門院御殿に招かれて七日間の説法をしているが、そのときの詠か。式子は御廉の内から説法を聴聞、法然とは二度目の出会いであったようだ。

この二首目の歌は、法然を思って瞼にまず容姿などを想像したこと、次いで、現実にその人を見たとき胸に仄かな恋の感情が兆したことを明かしている。そして、その恋が今日うちつけに（突然に）燃えあがってしまったのだ、と言っている。

やや肥満した恰幅のある体軀を法衣につつみ、柔和な頬笑みを絶やさず、ひたすら阿弥陀仏の救いを説く四十七歳の壮年僧。法然のその説法と気魄に魅せられ圧倒されて、三十一歳の式子はいまだ心のうちを明かすことはできなかった。

第三首。後年『正治初度百首』に出詠されている歌なのだが、すでに治承年間に詠じられていただろうとみたい。

――わたしの恋は誰にも知られていない。堰きとめている床にあふれる涙をどうか外に洩らさないでおくれ、黄楊（つげ）の小枕よ――。

このような式子が機会をとらえて忍ぶ恋をついに法然にうちあけるときが来た。〔相聞（二）〕

の項でみてもらったように、ふたりは下鴨神社の境内を散策して、式子は胸の内を明かし、法然はその思いを受け止めたのである。

第四首。伊勢斎宮・賀茂斎院は国家から神に捧げられた、いわば人身御供。退下をしても未婚で一生をおわらねばならない。皇族同士の恋ならば暗黙のうちに認められても、地下（じげ）の僧侶を恋するなどは由々しい不祥事でしかなかった。

——わたしの恋は、あの方にまたお会いできるとしても、交わした約束を果たすこともできない。立場を説明する手だても見出せず、わたしはこの恋を誰にも知られることなく、生命だけが絶え果ててしまうのであろうか——。

同母弟の以仁王（もちひとおう）が頼政と挙兵したことで式子の立場はいっそう微妙になっていた。第六代御室として仁和寺の法統を継いだ守覚法親王（しゆかくほつしんのう）も同母弟。他に異母弟で天台・真言の密教僧が数名ある。これら兄弟たちが立場の不安定な式子を加護する祈禱をくりかえすので、式子はやがて意志に反し、真言の諸仏に結縁する修法「十八道」を果行しなければならなくなった。歌の「かへすよしなくて」という語句に、法然の教えとは相容れないみちを歩まされる式子の苦衷が覗いている。

君ゆゑといふ名はたてじ消えはてむ夜半のけぶりの末までも見よ

恋ひ恋ひてそなたになびく煙あらばいひし契りのはてとながめよ

――わたしの忍ぶ恋はあなたがいらっしゃるからだという、あなたを困らせる評判は決して立てません。真夜中の見えにくい煙がどこまで流れて消え果てるか、目を凝らすように、わたしの行く末までを見届けてください――。

「忍恋」の題詠である。「玉の緒よ」の一首などからこの内親王には忍ぶ恋の歌が多いと歌人たちが認識するところに、いずれかの歌会で故意にこの歌題を呈されたのであろう。「君ゆゑとはどなたのことか」「特定の方ではありません。遊戯の一首です」。式子は笑みをうかべて答えたのではあるまいか。

――長い年月を恋いつづけて生命の絶えるときがきたようです。あなたのところへ流されてゆく煙があれば、《もらさじものを花の台に》とお約束した成果であるとごらんください――。

式子の薨去は正治三年（一二〇一）一月二十五日。ふたりの最後の対面は叶わなかった。

忘れめや葵をくさにひき結びかりねの野べの露のあけぼの

われはただ仏にいつかあふひくさ心のつまにかけぬ日ぞなき　　**法然**

——忘れることがありましょうか。葵草をくさり状に結びつないで首飾りとして借り、草枕で仮寝をした野辺の、露のしたたる曙のみずみずしさを——。

山城国の一の宮、賀茂の神がまします山が上賀茂神社の背後、こんもり円い神山（かみやま）である。葵祭の呼び名で知られる上賀茂・下鴨両社の賀茂祭は、神山からふもとの御阿礼野（みあれ）に神移しをする神事からはじまる。この神事の当日、斎院は清め草のフタバアオイで編んだ飾りを身につけ、御阿礼野に草枕で臥して神と一夜を共にした。右は斎院当時の式子が神事の翌朝に詠じた歌とされている。

法然の一首を添えたのは、式子の薨去後に、式子を弔って詠じられた歌でもあるから。「あふひくさ」を「会ふ比丘（びく）さ」とも「葵草（あふひぐさ）」とも読む。「心のつま」をも「心の端（つま）」とも「心の妻」とも読む。歌意は二つに分かれ、一方に式子が現われてくる。

——わたしはただひたすら、阿弥陀仏にいつの日か会おうとしている比丘（僧侶）です。心の端（一隅）で阿弥陀仏を思っていない日はありません——。

——わたしは浄土で仏となっている式子にいつの日か再会しようとしている比丘です。葵草そのもののように清らかな式子を、心の妻に思っていない日はありません——。

ひそかに思い忍ぶ恋

忍ぶ恋にはいろいろ様相がみられる。相手に思いが届いていない片恋、思いは届いているもののその思いが叶わないのを耐える恋、誰にも知られまいと秘する恋、当事者同士で隠しとおそうとする恋、など。いずれもが歌題となれば「忍恋」である。本項の見出しは「忍恋」を包括する意図から一捻りした。

思へども験もなしと知るものをなにかここだくわが恋ひわたる　大伴坂上郎女

物思ふと人に見えじとなまじひに常に思へりありそかねつる　山口女王

万葉歌の二首から味わっていただこう。

――あの方を思っても何の結果もえられないと知りながら、なぜにこれほどまで激しくわたしは恋いつづけるのであろう――。

作者は大伴旅人（たびと）の異母妹なので、家持（やかもち）の叔母。「ここだく」は副詞で、たくさん、はなはだしく。

相手は誰だったのだろう。思いは届いているものの報われていない。この恋はやがて成就するのだが、二人の仲はたえず中傷に悩まされる関係に終始したようだ。

――物思いをしていると他人に感じ取られないよう、できもしないのに、いつも平静を装っています。ほんとうはあなたが恋しくて死んでしまいそうなのですよ――。

山口女王（やまぐちのおおきみ）は素性不明。この歌を贈られた果報者は大伴家持である。

思ふてふことは言はでも思ひけりつらきも今は辛しと思はじ　平兼盛（かねもり）

なき名たつ人だに世にはあるものを君恋ふる身と知られぬぞ憂き　実源（じつげん）

この二首は『後拾遺集』より。兼盛は忍ぶ恋の自虐的な切実さをうたいこめている。実源のほうは対面もできない高い地位の女性に恋心をいだいたかと思われる。

――あの人を思っているということは口に出して言わないけれども、あの人を思ってきた。あの人がわたしに冷たいことも今は辛いと思わなくなっているほどに――。

――事実無根の噂が立つ人までも世間にはあるのに、あなたを恋するこの身だとあなたに知ってもらえないのは辛く切ない――。

二首ともに自分自身に言い聞かせている述懐詠であろうか。

おさへたる袖に涙はあまるとも洩らすなよ君われも包まむ　源仲正（なかまさ）

もろともにしげき人めをつつむとて言はぬ日数のつもりぬるかな　源仲正

いずれも「共忍恋」という題詠である。

――耐え忍んできている袖から涙があふれそうになっても、こぼして人に見られないように。あなたにお願いです。わたしも涙を包み隠して、ふたりの秘めごとを決して口外しませんから――。

――ふたりで示し合わせ、煩わしい人目をはばかることにしたとはいうものの、言葉まで交わさない日数がつもってしまったなァ――。

いかにせむ思ひを人にそめながら色に出でじと忍ぶ心を　輔仁親王（すけひと）

人しれぬ恋にわが身はしづめども見る目にうくは涙なりけり　源有仁（ありひと）

――どのようにすればよいものか。あの人の美しさに惹かれて好意をいだくようになってから、恋する思いを表情や素振りに出すまいと耐え忍んでいるこの心を――。

「そめながら」は、初めながら、染めながら、の両意。忍ぶ恋の苦しさを初めて体験する自分自身をもてあましているようだ。

――あの人に気づかれない恋にわたしの身は沈んでいるけれども、あの人を窺い見るこの目にうかび出るのは涙ばかりであることよ――。

「しづめ」と「うく」は対語。「見る目」に海底の藻の「海松（みるめ）」、「涙」に海上の「波」が掛かるから、沈む・浮く・見る目（海松）・涙（波）、いずれもが縁語となる。華やかにふるまう意中の女性を物蔭からひそかに窺う遣る瀬なさが感じられて、歌体の遊戯性を抑えているといえようか。

逢ふまでの恋ぞいのちになりにける年月ながきもの思へとて　藤原為家（ためいえ）

言はで思ふこころの色を人とはば折りてやみせむ山吹の花　宗尊親王

かからずはいかでけふまで永らへん忍ぶぞ恋の命なりける　洞院公賢（きんかた）

為家の作は「不遇恋」の題で詠じられている。「不逢恋」でないところに留意しよう。

——男女の仲は逢うに至る以前の恋が生涯の糧となってくれる。逢ってからは山あり谷あり。逢って以降の長い年月は、逢う以前の思い出を支えに生きることになるということだ——。

和歌で厳密には男女が会って交合することを「逢ふ」という。「不逢恋（逢わざる恋）」は、逢った仲の男女が逢えなくなった恋。そこを為家は、会ってはいても逢わない恋、という意で「不遇恋（遇わざる恋）」の題詞をもちいたようである。

逢って互いに思いが達成すると男女双方とも恋の目的を失うことになりかねない。互いの感情がすれちがいをみせ、男性のがわがとりわけ熱い情熱が下降線をたどるのを感じるのではないか。為家はそういう委細をこの一首に綴じこめて、恋はひっきょう忍ぶことに尽きると言おうとしている。

——口に出しては言わない忍ぶ恋。その心はどんな色をしているかと人が問うなら、山吹の花をわたしは折り取ってみせるつもりだ——。

宗尊親王のこの作には『古今集』から素性の一首を証歌として添えよう。《山吹の花色衣ぬしやたれ問へど答へずくちなしにして》。——山吹の花のように黄金色に映える衣。持ち主は誰かと尋ねても衣は答えない。それもそのはず、おまえの黄色は梔子で染められているのだから——と、梔子に口無しを掛けて歌意はいう。

日本の伝統色名で山吹色とも黄金色ともよばれる、赤みの感じられる濃い黄色は、梔子の実を主に茜もしくは紅花を交えて染められていた。

公賢の作は「忍久恋」という題詠である。

——あの人からときどきでも慰めのことばをもらわなかったならば、どうして今日まで生き長らえることができたろうか、できなかったかもしれない。忍びつづけることこそ唯一の頼み、恋の命というものだ——。

「かからずは」は、かくあらずは、の約。公賢の「かからずは」は、後撰集よみ人しらず《慰むる言の葉にだにかからずは今も消ぬべき露の命を》からきている。この後撰歌には「女のもとより〈いといたくな思ひわびそ〉と頼めおこせて侍りければ」と詞書がみえる。後撰歌はそこで、——せめてわたしを慰めようと「あまり思いつめて苦しまないで」とだけでも書かれていなかったら、露のようなこの命は今にも消えていたにちがいない——という意になる。

公賢の恋も、「いといたくな思ひわびそ」といった慰めをもらったおかげで、久しく忍びつづけることができた。


言ひ出でむ月日もしらず恋はただ忍ぶるものと身にならひきて　霊元院

世にもればわが身の咎になりやせむ人に負けじと忍ぶくるしさ　三条西実隆

浅らさじのこころくらべも月日へばいづれか先に色に出でまし　加藤千蔭

われも思ひ人も思はむなかだにも恋は苦しきものにやはあらぬ　木下幸文（たかぶみ）

四首ともに題詠。「忍久恋」「相互忍恋」「互忍恋」「思」という題順に詠じられている。

――心の内をうち明けるにはいつがふさわしいか、縁起のよい月日もわきまえない毎日の生活で、恋はひとえに耐え忍ぶものとこの身に体得してきております――。

――世間に知られてしまえば、わたしの過失だとこの身が責めたてられるやもしれません。あの人に負けまいと耐え忍ぶのは苦しいことですが――。

――この恋を外に洩らすまいという根気くらべも、月日が経てば、いずれかが先に表情・素振りに出してしまうことでしょう――。

――わたしも慕い、あの人も慕ってくれている仲でさえも、恋とはなんと苦しいものではありませんか――。

逢えない、逢わない、逢いたい恋

和歌が「逢」という文字に狭義で託してきた意味を、前項で「不逢恋」から会得してもらった。歌人たちは逢うという行為に関して、逢うために、逢えないために、逢わないために、逢いたいために、さまざまに起伏する感懐を詠作している。

本項もまず万葉歌の二首から味わっていただく。

ひとり寝とこも朽ちめやも綾むしろ緒になるまでに君をし待たむ　よみ人しらず

後れゐて恋ひつつあらずは追ひ及かむ道の隈みに標結へわが背　但馬皇女

――独り寝をどれほどつづけたところで、下に敷く菰莚が腐りましょうか。腐りますまい。上に敷く綾莚がすり切れて糸になるまで、あなたがいらっしゃるのを待ちますから――。

「綾むしろ」は模様を織り出した上質の莚。たとえ綾莚が朽ちても菰莚さえあれば共寝をするのに不自由はない。いつまで独り寝に耐えさせるつもりなのかと、いっこうに訪れない男を皮肉っている。

――後に独り残ってあなたを恋い焦れているなど、辛抱できません。跡を慕って追いつきます。道の曲り角ごとに標識を付けておいてくださいな、あなた――。

但馬皇女は、高市皇子（たけちのみこ）・穂積皇子（ほづみのみこ）とともに天武天皇を父とし、それぞれ母親が異なる。これは高市宮にある皇女が、持統天皇の勅使として旅に立った穂積を、高市の拘束を振り切って追おうとした歌とされている。〔相聞（一）〕で篁と妹の贈答にみたように、古代、母親を異にする兄弟姉妹に恋愛はしばしば生じて深刻だった。ちなみに「道の隈み」は隈廻（くまみ）で、道の曲り角。

ゆく水に数かくよりもはかなきは思はぬ人を思ふなりけり　**よみ人しらず**

死ぬる命いきもやするとこころみに玉の緒ばかり逢はむと言はなむ　**藤原興風（おきかぜ）**

忘れ草たね採（と）らましを逢ふことのいとかく難（かた）きものと知りせば　**よみ人しらず**

この三首はいずれも『古今集』所収。

――流れてゆく水に数をかぞえて線を引く。そんな徒労でしかないことをするよりもっとはかないのが、気づいてみれば、思ってもくれない人を思うことでありました――。

数をかぞえて一定の数に達するごとに覚えの線を引く。それを「数かく」という。水面に線など引けないし、引いてもたちどころに消えてしまう。

——あなたを恋するあまり今にも絶えようとしているわたしの命が、生き延びもするかどうか、実地に試すため、ほんの短い時間なら逢ってもいいわと、せめておっしゃってくださいませんか——。

「玉の緒」はほんらい装身具の玉を貫きとおした緒（糸）をいう。式子内親王の詠で「玉の緒」は、玉を魂にかけて、魂をつなぐ緒の意から生命のことだった。ここで「玉の緒」は、貫いた玉と玉との隙に覗く緒がわずかであること、また緒が隙で切れやすかったことから、時間の短さをあらわす譬えの一つである。

——恋の熱を冷ましてくれ、恋の苦しさを忘れさせてくれるという、忘れ草の種を採っておくのでした。あの方にお逢いするのが、ほんとにまァ、こんなにも難しいことだと分かっていたならば——。

「忘れ草」は初夏に姫百合に似た花を咲かせるヤブカンゾウのこと。根を乾燥させて解毒・解熱剤としたカンゾウ（甘草）と混同され、じっさいに解熱効果があるとみなされていたようだ。

何か世に苦しきものと人とはば逢はぬ恋とぞいふべかりける　清原深養父

みるめ刈る渚（なぎさ）やいづこあふごなみ立ち寄るかたも知らぬわが身は　在原元方（もとかた）
忘るなよわすれじとこそ頼めしかわれやは言ひし君ぞ契りし　俊恵（しゅんえ）

深養父詠は「何か世に」に、何か夜に、の意も掛け合わされていると汲むべきだろう。

――この世で苦しいものとは何か。もしあの人が問いかけてくるなら、それは夜になっても逢わない恋、プラトニックラブだと答えるほかはないと思う――。

家集でこの歌につづき《恋すれば苦しきものと知らすべく人をわが身にしばしなさばや》と一首が配されている。――恋をするのは苦しいものだと知ってもらうため、あの人をしばらくの間でもこのわたしに変身させたいものだなァ――と歌意はなるから、両首ともに作者は特定の女性を念頭に「人」とよんでいるだろう。

――海松（みるめ）を刈る渚、いいかえれば、あなたを見る隙間（すきま）を借りうる際（きわ）はどこにあるのでしょう。逢う機会がないので、立ち寄ればよい場所もわからないこの身はどうしようもありません――。

「みるめ」は前項でふれた「海松（みるめ）」と「見る目」。目は隙間の意をもち、「刈る」は借るでもあり、「渚」は際・あたり。「あふごなみ」は「朸（あふご）無み」と「逢ふ期（ご）無み」の掛け合わせ。「かた」は方角・場所。「朸」は潮水を汲むさい桶を両端に吊るす天秤棒である。「なみ」は「無いので」。

さて、俊恵の作は「遇不逢恋」の題で詠じられている。遇って逢わざる恋。前項の為家の作

「不遇恋」とやや趣意が異なるところは、結婚までしたものの逢うことが遠のいた恋、という意になることだ。

——忘れないでください。わたしは逢うことを忘れまいとあなたに期待させましたね。しかし、わたしから言ったでしょうか、言ってはいません。あなたのほうが男女の交わりを保つことを約束したのですよ——。

「契る」という動詞は、夫婦関係でもちいるばあい、男女の交わりを約束する意となる。

わが恋は千木(ちぎ)の片そぎかたくのみゆきあはで年のつもりぬるかな　徳大寺公能(きんよし)

雨雲のわりなき隙(ひま)を洩る月のかげばかりだに逢ひ見てしがな　西行

——わたしの恋は片削(かたそ)ぎされている千木のようなもの。逢うのは容易でなく、偶然に出会うこともなくて、ただ年月だけがつもってしまったなァ——。

千木は神殿建築の棟上に交叉、V字型で上に突き出た部分。両先端の片角が削ぎおとされているから「千木の片そぎ」という。千木の材質は堅い。「かたく」は、堅く・難(かた)くが掛け詞。「ゆきあはで」は、千木の先端が出合うことがないのを逢瀬のむずかしさに譬えている。

——夜空を覆う雨雲に思いもよらない隙間(すきま)が生じて月の光が洩れてくるように、ほんのわずかでよいから、恋しいあの人に逢いたいものだなァ——。

道理や識見が通用しないさまを「わりなし」という。〔相聞(二)〕の項で、西行が「雲間をわけし月かげ」に自身を譬えているのをみてもらった。堀河にたいする慕情そのものが「わりなき」恋であったことを、この一首は暗示するともいえる。

思ふとてさのみ見るめはつつめども心のゆくを堰(せ)くかたぞなき　正徹(しょうてつ)

なかなかにねたき心のそふものは逢はむといひて逢はぬなりけり　木下幸文

正徹の作は題に「見恋」という。元方(もとかた)の作と同様、寄る辺なき恋が詠じられている。——恋しいあまり、反ってひたすら外見はつつみ隠しているものの、あの人にひきつけられてゆくこのわたしの心をせき止めてくれる寄る辺がない——。

元方は在原業平の孫である。その元方の作にくらべてこの「見るめ」は「海松」と無縁かといえば、やはり、そうでもない。室町期までくだって正徹は、『伊勢物語』八十七段を思い起こすところに「さのみ見るめはつつめども」と詠じたのではないだろうか。

業平は摂津の芦屋の浜に所領をもち、海女を雇用して海藻を採取させ、藻塩焼製塩をおこなわせていた。食用となった海松(みるめ)は根切れを起こしやすい藻で、海がしければ渚にうちあげられる。業平を慕う海女の一人は、海の荒れた翌朝、渚で海松を拾い集め、盆に盛って柏の葉でつつみこみ、心を隠して、業平の食膳に供さないではいられなかった。

幸文の作は江戸末期にちかい詠だが、反ってそのゆえか、現代文におきかえようとすると卑猥な感をやや否めない。そのあたりのご海容を。

——どうしても、抱いて寝ようと思うそのとき、嫉妬心がつけ加わってしまうのは、一緒に寝ますからと言っておきながら、共寝を避けられることである——。

現状に満足できない意を「なかなかに」が表わす。「ねたき」は、寝たき・妬き。

ひたすらに慕う心

逢いたい人を、逢えない人を、逢いつづけている人をもなお思う心。恋い慕わしい思いが絶えない自分自身の心の深奥を、歌人たちは見つめようとしている。一三首を選んでみた。

大名児(おほなご)ををちかた野辺に刈る草(かや)の束(つか)のあひだもわれ忘れめや　草壁皇子(くさかべのみこ)

昨日(きのふ)見て今日こそ隔(へだ)て我妹子(わぎもこ)がここだく継ぎて見まく欲しきも　よみ人しらず

——大名児を、彼方の野原で刈られる草が一束(ひとたば)にされる、その束の間も忘れることがあろうか、わたしは忘れなどしない——。

「大名児」は石川郎女の字(あざな)、すなわち通称。野には多くの人がみられ、一握りずつ束(たば)ねられて、屋根を葺くための薄(すすき)・萱(かや)・菅(すげ)などがさかんに刈られていた。「草(かや)」はそれら丈の高い草の総称。「束の間」といえば指四本で握るほどの長さの意、とされている。それより何より、草などを一握りに束ねる時間の早さを意味したのではなかろうか。いずれにしろ「束の間」はごく短い時間の譬え。

〔相聞（一）〕の項の冒頭に大津皇子と石川郎女の贈答をとりあげたのだった。あの相聞が伝わるところに、兄のこの草壁皇子が可哀相にも思えてくる。

——昨夜も逢って今日一日を隔てているだけなのに、どうしてあの娘をこんなにもつづけて逢いたいと思うのか。逢いたいなァ——。

こちらの歌の「今日こそ隔て」は、係り結び。隔てているのは今日ばかり、という逆接の意味となる。既出の歌で数多く見てきたとおり、強調の係助詞「こそ」を受ける活用語は必ず已然形で結ばれる。〔相聞〕の項から例をあげれば、「紅葉も花もともにこそ散れ」「そら頼めこそかひなかりけれ」などのように。

「我妹子」は〔恋路のはじめ〕でみた宣長詠の「吾妹こ」に同じ。「ここだく」も〔ひそかに思い忍ぶ恋〕で坂上郎女がもちいていた。

忘れなむと思ふ心のつくからにありしより異にまづぞ恋しき　よみ人しらず

あはれとし君だに言はば恋ひわびて死なん命も惜しからなくに　源経基

——あの人のことなどもう忘れてしまおう。そう思い切る気持が心をかすめるすぐそのあとから、以前よりきわだって、いっそう恋しく思う感情が新たにわきあがってくる——。『古今集』より。恋に苦悶する女性に共通してみられる感情が詠じられているので、類歌が多く見出され、作者を特定できなかったのではないか。万葉・古今にはその種の歌がよみ人しらずとされている。

——不憫（ふびん）に思います。あなたがせめてそんな言葉だけでもかけてくださるならば、失恋の痛手から死のうとしているわたしのこの命も、決して惜しくはないのですよ——。恋は叶わなくとも一途の望みだけはつなごうとする、切実な懇願。こちらは『拾遺集』所収。

人しれず思へばくるし紅（くれなゐ）の末摘（すゑつ）む花の色に出でなむ　よみ人しらず

世の中に恋てふ色はなけれどもふかく身にしむものにぞありける　和泉式部

夜とともに涙にひちてこがるればひ水になりて恋ふとしらずや　藤原顕輔（あきすけ）

——人に知られないようにあなたを恋い慕うのは苦しくてたまらない。紅花（べにばな）から濃い紅（くれない）の色が染め出されてゆくように、これからは、わたしの思いを少しずつ素振りに出すことにしよう——。

紅花を「末摘む花」ともいう。茎先に咲く黄色い頭花を摘み採って染料とするところから、この名が生じた。

糸・布を紅花を溶かした灰汁(あく)に浸けて揉(も)みしぼり、真水にくぐらせてまた、灰汁にもどして揉みしぼる。この作業をくりかえすほど、深く濃い紅が発色してゆく。

恋い忍ぶ自身の苦しみを紅を染め出す作業の果てしなさに譬えた人が多かったところに、このよみ人しらずは歌体をなしたといえるだろうか。

——この世の中に恋という色はないけれども、糸・布に染め出される色が少しずつ濃くなってゆくのと同様、今思えば、恋もまた徐々にふかく身に沁みてくるものだった——。

紅や藍が淡い色から濃い色へ染める回数が加わるごとに深くなってゆくのを和泉は思い描きながら、自身の踏みしめてきた恋の行程を振り返っているのであろう。

——夜になるといつもいつも、涙にぐっしょり濡れてあなたを恋い焦(こ)がれるわたしですが、夏には火水となり冬には氷水(ひみず)となってお慕いしているとは、ご存じありますまい——。

水に浸ったり雨水にぐっしょり濡れたりするのを「沾(ひ)つ」という。「こがる」は、焦(こ)がれるで、恋の思いに燃える・火に焼け焦げる、両意がある。「恋の思ひ」を「恋の思火」すなわち「火」と譬える歌が多かった。恋い焦がれる夏の涙はまさに火のごとき水となる。一方、厳寒の冬の夜には、衣の袖を濡らす涙が凍りつく、とも詠まれていた。「ひ水」は、火水であり、氷水なのである。

君ゆゑに世にあらばやと思ふかな死にて逢ふべき道をしらねば　賀茂政平（まさひら）
恋ひ死なば燃えむけぶりを人はみよ君がかたにぞ思ひなびかむ　藤原資隆（すけたか）

――あなたがいてくださるので、あァ、この世に長らえたいと思うのです。死んでからもお逢いできるだろう道をまだ見出していませんので――。

来世に逢瀬を期そうとする歌が数多く詠じられていたところへ、この一首は裏返しの発想。下二句の表現が新しい。

――わたしが恋い死にをしたならば、無関係な人であってもわたしの屍体から燃え立つ煙を見てほしい。あの人の家のほうへ流れ着こうと思っているので――。

一見したところ「人」と「君」の区別が不明確。これまた裏返しの発想の歌である。『詞花集』で覚念の作《恋ひ死なば君はあはれといはずともなかなかよその人やしのばむ》が知られていた。下二句の意、――反って無関係な人がわたしを懐かしんでくれるでしょうか――を資隆は念頭にして、自作の「人」「君」を設定している。覚念も資隆も「君」を慕う心は報われていなかったようだ。

恋ひ死なばうかれむ魂よしばしだにわが思ふ人の褄にとどまれ　藤原隆房

死ぬとても心を分くるものならば君に残してなほや恋ひまし　源通親

——恋い死にをしたならば、わたしの身体からさまよい出てゆくだろう霊魂よ、慕わしいあの人の衣服の褄に止まっておくれ。ほんのしばらくでもいいから——。

「魂」は人の心に宿り、人それぞれの精神活動をおこなうもの、すなわち霊魂。身体から離れ出て、恋する相手、執着する対象などのもとに止まることができるとされていた。

作者は「中有」をも信じているのかもしれない。中有とは命終の瞬間から次の世に生をうける瞬間まで、その中間の時期における霊魂身ともいうべき存在をさす。仏教思想で中有は、命終してしばらくの間、この地上から離れず中空をさまようと考えられている。

——もし恋い死にをしても、心を分割することができるものならば、あなたのもとに心の一つを残して、変わることなくお慕いしつづけましょう——。

人の心に魂は幾つも宿る。それならば心も一つとは限らないのではないか。中有の霊魂身がこの世に止まる期間は短いとされているから、むしろ魂を宿している心そのものを残したい。この歌を詠ましめた着想の経路だと思う。

妹があたり流るる川の瀬に寄らばあわとなりても消えむとぞ思ふ　藤原範兼

水鳥のうへはつれなくみえながらしたにくるしき身の思ひかな　西園寺実材母

——恋人が暮らす家の付近を流れる川の瀬に立ち寄るとするならば、水の泡に身を変えてでも消えたい。そうわたしはきっと思うことだ——。

万葉歌《川上に洗ふ若菜の流れ来て妹があたりの瀬にこそ寄らめ》を想起する。川上で洗われる若菜のくずになってもいいから流れて行ってそばに寄りたい、と言っているが、こちらはなんと気の弱いことか。「泡」は消えやすい、はかないものの譬え。逢いがたい恋人だから、せめてそば近くに寄って死にたい、と洩らしているわけだ。

——水鳥は何ごともないかのように流れに浮いています。でも、体の下では、脚の蹼で手繰るように、流されまいと必死に水を掻いているのです。わたしが憂き身で苦しい思いをするのと同じように——。

「したにくるしき」を、下に繰る苦しき、と折り返して読む。

恋人をひたすらに慕う女性の心は、平静を装っていても水を掻きつづける水鳥そのもの。一首の趣意である。

非尋常の恋

尋常にあらざる恋。歌会などでごく稀ながら「非尋常恋」と歌題が示されることがあって、歌人たちは詠作を求められたようである。本項はその題詠作を採っているのではない。しかし、目を射る歌題であるところに、私は遊び心を誘われてきた。「非尋常恋」と題が付されていても不自然ではなかろう。そう思えて選んでおいた作を味わっていただく。

わが恋はゆくへも知らず果てもなし逢ふをかぎりと思ふばかりぞ　凡河内躬恒（みつね）

わが恋は空なる星のかずなれや年は経ぬれど知る人のなき　凡河内躬恒

——わたしの恋は、どこへ向かい、どこで落着するのか、見当もつきません。ただ意中の人に逢って共寝をすればそれが極限、恋する気持の最後になるのだと思うばかりです——。

恋とは、逢いたいとねがう心を保ちつづけるから、逢ったあとも再び逢おうという思いをもつから、恋なのであろう。ひとたび逢えばそれで限界と前もって予測しているのでは、尋常（普通）の恋とはいえないのではないか。

――わたしは、夜空にきらめく星の数まではないが、かぞえきれない恋をしてきている。とはいえ、年月は経過したにかかわらず、そういうわたしの体験に気づいている人はない――。さまざまな女性に恋心をいだいたという体験は誰しものことで尋常なのだ。普通なら二つや三つは知られてしまうところを、どの恋をも秘めとおして人に洩らしていなかったのならば、そこが非尋常である。

恋しとは誰(た)が名づけけむ言(こと)ならん死ぬとぞただに言ふべかりける　清原深養父(ふかやぶ)

かぎりなき恋をのみして世の中にあはぬ例(ためし)をわれやのこさむ　壬生忠見(ただみ)

――この思いを「恋し」とは、いったい誰が名づけた言葉なのでしょう。わたしなら異なるだろう言葉、「死ぬ」と単刀直入に言うにちがいありません――。

「言ならむ」に「異ならむ」が匂わせてある。「恋し」では恋心がいまだ生ぬるいとしか感じられない。極限まで高まっている恋は、尋常ではなくとも「死ぬ」と表現すべきであるという主張。

——限界を知らない恋だけをして、わたしは世の中に、逢わぬばかりか、会うことをも避ける恋の実例をのこそうと思う。——逢ってしまえば恋はそれまでと、躬恒翁も詠じていられるのであるから——。

この一首は「不会恋」と題詞をともなっている。忠見は、躬恒（みつね）と親しく共に古今集撰者であった忠岑（ただみね）の息。つねに躬恒の業績を拳拳服膺（けんけんふくよう）していたか。恋は逢って限界が来るなら、逢わずに会うだけでも同じ結果になるかもしれない。ならば、会わない恋をしよう。まさに尋常にあらざる恋である。

身を分けてあらまほしくぞ思ほゆる人は苦しと言ひけるものを　よみ人しらず

いづくをも夜がるることのわりなきに二つにわくるわが身ともがな　源雅定（まささだ）

——どうあってもお越しになれないならば、お身体（からだ）を二つに分けてほしいと思います。あなたは逢わないのは苦しい、必ず来るからとおっしゃったのに、いらっしゃらないのだから——。

「人」は相手の男性。「苦し」に「来るし」も含ませてあるだろう。

——いずれの女性とも夜離（よが）れをするのは耐えがたく途方に暮れるので、二つに分けることのできるこのわが身だったらよいのになァ——。

「等恋両人（等しく両人を恋う）といふことをよめる」と詞書が添っている。

わが恋は日をふるだにもわりなきに年もつもらばいかが堪ふべき　藤原教長

よしさらば君に心はつくしてむまたも恋しき人もこそあれ　藤原教長

――わたしの恋は、一日を過ごすのさえ並み大抵ではないのに、苦しさは日を逐って増してゆくから、年月も重なれば、どのようにして耐え忍べばよいのだろうか。耐えられないかもしれない――。

この前首のほうは題詞に「逐日増恋」という。

――それゆえに、ままよ、あなたに恋心のすべてを早く使いつくしてしまおう。でなければ、再び恋しい人ができて同じように苦しむのは、もはや不可能であるから――。

両首ともに恋する苦しさをあまりにも深刻に訴えている。この苦しい恋を清算できれば、次には楽しい恋がおとずれるかもしれない。そう考えるほうが尋常だろうと思えるのだが。

いかでわれつれなき人に身をかへて恋しきほどを思ひ知らせむ　徳大寺実能

もの思ひに堪へでこの世を背きなば恋やまことのみちとなるべき　徳大寺実定

――どうにかしてわたしは情けしらずなあなたに変身して、あなたを冷たくあしらい、恋の苦しさの程度をあなたに思い知らせたいものです――。

恋が叶わない辛さを相手に実感させるために、互いの立場を交替させたいと訴えている。〈逢えない、逢わない、逢いたい恋〉に引例した深養父(ふかやぶ)詠の類歌だが、『拾遺集』でよみ人しらず《恋するは苦しきものと知らすべく人をわが身にしばしなさばや》も知られていた。

――物思いには耐えられないのでこの世を捨て、出家してしまったならば、わたしのこの恋も仏への道、悟りへの正道となるだろうか。いや、そうはならないだろうなァ――。

実定(さねさだ)は二代后多子の兄で、実能(さねよし)の孫にあたる。「背きなば」の「背く」は出家する意で「な」は完了の助動詞「ぬ」の未然形。「や」は反語。「まことのみち」は、真(まこと)の道、仏となる道。実定さん、少し虫がよすぎる。

思ひつつ恋ひつつは寝じ逢ふとみる夢はさめてはくやしかりけり　藤原道綱母

かからじと思ひしことを忍びかね恋に心をまかせはてつる　平忠度(ただのり)

吾(あ)は恋へど汝(な)は背くかも汝を背く人を恋はせて吾(われ)よそに見む　田安宗武(むねたけ)

——あの人を恋しく思いながら寝るなど、もうするまい。逢っている夢を見ても、醒めてしまったあとは、あんな夢は見るのではなかったと悔まれるばかりなのだから——。

道綱母は『蜻蛉日記』からうける心証だが、虚栄心・嫉妬心がにおい、独占欲もつよい。「恋」という題が付されているこの歌からも加虐的な感じがするところが、尋常ではないと思える。

——あの人に熱中はするまいと自分に言いきかせたことを忘れはしなかったのに、感情を抑えきれず、恋に心をすっかりゆだね切って今日まできてしまったなァ——。

題詞に「失本心恋」とある。「かからじ」は、懸(か)からじで、かかわらない、という意。「かからじと思ひしこと」を本心としているのであるから、この感懐はなんとも物悲しく、遣る方ない。

——わたしがいくら恋してもおまえは裏切るかもしれない。おまえを裏切る人をおまえに慕わせて、わたしは離れたところから、おまえの苦しむ様子を見ることにしたらどうだろう——。

これはまた、なんと自虐的な一首であることか。

つれなさを恨む

形容詞「つれなし」の語幹に状態・程度をあらわす接尾語「さ」がついて、名詞では「つれなさ」。語源はおそらく「連無し」であったろう。

主体としての「つれなさ」はそこで、行動をともにする者がいなくても周囲に無関心、平然としていられる心の状態を意味していた。しかし、これが客体となって他者から見られたとき、「つれなさ」は人の心に気配りをしない情け知らずということになりやすい。

上古、「心」は「うら」ともよばれることがあって、「心」は表に出ない心の内部をさしていた。「恨み」の語源は「心見」なので、こちらは人の心の内を見ようとする精神作用。当然、「つれなさ」と「恨み」は相関するから、往日も変わらず、男女の仲でせめぎ合いを起こしていたのだ。

わが屋戸はみちもなきまで荒れにけりつれなき人を待つとせしまに　**遍昭**

岩の上に生ふる小松も引きつれどなほねがたきは君にぞありける　よみ人しらず

あす知らぬわが身なりとも恨みおかむこの世にてのみ止まじと思へば　大中臣能宣（よしのぶ）

——わたしの家の庭は、見えなくなるほど通路も狭くなり、荒れてしまった。無情なあの人の訪れを待った、ほんのしばらくの間に——。

平安京の邸宅は前栽（せんざい）（前庭）が広かった。思い遣りのない人が姿を見せない間に、その人が歩んだ前栽の通路も狭くなって消えるほど、草が生い茂ったというのである。

蛇足だが「せしまに」に言及させてもらう。サ変自動詞「為（す）」は過去の助動詞「き」につづけるばあいのみ変則となる。「き」は連用形につく。ところが、「せ」は「為」の未然形、「し」は「き」の連体形。作者が他の動詞・助動詞でなく「せし」という変則を選んだのは、「狭（せ）し間に」の意をにおわせたかったのではなかろうか。すなわち、時間的に狭い（短い）あいだに空間的にも道の狭さが生じたこと、双方を喚起しようとして。

——子（ね）の日には岩の上に生えている小松まで引き抜いて、根が堅く抜き難いのに苦労したけれど、そういえば、いっそう堅くて寝難いのはあなただったよ——。

正月の初子（はつね）の日に野に出て小松を引き、国家の安寧と自身の長寿を祈念する行事があった。「根堅き」に「寝難き」を掛けているが、「妬（ねた）き」をも含ませて、あなたを恨み歎くとも言い合わせている。

——無常のこの世で、明日の命も知れないこの身であるけれども、あなたの態度は納得できず恨み返させてもらう。はかないこの現世のみならず来生まであなたとの仲は保ちたいと思うので——。

帰忌日（きこび）といって、陰陽道に外出を控えるべきとする日がある。詞書によれば、旧暦五月の夏至が帰忌日にあたり、作者能宣（よしのぶ）は親しくなってまだ日の浅い女性との逢瀬を控えたところ、相手は「つれない、あなたとはもう逢わない」と恨みごとを言ってきた。そこで返した一首だという。

思ひかねつれなき人の果て見むとあはれ命の惜しくもあるかな　藤原仲実（なかざね）

かくばかりつれなき人とおなじ世に生まれあひけんことさへぞ憂き　賀茂重保（しげやす）

——出家したいが決心がつかない。わたしに冷たいあの人の行く末を見届けたいと思うがため、悲しいことに、俗世に執着するこの命が惜しくなってしまうので——。

「思ひかね」は、逡巡する思いがあって態度などが定まらないばあいの表現。恋歌では、恋しさを抑えきれないので、という意の常用句だが、ここでは脱俗したい思いを引きずっていると汲んでみたい。

——このようにまで情け知らずな人とおなじこの現世にどうして生まれ合わせたのだろう。そんなことを頭に思い浮かべるだけでも気持がふさぎこんでしまう——。

この歌の勘どころは「生まれあひけん」の「けむ」。助動詞「けむ」が過去から生じている事柄の原因を推量する意をあらわしている。

あだ人はしぐるる夜半（よは）の月なれやすむとてえこそ頼むまじけれ　待賢門院堀河
待つ人の来ぬ夜のかげにおもなれて山の端いづる月もうらめし　藤原定家
とこは海まくらは山となりぬべし涙も塵（ちり）もつもる恨みは　藤原家隆

——移り気な連れ合いです。時雨（しぐれ）の季節に見る深夜の月が澄んでいても雲にすぐ隠れてしまうように、住み通（かよ）ってくるからといって、当てになどできるものですか——。

澄む・住むを「すむ」に掛け合わせている。「あだ人」すなわち浮気な人とは源師時（もろとき）。白河院政期に、風流三昧、放縦（ほうしょう）な私生活をおくった歌人として知られる。堀河がこの徒人（あだびと）を恨みながらも貞節を守りとおしたため、若き日の西行の、堀河への恋は叶わなかった。それは〔相聞（一二）〕に採った贈答で察していただけるだろう。

――待つ人が来ない夜がつづき、中天をわたる月かげを見慣れてしまっているので、そのためか、山の稜線上に姿をあらわす月輪を見るとき、今夜もあの人は来ないのかと、月までをも恨めしく思えてくる――。

「おもなれて」は、面馴れて。この定家詠の仮託想定は一頭地を抜いているというべきか。

――空しい夜床はわたしの涙で海となり、あの人を待つ枕には山のように塵がつもってしまえばよい。須磨の浦を見わたせば山が迫り海がひろがっているように、あの人へのつもる恨みも山となり海となる――。

「恨み」は歌の味わいそのものをまで陰湿にしかねない。そこで「恨み」に屈折のある色づけをしようと「浦見」を掛け合わせる歌がつむがれていた。証歌を一つ示そう。

『源氏物語』須磨の巻に《鳥辺山(とりべやま)もえし煙(けぶり)も紛(まが)ふやと海女(あま)の塩焼くうらみにぞ行く》と、源氏の一首がみえる。鳥辺山は物の怪(け)に襲われ急逝した葵上が火葬にされた地。あの鳥辺山の恨みの煙に似ているかと、海女の焼く藻塩の煙が立ちのぼる須磨の浦を見に行くのだ、と源氏は言っている。

つれなさのかぎりをせめて知りもせば命をかけてものは思はじ　後宇多院(ごうだいん)

いかなれば心は身にもしたがはでつれなき人をなほ慕ふらん　鷹司基忠(たかつかさもとただ)

つらしとも憂しともいひしいにしへはなほも情けのある世なりけり　洞院公賢

――どうしても逢ってくれない。あの人の冷たさのきわみをもっと早く知っていれば、こんなふうに、命を投げ出す物思いはしないのに――。

――どういうわけで、心はわたし自身の行動にともなおうとせず、情け容赦もないあの人をいつまでも追っかけようとするのであろうか――。

後宇多院と基忠のこの二首は、嘉元元年（一三〇三）に成立をみた仙洞百首への出詠歌。いずれも「不逢恋」の題詠である。

――あの人は薄情だ、あの人が恨めしい、とさかんに言われた昔は、まだしも男女の仲の情愛がふかかった。このごろは恨みも絶えて、恋も淡白になってしまったなァ――。

これは「恨絶恋」という題詠。男女の仲を恋歌では「世の中」ともよんだ。「つらし」は情が薄い、「憂し」は恨めしい、という意に解するのがここでは相応しい。

本項は、遍昭の古今歌から南北朝期の公賢の一首に至るまで、よみ人しらずを別として、全詠を年代順に配列している。

離れゆく人を思う

恋には終わりもおとずれる。男女の仲は恨み恨まれて切れるもの。恨むがわは、未練とともに恨みを昇華させてしまわねば、転機を乗り越えることはできない。恋の終わりを自覚させられたとき、歌人たちはどのような心境で離れてゆく人を見つめたか。

思ふとも離(か)れなむ人をいかがせむ飽かず散りぬる花とこそ見め　素性(そせい)

恋ひ死なば誰(た)が名はたたじ世の中の常なきものと言ひはなすとも　清原深養父(ふかやぶ)

夢にだに逢ふこと難(かた)くなりゆくはわれや寝(い)をねぬ人や忘るる　よみ人しらず

――これほど思っていても、わたしから離れてしまおうとしている人をどうすればよいだろう。まだ見飽きていないのに必ず散ってしまう花と同じだと諦めるほかはない――。

花が散って「枯れ」るように「離(か)れ」てゆく。そう掛け合わせている。「なむ」は相手の意志を推量する用法。素性（そせい）は自問自答をしているようだ。

――もしもわたしが恋い死にをしたなら、ほかの誰かではない、あなたの名が取り沙汰されるのですよ。思い遣りのない冷たい人であったと。世の中と同様に男女の仲も無常なもので、こういうことは常に起こりうる、などとあなたがいくら言いつくろうとしても――。

この深養父の歌は相手に翻意をうながしているところもあるようだ。

――夢の中でさえ逢うことがむずかしくなってゆくのは、あの人への思いをいまなお絶てないためにわたしが眠れないからか、それとも、あの人がわたしのことなど忘れてしまって、心が通じないからなのだろうか――。

「寝（い）をねぬ」の「ぬ」は否定の助動詞「ず」の連体形。疑問を表わす係助詞「や」を受ける活用語は連体形となる。〔恋路のはじめ〕の項にみた「寝（い）こそ寝られね」をも参照してくださるように。

上記の三首はともに『古今集』に採られている作である。

思はむとたのめし人はありと聞くいひし言の葉いづちいにけん　**右近（うこん）**

忘れなむそれも恨みず思ふらむ恋ふらむとだに思ひ起こせば　**源高明（たかあきら）**

わが背子（せこ）がわれに離（か）れにし夕べより夜さむなる身の秋ぞかなしき　**曽禰好忠（よしただ）**

――末長くおまえのことを思いつづけるよ。そう約束してくださったあなたは健やかに過ごしていられると噂に聞いています。なのに、あのようにおっしゃったお言葉はどこに去ってしまったのでしょうか――。

右近が藤原敦忠（あつただ）に呈した歌として伝わっている。敦忠は菅原道真の勢力を斥けた時平（ときひら）の三男坊で、参議までのぼったが、薄命だった。

敦忠・右近両人の歌が「百人一首」に採られているから、引き合わせてみよう。

《逢ひ見ての後（のち）の心にくらぶれば昔は物も思はざりけり》。敦忠の作である。これは御匣殿（みくしげどの）とよばれ、後宮を管掌する地位にあった高貴な女性に贈られた歌で、大略――あなたと逢った翌朝の充ち足りた心にくらべてみれば、わたしの以前からの恋は浅い、ほんの遊びごとでした――と言っていることになる。右近の「思はむとたのめし人は」の歌は、御匣殿が新たな恋敵とわかって動揺したところにも詠まれていると思われる。

《忘らるる身をば思はず誓ひてし人の命の惜しくもあるかな》。右近の作である。――忘れ捨てられるとは思いもしないで、わたしは敦忠さまに愛を誓ったのだった。あの方も誓ったのだから、わたしを裏切って神罰を受けられるのはやむをえない。でも、生命まで落とされることになろうとは、お可哀そう――。「誓ひてし」を掛け詞とみて折り返し読むのがふさわしいだろう。愛を誓ったのは、右近でもあり、敦忠でもあったと。

高明（たかあきら）詠の意は、――あなたはこのわたしを忘れようとなさっている。それを恨んではいません。せめて、あの人はこちらを愛しんでいるだろう、慕っているだろう、とだけでも、わたしという人間がいることを思い起こしてくださるならば――。

深養父の先詠に似るところが感じられ、この歌も遠回しに相手の同情心に訴えているようだ。

好忠詠はいう。――わたしの夫がわたしから離れてしまったあの夕べから、秋の夜寒むは、独り寝のあたためてくれる人のない肌寒さがいっそう身に沁みて、心細くもの悲しい――。

「背子」は妹子の対語で、妻から夫をよぶばあいに用いられる。「離れにし」の「に」は完了の助動詞「ぬ」の連用形、「し」は過去の助動詞「き」の連体形。したがって「にし」は過去完了。

〔きぬぎぬの別れ〕の項でも言及したが、詠作の技巧化とも関連して、恋歌には男性が立場を女性のがわに代えて作った歌も見出される。好忠は官位が低かった。ために、都から離れた地の国営農場の管理者などとして、独り暮らしをすることが再三だった。「離れ」たのは夫婦仲が破局まで至ったのではあるまい。地方暮らしの秋の夜の退屈まぎれから、都に置き去りにしている妻の心中を察し、わが身を仮託して詠じた一首とみておこう。

たが袖に君重ぬらんからころも夜なよなわれに片敷かせつつ　相模

来じとだにいはで絶えなばうかりける人のまことをいかで知らまし　相模

――あなたはどなたの袖にご自身の特上の衣を重ねているのでしょう。夜ごと夜ごと、わたしには空しく衣を繰り返し片敷かせておいて――。

共寝をする男女は、〔きぬぎぬの別れ〕でふれたとおり、互いの衣服を袖の部分を重ね合わせて畳んでおいたり、互いに相手の衣服を自分に敷き掛けて就寝した。

ここでは「からころも」に、唐衣、空衣の両意をもたせている。唐衣は特上の衣服の意。空衣は相手の袖が重なっていない衣。「片敷く」は自分の衣服だけを敷くところから、独り寝をする意。

――来るまい、とさえ言わず去られていたら、わたしに辛い思いばかりをさせてきたあなたの本心を、どうして知ることができたでしょうか。――お言葉どおり音沙汰が無くなって、あなたが情け知らずの冷たい人だということがよく分かりました――。

詞書が添っていて、「定頼、今はさらに来じ、など言ひて帰りて、音もし侍らざりければつかはしける」とある。ふたりの関係のあらましは〔相聞(二二)〕でとりあげた贈答から記憶してくださっているとおもう。

定頼はつまるところ相模を恋愛遊戯の相手のひとりとしか思っていなかった。この一首は前首とも関連して、相手にたいする恨みというより、よりつよく、夫の制止を振り切ってまで定頼という貴公子に憧れつづけたわが身を自嘲する、遣り場のない感情が詠ませているだろう。

心こそこころをこらすものなれや思はぬ人をなにおもふらん 隆源（りゅうげん）

待ちし夜の更けしをなにに歎きけん思ひ絶えても過ごしける身を 越後（えちご）

――心そのもののもつ習性だからこそ、わたしの心もこれほどまで凝（こ）りかたまってしまうのか。わたしを思ってもくれない人を、どうしていつまでも追い求め、思いつめてしまうのであろう――。

凝りかたまるようにする（凝らす）のみでなく、苦しめる（凝（こ）らす）の意をも「こらす」に汲んでよいだろう。

――あなたを待った夜が更けていったくらいのことを、思えば、どうしたわけで歎き悲しんだのでしょう。気づいてみれば、あなたからうける愛情が無くても今を生きていられるわたしですのに――。

詞書に「語らひける人の離（か）れがれになりて恨めしかりければ、つかはしける」という。作者にとっては、自分をひどい目に遭わせた人物への渾身の意趣返しなのだ。

逢ふまでの思ひはことの数ならで別れぞ恋のはじめなりける　寂蓮（じゃくれん）
あだ人にならひにけりな頼みこしわれも昔の心ならぬは　兼好（けんこう）

——逢瀬を重ねる以前に思ったことはいろいろあっても物の数ではない。これからはもはや逢えないという別れの時が、なんと、恋のはじまりだったのだ——。

共寝をする仲となってしまえば恋はもはや恋ではなくなる。離別したあとに逢えなくなったその人を思うところから、ほんとうの恋ははじまる。これは恋愛体験を大切にしようとする人に現在も共通する心理ではないだろうか。

——移り気なあの人に無意識ながら追従してしまったらしいなァ。あの人を生涯の伴侶とある時期は決めたわたしも、もう昔の心ではないところをみると——。

兼好は恋愛体験にも練れて、さばけた人柄だったらしい。心に苔まで生えているような悠然とした感懐。

わが身かなしも

枕詞(まくらことば)といえば和歌の修辞法の一つ。定まった語句のうえに恒常的に冠されるのだが、万葉時代に愛用され、新古今時代にも復活して脚光をあびている枕詞に「たまきはる」がある。まず、この枕詞がもちいられている万葉歌二首から味わっていただこう。

直(ただ)に逢ひて見てばのみこそたまきはる命に向かふわが恋やまめ　**中臣女郎(なかとみのいらつめ)**

かくのみし恋しわたればたまきはる命もわれは惜しけくもなし　**抜気大首(ぬきけのおおびと)**

万葉仮名でタマキハルの表音は霊剋(たまきはる)・玉切(たまきはる)・多麻吉波流など。最も多い用例は「霊剋」ですべて「命」に冠せられている。もちろん、この二首のばあいも「霊剋」なのだ。

――直接お逢いできて二人だけの時間をすごせるときにこそ、心に動悸をうたせる命そのものであるわたしの恋も、どきどきが治まってくれると思うのです――。

数名の女性が大伴家持に愛を捧げようと競い合っていた。作者はそのうちの一人で、これは家持へのラブ・コール。「向かふ」の意は、該当する・相応する。「こそ・やまめ」が係り結び。「め」が自動詞「やむ」の未然形をうけた意志・推量の助動詞「む」の已然形。

――これほどまで恋しく焦がれてあなたのもとへ来るのだから、嬉しさに呼吸ができないほど動悸がうっているけれど、わたしは危なっかしいその命も惜しくはないよ――。

作者は小官吏で筑紫の国へ赴任、豊前の国の娘を妻に娶(めと)ってかよった折の歌らしい。初句・二句の「し」は、感動・詠嘆をこめた間投助詞。

霊剋の「剋」は刻(きざむ)と同意であるから、心臓の拍動・血管の搏動を、上古代の人たちは体内の霊魂が細かく動く音とみていたのではなかろうか。枕詞は概して語源が明白ではない。個人的な心証だが、「たまきはる命」を私は「霊魂が体内で小刻みにトレモロを発する命」と解することにしている。

秋風にあふ田の実こそ悲しけれわが身むなしくなりぬとおもへば　小野小町

秋といへばよそにぞ聞きしあだ人のわれを古せる名にこそありけれ　よみ人しらず

――秋の強風に吹きまくられる稲田の実(みの)りのあわれなこと。頼みにしていたあの人の飽き風にもてあそばれ、このわが身もむなしく、生きる張り合いを失ってしまっているのを思い合わせると——。

秋風と飽き風、田の実（稲穂・田の実り）と頼みが掛け合わせてある。「わが身むなしく」に、風に倒れ臥して水浸しとなる稲穂は中身（価値）がむなしい（台無し）という暗示もからむ。

小町の出生地は平安京の東郊、山科(やましな)小野郷であったとする伝えが正しいならば、宮廷から親許へ里帰りする小町は、広大な粟田(あわた)がつづく野道をかよわねばならなかった。「あふ田の実」には、粟の実が稈(かん)もろとも風に折られるところに出会った記憶まで重層されているかもしれない。

——秋が来たからか、うら悲しい。そんな「秋」という言葉をよそごとのように聞いてきました。ところが、今にして思えば、あの浮気者がわたしを古道具同然に見捨てる季節の名でもあったのです。もうおまえにも「飽き」が来たと——。

小町の前首とともに、このよみ人しらずも『古今集』にみえる。

夕さればわが身のみこそ悲しけれいづれの方に枕さだめむ　藤原兼茂女(かねもちのむすめ)

さだめなき露の命をもちがほに逢ふにかへむと待つがはかなさ　俊恵(しゅんえ)

あぢきなや思へばつらき契りかな恋はこの世に燃ゆるのみかは　　藤原俊成

――夕暮れが迫るにつれ、あの人の通いが絶えているわが身だけが、ただ無性に悲しくなってきます。せめてあの人の夢を見るには、どの方向に枕の位置を定めて夜の床に就けばよいのかしら――。

呪術的な要素にもとづいたのであろうが、枕の定め方によって、逢いたい人物の魂を夢に招き寄せることができるという俗信があった。

俊恵（しゅんえ）の作はいう。――いつ消えるともしれない露のような命を大切にもちこたえる素振りで、ただ一度の逢瀬にこの命を代えてもいいと、その逢瀬の到来を待っている。果敢無いことであるけれども――と。

通り一遍ではない、今生の恋の今生の一瞬と思えば命を投げ出してもよい。誰しもの心底にこのような願望がひそんではいまいか。とりわけこの一首が〔わが身かなしも〕とした見出しの趣意を代弁してくれているかも。

――どうしようもないことだ。思えばこれは前世から身に負っている決まりごとなのだ。恋の火はこの現世で燃えるだけではない。前世・現世・来世をとおして燃えつづけることよ――。

俊成は「思へば」の語句をとおして、男女の仲は仏教思想にいう因縁（いんねん）そのものだと言おうとしている。

あはれあはれこの世はよしやさもあらばあれ来ん世もかくや苦しかるべき　西行

うらみかね思へばつらし世の中に恋といふことをたれはじめけん　寂然

はかなくも来む世をかけて契るかなふたたびおなじ身ともならじを　徳大寺実定

人の世にはかなきものは何なれや恋ひわたる身のゆくへなりけり　慈円

——あの人も哀れ、わたしも哀れ。この現世は辛抱しよう。どうとでもなってくれ。とはいうものの、来世もこのように苦しい思いをしなければならないのだろうか——。

語句に恋の表意はみえないが恋歌。西行は『山家集』恋歌の部で、さらに強調するかのように「恋」と題した歌群のなかにこの一首を収めている。「よしや」は現前の不満足を耐えて容認する表現。「さもあらばあれ」は、そうであるならそれでよい。

源師時の浮気に苦しむ堀河の一首を〔つれなさを恨む〕項でみてもらった。その堀河が哀れ、堀河を慰めたいが振り向いてもらえない自分も哀れ。出家前の切羽つまっていた西行の心境がうかがえる。

——恨めしいのは時代そのもの。だから、あの人自体を恨みかねてあの人を思いつづけることになり、いっそう苦しい。いったいこの世の中に「恋」ということを誰がはじめたのであろうか――。

寂然(じゃくぜん)と兵衛の仲を引き裂いたのは、〔相聞(二)〕の贈答で言及したとおり、保元の乱へむかった時代の動きであった。同年齢で竹馬の友の西行・寂然だが、西行が出家したのは二十三歳、寂然の出家は二十六歳。こちらは出家後の詠である。

実定詠はいう。――見通しはつかないものの、来世もまた逢瀬を重ねる約束をあの人と交わすことにするかなァ。ふたたび同じ見目形に生まれるはずなどありえないのだが――と。頭句の「はかなくも」は先の俊成詠「あぢきなや」に呼応している。そこに気づけば含蓄の増す一首である。

実定にとって俊成は母方の叔父。詠作の手ほどきも俊成から受けた。晩年の俊成は歌界の超大御所であり、その詠作に非を打つ歌人など一人としていなかった。ただ実定のみが高い地位からも境遇からもゆるされて、盛んに俊成の揚げ足を取ろうとしている感があるのも面白い。この作もそういう一首として咀嚼していただこう。

――男女の仲で思いどおりにいかないものは何だろう。何というより全てではないか。敢えて一つを挙げれば、恋い慕いながら月日を経ても、ついには時の流れに翻弄されてしまう身の、その行く末であることだ――。

慈円、建久元年（一一九〇）六月の詠。「人の世」の意は、男女の仲。二重づかいで「世」は時の流れをも意味する。「はかなし」といえば、思いどおりにいかない・頼むにも目処（めど）がつかない・無常である・むなしい、など意味範囲が漠然とひろい。この作の「はかなきもの」は「はかなし」の全意を包摂しているともいえよう。「や」は活用語の已然形につくばあいは反語なので、少し解釈をひねってみた。

平家が滅んで年が浅いから、艶聞をひろめて散っていった多くの平家歌人を慈円は思い浮かべたことだろう。じつは、詠作時が西行入寂の四カ月後にもあたり、西行の営為も慈円の脳裏にあって、この作を詠ぜしめているか。西行もまた時代に翻弄された生涯であった。

いとひをしみわれのみ身をばうれふれど恋ふなる果てを知る人もなし　永福門院（えいふくもんいん）

あさましや入相（いりあひ）の鐘をけふごとに逢はで暮れぬと聞くぞかなしき　松永貞徳

——厭うてもみ、惜しんでもみ、自分ひとりでわが身のありさまを歎き悲しむのですが、このように恋に思いわずらう限界を、誰も察してくださる人とてありません——。

——歎かわしいなァ。戌（いぬ）の刻を告げる鐘の音を、来る日も来る日も今日もまた、逢えないで暮れてしまったと聞くよりないのは、かなしいことです——。

「入相の鐘」は晩鐘一般という解釈でよいのだが、恋の「あらましごと」として聞くそれは、すでに言及したように、戌の刻を告げる鐘であった。〔待ちに待つ宵〕で味わった《心つきぬる鐘の音かな》を思い起こしてくださるように。

古詠にちなんで（一）

さて、五首の古詠をとりあげたい。五首それぞれには、証歌としてその古詠を追慕するところに詠じられている後代の作をも、数首ずつ添えることにする。

古詠の五首からは、民族性ともいってよい純朴な気風と優雅さが匂ってくる。証歌であるその風体を味わってもらうかたわら、添えることにした諸作がみせる男女の仲の深さにも思いを馳せてみてほしい。

上野（かみつけ）の佐野の舟橋（ふなはし）とりはなし親は離（さ）くれど我（わ）は離（さか）るがへ　　よみ人しらず

証歌一。――上野（こうずけ）の佐野の舟橋を取りはずして、親はふたりの仲を裂こうとします。けれども、わたしは裂かれません。あの人から引き離されたりなどするものですか――。

「東歌（あずまうた）」とよばれて伝わってきた一首なので、これは古代の東国で人びとにひろくうたわれた民謡でもあったのだろうか。

舟橋は、幾艘もの小舟を横に並べてつなぎ合わせ、上に板を渡して橋としたもの。現在の群馬県高崎市佐野を流れる烏(からす)川にこの舟橋はみられたという。

東路(あづまぢ)の佐野の舟橋かけてのみ思ひわたるを知る人のなさ　源　等(ひとし)

東路の佐野の舟橋(ふなばし)くちぬとも妹(いも)しさだめばかよはざらめや　藤原顕季(あきすえ)

いまさらに恋路にまよふ身をもちてなに渡りけん佐野の舟橋　源師頼(もろより)

東路の佐野の舟橋さのみやはつらき心をかけて頼まむ　藤原家隆

等(ひとし)の作は忍ぶ恋を詠じている。――東路の佐野の舟橋を架けるがごとく、思いを掛けつづけてきているのだが、この苦しい胸の内を相手に気づいてもらえない。なんと虚しいことであろうか――と。

舟橋の板を取り外すように周囲では人びとの反対があったのかもしれない。等はその反対をふりはらって、ひそかに橋板を架け直すがごとく、意中の女性へ思いを掛けつづけていたのであろう。

顕季(あきすえ)の作はいう。――たとえ佐野の舟橋が朽ちて渡れなくなってしまっても、あなたを妻と決めるからには、通わないことがあろうか。必ずあなたのもとに通いつづけるよ——と。

師頼の作は「遇不逢恋」の題詠。——今となってなお恋路に迷うこんなわたしの身で、結婚をしたあのときは、どうして佐野の舟橋を渡る決断をくだせたのであろうか——。

「遇不逢恋」という歌題には〈逢えない、逢わない、逢いたい恋〉の項でふれたのであった。師頼は、逢うことが間遠になっている現在の境地から、将来を誓い合った日の妻との仲を省みている。

家隆の作に締め括りをしてもらおう。——先人たちは恋に活路を見出そうとするとき、等し並みに東路の佐野の舟橋を思い起こしているではないか。むやみと引き合いに出してよいものではないが、わたしも恋にわずらうこの苦しい心を、渡してある板に張りつけて舟橋を頼むことにしよう——。家隆は大意、そう言っているようだ。

君をおきてあだし心をわが持たば末の松山波も越えなむ　　よみ人しらず

証歌二。——あなたを差しおいて他の殿方を思う浮気心をわたしが持つようなことがあったら、末の松山を大波が越えて来るでしょうよ、きっと——。

これまた東歌の一首である。「末の松山」は仙台の東方、宮城県多賀城市の海岸寄りに存在したらしい。多賀城は東北開拓の根拠地、陸奥（みちのく）（現在の東北六県）を総括する国府であった。この地に暮らす人びとには太古の津波の記憶が伝え継がれていたことだろう。津波の災禍を回避するために人工的に設けられた、松林のつづく長大な丘陵が、すなわち「末の松山」ではなかったろうか。

嘘をつくと閻魔さんに舌を抜かれるよ。私は幼いころ祖母から諭されたものだ。人を欺くとあの松林を大波が越えてきておまえを掠ってしまうよ。多賀城近辺の女性たちはそう言い聞かされて育ったのかもしれない。一首の背景として、公役（くやく）で遠い都へ旅立つ夫を、国府にとどまる妻たちはこの一首のように誓って送り出していたとも想像できる。

契（ちぎ）りきなかたみに袖をしぼりつつ末の松山波こさじとは　清原元輔（もとすけ）

まつといへば心おごりはせらるれど波こそいたく越えにけらしな　藤原伊尹（これまさ）

松山はいとどこ高くなりまして立つあだ波を寄すべくもあらず　よみ人しらず

松山と契りし人はつれなくて袖こす波にやどる月かげ　藤原定家

別れつる涙のひまにひとめ見し松原越しのあけがたの波　熊谷直好（なおよし）

元輔の作は百人一首でも知られるところ。――わたしたちは堅く約束しましたね。涙に濡れる袖を互いにしぼり合いながら。末の松山に波を来させまい、越えさせまい、決して心変わりはするまい、と――。「かたみに」の意は、互いに。

二首目の伊尹(これまさ)の作と三首目は応酬歌である。〔相聞(一)〕の項で井殿(いどの)と伊尹の贈答をみてもらったが、一夜、伊尹が新たな女性のもとへむかう途中、通りすぎようとする、元もと交渉のあった女性の家の門前で松明(たいまつ)の火が消えた。松明を用立ててもらおうとする伊尹を、「松」を「待つ」に掛けて、元の女性は、あなたをお待ちしてもこれからは松明ぐらいの御用ですね、と皮肉ったらしい。

そこで、――「待つ」と言われると、思いあがってその気になるけれども、あなたはすでに心変わりして、末の松山を波が越えているではないか――と、伊尹。――とんでもないことをおっしゃらないで。松山はますます小高くなっております。徒波など寄せつけるはずもありません――と、女の返し。

定家の作はいう。――「末の松山」と堅く誓ってくれたのにあの人はつれなくも心変わりしてしまった。いまは、末の松山を波が越すように、涙の波がわたしの袖を越えてあふれ、月の光が波に映るありさまである――と。月は寓意で誓いを破った相手の女性。その女性の面影のみが涙の波にやどるのだと言っていることになる。

直好の作もいう。――あの人と最後の夜をすごして別れたそのとき、あふれ出る涙のすきまに、瞬間ちらと見えたのです。海岸の松原にうちつける明け方の波が、末の松山を越えたかのように――。

証歌三。

宮城野のもとあらの小萩つゆを重み風を待つごと君をこそ待て　よみ人しらず

――秋も深くなり、下葉が散って疎らになりはじめている小萩が、枝先の葉にとどまる露が重いので、露を吹きはらってくれる風を待っています。このわたしも、さびしい気持の重みをはらってくださるあなたの訪れを、ひたすらお待ちしています――。

宮城野は多賀城郊外にひろがっていた原野。萩の茂る名どころであった。「もとあら」に漢字なら下疎とあてるべきか。萩は下のほうから色づいた葉を落としてゆく。

うちはへていやは寝らるる宮城野の小萩の下葉いろに出でしより　よみ人しらず

宮城野に妻よぶ鹿ぞさけぶなるもとあらの萩に露やおくらん　藤原長能

あはれいかに草葉の露のこぼるらん秋風立ちぬ宮城野の原　西行

風を待ついまはたおなじ宮城野のもとあらの萩の花のうへの露　源実朝

一首目は誰とも定めがたい官女の作。——その後はずっと、眠ろうにも眠ることができません。わたしの秘めてきた思いが宮城野の小萩の下葉が色づくように表に出て、あなたの知るところとなってしまってからというものは——と、大意はいう。

この歌は花山天皇の寵臣であった藤原惟茂(これしげ)に贈られている。惟茂は出家する天皇を追ってみずからも剃髪した。「うちはへて」という語句は何らかの行為が影響した時間的経過をあらわす。その行為がここでは惟茂の剃髪にあたるだろう。

長能の作の意は。——宮城野から妻を求めて叫ぶ牡鹿の声が聞こえてくる。「もとあらの萩」に露が寒々と置くほど、秋も深まってきているのだなァ——。

これは秋歌として詠まれているのだが、情趣は恋歌。牡鹿は秋に妻恋いをする。妻にめぐり逢えない牡鹿の声は、秋が深まるにつれ、悲痛な叫びにかわってゆく。

西行の作の意は。——秋風が立つようになった。あァ、古歌にも詠まれたあの宮城野の原のあたりは、夜においた草葉の露が、いまも風をうけてこぼれ落ちていることだろう——。

陸奥行脚を西行は壮年期のはじめと最晩年とに二度おこなっている。これは最晩年の再度行出発を目前に、伊勢で詠まれている歌。これまた秋歌なのだが、証歌の古詠を脳裏にして、宮城野の風情やいかにと思いを遠く馳せているおもむきを、擬似恋歌として味わっておきたい。

実朝の作はいう。——風を待ちうけて散ろうとする宮城野の萩の、花のうえの露。下葉も色づいてきているその萩と同じようにわたしも、涙の露をうかべながら、色づき焦がれてあの人を待っているのです——と。

千鳥なく佐保の川門の瀬をひろみ打ち橋わたす汝が来と思へば　大伴坂上郎女

証歌四。——千鳥が鳴く佐保川の渡り場は浅瀬といえどもひろいので、板橋を打ちつけておきましょう。あなたはきっとやって来る。そう思えるから——。

「佐保」は万葉期に盛んに詠まれた歌枕。現奈良市の北郊、東西に連なる丘陵一円が佐保山であり、南麓を佐保川が西流する。「川門」は着衣の裾をまくって飛び石づたいに流れを渡るなど、人びとが徒渉をした川床。作者は大伴一族の家刀自的な存在だった。佐保の川門の一つから坂をのぼった丘陵上に暮らしたので一族から「坂上郎女」とよばれた。

『万葉集』に入集している女流の歌数は、この証歌をふくめ、大伴坂上郎女が最多である。穂積皇子の寵愛をうけたが、皇子が薨じて後、藤原不比等の第四子、麻呂から求愛された。証歌の「汝」は麻呂を指しているらしい。

千鳥なく佐保の川霧たちかへりつれなき人を恋ひわたるかな　凡河内躬恒

けさ聞けば佐保の川原の千鳥こそ夫まどはせる声に鳴くなれ　和泉式部
千鳥なく佐保の川瀬に立つ霧のたちてもゐても忘らえぬ君　本居宣長

一首目。――千鳥が鳴く佐保川には川霧もくりかえし立つ。郎女にかよった麻呂を思い、佐保の川霧のように、すげなく取り付く島もないあの女性のもとへ、わたしも辛抱づよくかよいつづけることにするか――。

佐保川は千鳥とともに川霧も景物であった。霧がくりかえし立っては消え、立っては消えするさまを、立ち返る、という。坂上郎女は藤原麻呂を立ち返らせておきながら、異母兄の宿奈麻呂と結ばれ二女をもうけた。躬恒はそのような郎女の行状にも想到しているのであろう。ちなみに、千鳥は名もない小鳥の総称でもある。立っては消える川霧もはかない。つまるところ、はかない恋に憂き身をやつすみずからを、躬恒は千鳥にも川霧にも、有象無象に譬えていることになる。

二首目。――今朝、耳を澄ましていると、きぬぎぬの別れが辛いので夫をひきとめ迷わせているかのように、佐保の川原から、千鳥たちが悲しい声で鳴くのが聞こえてきます――。

佐保の地は平安京からおもむく長谷詣で・春日詣での経路にもあたる。郎女の万葉歌を回想するところから、そこに、寺社詣での道すがら目にもし、旅寝にふれもする、佐保の風韻が詠み継がれていた。

和泉のこの作は証歌を慕いつつ、紀友則の詠《夕されば佐保の川原の川霧に友まどはせる千鳥鳴くなり》をも本歌に取っている。

三首目。宣長の作はいう。——千鳥の鳴く佐保の川瀬に立ちのぼる霧のように、起きていても眠っていても忘れることができないあなたであることよ——と。

この作でも証歌のかたわら、《若の浦に袖さへ濡れて忘れ貝ひろへど妹は忘らえなくに》という万葉歌を宣長は本歌に取っているのであろう。


わが庵(いほ)は三輪の山もと恋しくは訪(とぶら)ひ来ませ杉立てる門(かど)　よみ人しらず

証歌五。——わたしの住居は三輪山の麓です。恋しいなら訪(たず)ねていらっしゃい。わかりやすいと思います。門口に杉の木が立っていますから——。

蛇婿入り(へびむこいり)という型が多いのだが、日本各地に伝わる異類婚説話の祖型は『古事記』にみえる三輪山伝説であるだろう。この証歌もそのカリカチュアとみなせるところに古拙な味わいを汲みたい。

活玉依毘売(いくたまよりひめ)のもとに夜な夜な美麗な青年がかよい、姫はみごもった。怪しむ父母に命じられ、姫は麻糸をとおした針を男の着衣の裾に刺す。翌朝、糸をたどってゆくと三輪山のふもとの神社に達した。男は三輪の祭神、大物主神（おおものぬしのかみ）の化身であったと伝説はいう。大和のこの神社、現存する大神神社（おおみわじんじゃ）の神木といえば、往古から杉の大樹なのである。

三輪の山いかに待ち見む年経（ふ）ともたづぬる人もあらじと思へば　伊勢

山もとの杉のしるしも頼めおかじたれかは訪はむ三輪のゆふぐれ　後鳥羽院

杉たてる門とも人のをしへねばいづくを行きて三輪のやまもと　飛鳥井雅有（まさあり）

をしへおかばいかなる山のおくまでも尋ねぞゆかむ杉たてる門　霊元院（れいげんいん）

第一首。――三輪の山はどれほど意中の人のおとずれを待つことになるのでしょう。何年経っても他に来る人があろうとは思えません。でも、あなたはきっと訪ねてくださるわね――。伊勢、十八歳ごろの詠である。宇多中宮の温子（おんし）に出仕した伊勢が初恋の相手として受け入れたのは、温子の兄、のちに左大臣までのぼる仲平だった。だが、伊勢を裏切って仲平は政略結婚をしてしまう。伊勢は父のもとで傷心を癒やそうとする。大和の国府が当時、三輪山の西南麓から遠くない高取の地におかれていて、伊勢の父は大和守だった。

三輪山は山塊そのものが神体として祭祀されている。父のもとへむかう伊勢は、三輪山を仰ぎ見ながら伝説の主人公に自身を仮託して、この作を仲平へ送ったらしい。

第二首はいう。——わたしが暮らす行在所の目印として、隠岐のこの山の麓にも杉木立がみられる。だからといって期待はしないでおこう。訪ねて来る人があってほしいものだが、誰もあるまい。杉木立のほうへ目を配るこの夕暮れも——。

後鳥羽院が討幕に失敗して隠岐に配流されたのは、承久三年（一二二一）四十二歳。行在所は中ノ島の金光寺山中に設けられていた。これは人界とまさしく没交渉で不遇をかこった沈淪のしらべ。

「頼む」という動詞は下二段にも活用する。「頼めおく」は下二段「頼む」の複合。「三輪のゆふぐれ」の語音に、見わたす夕暮れ、の意が含ませてある。

第三首。「尋恋」と題詞がともなう。——門口に杉の木が立つ、などとあの女は教えてくれているわけではない。どのあたりを歩いて見わたせばよいのだろうか、山の麓を——。

第四首。「寄門恋」と題詞がともなう。——もしも前もってその場所を教えてくれるなら、どのような山の奥までも尋ねてゆかずにおくものか。杉の木の立つ門口へ——。

夢・おもかげ

恋の和歌には、恋愛体験の主情をほしいままに詠じるにとどまらず、あらかじめ歌材・歌題を設定し、感懐をそこに添わせて表白している作も多い。

この項からは、必ずしも題詠されている歌をのみ取りあげるのではないが、歌材による部類別けの視点で私の琴線にふれてきた諸詠を味わっていただこう。

思ひつつ寝(ぬ)ればや人の見えつらむ夢と知りせば覚めざらましを　小野小町

うたたねに恋しき人を見てしより夢てふものは頼みそめてき　小野小町

前首はいう。――ひたすら思いをかけながら寝るので、あの方(かた)を瞼に見たのだろうか。これは夢だともし分かったならば、目を覚まさなかっただろうのに――。

「せば」の「せ」は過去の助動詞「き」の未然形。「せば」は「まし」と呼応する。

後首は。――うたた寝で、恋しいあの方をあのように見てしまってこのかた、夢というものを頼りにするようになりました――。

「見て・そめて」の「て」は完了の助動詞「つ」の連用形。「き」は過去の助動詞であるから、「そめてき」は回想上の過去完了。

小町の家集には《頼まじと思はむとても如何せむ夢よりほかに逢ふ夜なければ》という一首もみえる。この作があるところに、後首が肯定されるばかりか、前首の「夢と知りせば覚めざらましを」の反実仮想もまた痛切にひびいてくる。

逢ふとみる夢を覚めつるくやしさにまたまどろめどかなはざりけり　二条院讃岐

よしさらば逢ふと見つるになぐさまむ覚むるうつつも夢ならぬかは　藤原実家

おどろかす鳥の音ばかり現にて逢ふと見つるは夢にぞありける　平経正

せめてわが寝る夜なよなは逢ふとみえよ夢にやどかる君ならばきみ　木下長嘯子

讃岐詠はいう。――逢って夜を共にしているとみる夢から覚めてしまったのをあきらめられず、いまいちど寝入ったのですが、思いどおりにはまいりませんでした――と。

「夢を覚めつる」について。「覚める」は自動詞だが、格助詞「を」は臨時的に自動詞を他動詞化して対象を強調する。このばあいは夢を強調するため「夢を覚め」となった。なお、以下の三首ともども、「逢ふ」は、抱き合う・共寝をする、という意。

実家詠はいう。——ままよ、そういうことなら、夢で情を交わすと見たことをもって、わたしの心の慰めとしよう。夢から覚めている現実も、はかない夢のなかにいるようなものなのだから——。

実家は讃岐の父源頼政と親交があった。讃岐とはほぼ同年配。結社の「歌林苑」で詠作を競い合っていたと思われ、この作は前首に呼応していると味わいたい。

経正詠。——眠りをおどろかす一番鶏の鳴き声のみが現実であって、共寝をしていると感じていたのは、この独り寝の夢にすぎなかったのだ——。

長嘯子詠。——無理にとはいわないが、あなたに求めたい。わたしが眠っている夜ごとだけでも、一緒に添い寝をしていると感じてくれないか、と。夢を支えに生きているというあなただから、なおのこと——。

「君」は親愛な関係にある男女が、いずれのがわからももちいた対称であるから、長嘯子は現実の女性を念頭にしてはいるのであろう。しかし、歌体からは歴史をさかのぼる女性にまで呼びかけているかという風韻が匂ってくる。讃岐には《わが袖は潮干(しほひ)に見えぬ沖の石の人こそ知らねかわく間ぞなき》の名歌もある。「君」とは夢を大切にした歌人、小町であり、あるいは讃岐でもあったのでは。

死なばやとあだにもいはじ後の世はおもかげだにも添はじと思へば　俊恵

立ちそへるきみが面影やがてさは後の世までもわれに離るな　藤原隆房

本項でまず六首にみてもらった「夢」は狭義の意で、睡眠中におぼえる視覚的な幻影であった。「おもかげ」も歌語として覚醒時におぼえる視覚的な幻影を意味する作から賞玩していただく。

俊恵の作は大意、――恋が苦しいからとて、死にたいものだなどと、当てすっぽにも言ったりはすまい。来世はあの人の面影さえも身近に見ることはできないと思うので――、という。

隆房の作はどうか。――嬉しいことに君の面影がいつも立ち添ってくれているように感じる。ひきつづいて、それなら、来世までもわたしから離れないでくれ――。「やがて」は、ひきつづいて。「さは」は、それならば。

平安末を生きたこの両歌人が処世観を全く異にしているところが面白い。

おもかげはわがひとり寝の床におきていづくにたれと夜を明かすらん　藤原隆信

濁り江とむすぶ契りはなりぬれどなほ面影はうかぶなりけり　慈円

思ひ寝の夢の浮き橋とだえして覚むる枕にきゆるおもかげ　俊成女(しゅんぜいのむすめ)

一首目。隆信は青年のころすでに、似せ絵の名手として宮中の女性たちから騒がれた存在だった。求められるまま、後宮の局(つぼね)・曹司(ぞうし)をわたりあるいて似顔絵を描き、関係まで結ぶ、漁色家でもあった。――昨晩の情を交わした女性の面影は独りで臥す夜にすごすこの床にとどめて置いて、今夜も外泊をしよう。どの局を覗いて夜を明かすことにしようかな――。平家全盛期の後宮は靡爛(びらん)していた。

尤もこれは、法然の門弟となって煩悩を脱した生活をおくっていた晩年、歌合に招かれての作。恋の歌題を呈せられたときのみは、往日を知る人びとの期待が集中したからか、青年時に空想回帰して、このように隆信はあだっぽい作を詠みのこしている。

二首目。この慈円の作は、敦慶(あつよし)親王と伊勢が交わした相聞を証歌とする。〔伊勢・和泉式部〕の項で述べたところをも思い起こしていただきたい。

敦慶親王は《濁り江のすまむことこそ難(かた)からめいかでほのかに影をだに見む》と詠み贈り、伊勢は《すむことの難かるべきに濁り江のこひぢに影の濡れるべらなり》と返歌して、二人はそこから恋路を踏みはじめている。

澄む・住むを掛け合わせた贈歌の意は、――濁り江が澄まないように、あなたと住むことは困難。しかし濁った泥水にも姿だけは辛うじて映るだろうから、わたしはどうにかして、その仄かなあなたの面影だけを見つづけてゆきましょう――。返歌の意は、――たしかに濁り江は澄むことができませんね。だから、泥水に映るわたしの面影はいつも涙でぐしょ濡れになっているでしょう――。泥(どろ)を古語では「泥(こひぢ)」とも読んだ。伊勢はそこに恋路を掛けたわけである。

慈円は右の相聞に、僧体で高い位階まですでにのぼった己が身の、女性との関係に対処するむずかしさを仮託した。つまり、慈円はここに取りあげた作で、――わたしの地位が邪魔をしてあなたとの約束は果たせなくなりました。しかし、思いどおりにならない日常でも、あなたの面影は相変わらずわたしの瞼に浮かびつづけています――、と言っていることになる。

三首目。「浮き橋」といえば水上に小舟あるいは筏を並べて板を渡し、橋の用をさせたもの。前項の「佐野の舟橋」もつまりは浮き橋である。

不安定だから浮き橋は途切れやすい。そこはかとない、叶いそうもない内容などの夢を途切れがちに見つづける状態が、すなわち「夢の浮き橋」と譬えられていた。

俊成女は言っているようだ。――別れて久しい人を思いながら就寝したのですが、共に過ごした来し方が一齣ひとこまと夢に顕われ、とどのつまりは、その浮き橋も途絶えて目覚めた枕元に、夢の残像、その人の面影は消えていったのです――と。

薔薇の記憶

尾崎 左永子

薔薇園には薔薇の時間のありぬべし
夕翳のなかに香りが沈む　（歌集『薔薇断章』）

薔薇が好きである。幼いころから、転居先のどこの庭にも、季が来れば薔薇が咲いた。明治生まれの母が、たいそう薔薇好きだったのだ。その血を継いだのか、私も薔薇、それも深紅の花が好き、と言ったことがあるらしく、何かの折につけ、紅薔薇が届いて来る。嬉しく頂くのだが、幼い頃の印象とは何かが違う。どこが違うのだろう。

第一に、届いてくる切り花には棘が無い。記憶の中の母は、庭から剪って来た薔薇の花を油単（ゆたん）の上に広げ、手袋もせずに、丹念に棘を外していた。三角形に尖った薔薇の棘は、鋭いようでいて案外に脆（もろ）いのだ。花舗から届く薔薇は、トゲを外してあるのだろう。嬉しいけれどちょっぴり寂しい気もする。

もう一つ、最近の薔薇にはあまり高い香りが無い。おそらく近ごろの洋風密閉風の家では、高い芳香は嫌われ、改良されたのかとも思うが、これも何か寂しい。

幼い頃の記憶のひとつに、薔薇の香水がある。たまたま父に迎えの車が来たときのこと、きちんと畳んだ白い麻のハンカチを手渡す前に、母は小さな香水瓶の蓋をあけ、ハンカチを瓶の口に押し当てると、一瞬、逆さにしてから、おもむろにハンカチを父に渡した。幼い私がふしぎそうにしていたのか、母はこう説明してくれた。「これはね、ホワイトローズっていうイギリスの香水なの。男の人の香水よ。」

当時の父はまだ元気で、外国の使臣と接触することが多かったせいもあるのだろう。「武家の身だしなみ」のような感じを、幼な心に感じたことも、今はよい想い出となった。

〈歌人・作家〉

松本章男著

『恋うた・百歌繚乱』
『心うた・百歌清韻』　鑑賞

日本の心を探る和歌アンソロジー

武田　忠治

美しい言の葉を一枚また一枚、丹念に綴り合わせ、華麗な大和心の衣装を織り上げた、これは見事な和歌アンソロジーである。

著者はフランス文学の研究徒だったが、一念発起、日本の和歌の杜に分け入った。そこには我が国固有の民族性、情操、美意識に彩られた一大世界があった。この『恋うた・百歌繚乱』で著者が目を通した歌は二〇万首、そこから四七九首を厳選。一方『心うた・百歌清韻』では二五万首から五一四首を抽出し、全解析を試みた。その考察は行き届き、その解説は初学者向きに平易で優しい。それは私にある出来事を想起させた。

私がある新聞社に在籍していたころ、新刊書の書評を松本氏にしばしば依頼した。その適切な評文はいつも読者に大好評、のみならず書籍の作者自身からも「よくぞここまで読み込んで頂いた。眼光紙背…」という意味の手紙がよく届いた。松本氏は非凡な読み巧者なのである。

また松本氏には初期に『京の裏道』という労作がある。私自身も京人間で、この町の道筋は熟知のつもりでいた。ところが同書の解説を読むと、アレッ?、そこに全く新しい道の姿が現れる。卑近な例では、五条大橋にはいま牛若と弁慶の像が建つ。だが当時はまだ橋は無かった。ここは囚人の首をさらす河原であった！　両人の決闘は離れた清水寺仁王門前である……同書は当時話題を呼び「地理的空間を主題とする新しいジャンルの文学」と称賛された。私はいまこの和歌アンソロジーを前に、〝地理的〟の部分を〝和歌的〟に置き換えたい衝動に駆られている。

さて本書の『恋うた』は、相聞歌をはじめ三十二項目を立てる。スタンダールは恋愛を四つの類型に分けたという。著者は和歌もまた〈虚栄・趣味・肉体・情熱〉の四つを詠い上げてきたとみる。また『心うた』ではかの西行が詠作指導の際「古今集…中にも〈雑〉の部を常に見るべし」と勧めたのにならい、著者も雑歌こそ日本人固有の心情を最も濃密に表現していると、これを中心に選択した。

こうして選んだ歌について、著者はその時代背景を明かし、往時の人模様をたどり、言葉と文字遣い、文法にも目を配って歌意を探る。数ある枕ことばの由来、掛ことばの妙、秘めことばの真意などまで詳しく説き進めていく。人が「会う」と「逢う」、鐘の「音」と「声」のニュアンスにいたるまで丁寧に示唆をする。また例えば「命」に掛かる枕ことば「たまきはる」について著者は個人的な心証とことわりながら、〝霊魂が体内で小刻みにトレモロを発する命〟と解するなど、鋭い感性の響きを伝えて妙だ。言語の解釈にあたっても、自分は「……の意を汲みたい」と控えめに披露する場面が随所にある。こうした感性の豊かさは、この人が有名な華道（未生流）の一流師範でもあることを思えば当然かもしれないが。

こうして著者は『恋うた』最終章を粋な配慮で飾る。自ら九仞の功を一簣に失するに等しいかもと言いつつ、一首「涙のみふるやの軒の忍ぶ草けふのあやめは知られやはする」（和泉式部）を挙げる。そして「あやめ」が男女のそれを意味する秘語であることも明かす。――今日のわたしの心の乱れ、わたしのあやめはどんな状態かご存知ありませんわね――と。

読み進むうち、事程左様に突然思いがけない歌の扉が開かれ、もはや絵空事ならぬリアルな実体が飛び出してくる。漫然と三十一文字の語感を楽しんで読み流してきた浅学に、これは大きな驚きと同時に、改めて日本人の心の深奥を覗きみる思いさえする。

私はデスクに松本氏の和歌本を置く。気分が詰まる時などに、どこからでも読むと、不思議に心が安らぐ。ここには美しい言葉、優しい愛情、雅な人模様がある。日本人なら誰も癒されるに違いない正に自家薬籠中の書――今からこの新しい和歌アンソロジー二冊が我が薬籠に収まることは申すまでもない。

〈ジャーナリスト〉

発売中　表示の本体価格に税が加算されます。

戦前の文士と戦後の文士　大久保房男
四六判　上製・函入　二四〇頁　本体二三〇〇円

文士と編集者　大久保房男
四六判　上製・函入　三五二頁　本体二五〇〇円

終戦後文壇見聞記　大久保房男
再版　四六判　上製・函入　二九二頁　本体二五〇〇円

文士とは　大久保房男
再版　四六判　上製・函入　二二四頁　本体二三〇〇円

理想の文壇を　大久保房男
再版　四六判　上製・函入　三〇〇頁　本体二四二七円

文藝編集者はかく考える　大久保房男
第四版　四六判　上製・函入　三七二頁　本体二五〇〇円

書下ろし長篇小説・藝術選奨文部大臣新人賞受賞
海のまつりごと　大久保房男
再版　四六判　上製・函入　三六〇頁　本体二七一八円

ささやかな証言―忘れえぬ作家たち　徳島　高義
四六判　上製カバー装　二八八頁　本体二五〇〇円

古典いろは随想　尾崎左永子
再版　四六判　上製カバー装　二六四頁　本体二三〇〇円

梁塵秘抄漂游　尾崎左永子
四六判　上製カバー装　二〇八頁　本体二二三三円

源氏物語随想―歌ごころ千年の旅　尾崎左永子
四六判　上製カバー装　二八〇頁　本体二三〇〇円

啄木の函館―実に美しき海区なり　竹原　三哉
四六判　上製カバー装　二九六頁　本体一九〇五円

花過ぎ　井上靖覚え書　白神喜美子
五刷　四六判　一六八頁　本体一七四八円

松本たかし俳句私解　上村　占魚
A五判変型　上製函入　一七六頁　本体二五〇〇円

随筆集　鯛の鯛　室生　朝子
四六判変型　上製カバー装　本体一九〇五円

犀星　句中游泳　星野　晃一
四六判　上製カバー装　三四四頁　本体二三〇〇円

室生犀星句集　星野晃一・編
生誕120年記念出版。文・川上弘美、解説・星野晃一。
四六判変型上製　二四〇頁　本体一八〇〇円

俳句の明日へⅡ―芭蕉・蕪村・子規をつなぐ　矢島　渚男
再版　四六判　上製カバー装　三〇八頁　本体二四〇〇円

俳句の明日へⅢ―古典と現代のあいだ―　矢島　渚男
四六判　上製カバー装　三一二頁　本体二四〇〇円

身辺の記（再版出来）　矢島　渚男
四六判変　上製カバー装　二一四頁　本体二〇〇〇円

身辺の記Ⅱ　矢島　渚男
「梟」主宰　四六判変　上製カバー装　一九二頁　本体二〇〇〇円

公害裁判　イタイイタイ病訴訟を回想して　島林　樹
再版　A五判　上製カバー装　七二八頁　本体二八五八円

友　臼井吉見と古田晁と―出版に情熱を燃やした生涯　柏原　成光
四六判　上製カバー装　二四八頁　本体二〇〇〇円

海を渡った光源氏―ウェイリー、『源氏物語』と出会う　安達　静子
四六判　上製カバー装　四三二頁　本体二六八六円

新刊・近刊

●和歌秀詠アンソロジー・二冊同時発売

恋うた　百歌繚乱　松本章男
四六判　上製カバー装　三五四頁　本体二三〇〇円

心うた　百歌清韻　松本章男
四六判　上製カバー装　三六〇頁　本体二三〇〇円

＊

句集　青羊歯　倉田明彦
A5判変型　上製カバー装　一九〇頁　本体二三一五円

風雲月露―俳句の基本を大切に　柏原眠雨
四六判　上製カバー装　三九二頁　本体二五〇〇円

私の万華鏡―文人たちとの一期一会　井村君江
四六判　上製カバー装　二八六頁　本体二五〇〇円

多田不二来簡集　多田曄代・星野晃一編
A五判　上製本箱入　五八四頁　本体四五〇〇円

紅通信第七十五号　発行日/平成29年3月16日　発行人/菊池洋子
発行所/紅(べに)書房　〒170-0013 東京都豊島区東池袋5―52―4―303
振替/00120-3-35985　電話/03-3983-3848　FAX/03-3983-5004
http://beni-shobo.com　info@beni-shobo.com

身にとまる匂ひもちかきおもかげに今宵はひとり寝るときもなし　正徹

はかなしと思ひ捨つるをたよりにて慕ふかとほき夢のおもかげ　正徹

面影をともにうつせば筒ゐづつ井筒の水もむつまじきかな　村田春海

歌語としての「夢」の原意から時代がくだるにつれてひろまった転義は、「現世もまた夢」といった観念にとどまる。けれども、「おもかげ」のほうは、転義としてよりひろく、さまざまな事象が消えたあとにとどまる気色・余波、さらになお記憶としてよみがえる事象そのものの様相をさしてまで用いられるようになっている。

正徹の二首は転義としての「おもかげ」の含むところが奥ふかい。

前首には、「懇切恋」と題詞がともなう。——あの女の移り香がこの身になお匂っているから、そばにいてくれるような気がして、今宵は独りなのだが、眠れそうもない。ほんの短い時間も——。

後首は「難忘恋」の題詞で詠じられている。——将来のめどが立たないと思い捨てているのが動機となって、反って懐かしくよみがえってくるのだろうか、遠い日のあの女との出来事が——。なるほど、忘れ難い恋とは、このようなものかもしれない。

春海詠。私はこの一首から『伊勢物語』二十三段にみる幼馴染みふたりの相聞を思い起こす。若者の贈歌《筒ゐづつ井筒にかけし麿がたけ過ぎにけらしな妹見ざるまに》と、乙女の返し《くらべこし振り分け髪も肩すぎぬ君ならずして誰かあぐべき》を。

若者は——里の丸井戸の「井」の字形に組んであった木枠の高さに、わたしの背丈は及ばなかった。その背丈があなたと会わないあいだに木枠より高くなったようです——と言い、乙女は——あなたと比べ合ったわたしの垂れ髪も、肩から下へ長くなりました。あなたの手で結いあげていただきたいわ、この髪を——と返している。

春海は連想をしたのではあるまいか。——あの幼馴染みが揃って井戸を覗きこみ、ふたりの姿を水に映したとしたら、井戸の水をまで懐かしく思えたことであろうよなァ——と。

独り臥す床

恋の炎に身を焦がしていながら夜の床を共にできない独り寝はつらい。ここには、独り寝をする夜床の切なさ・虚しさを詠じている作を、時代順にとりあげる。

偶然に逢えなくなった独り寝があるだろう。契りはつづいているものの逢うことが間遠になった独り寝があるだろう。そして、契りが切れてしまっている独り寝もあるのかもしれない。

蒸し衾なごやが下に臥せれども妹とし寝ねば肌し寒しも　**藤原麻呂**

わが背子がありかも知らで寝たる夜はあかつきがたの枕さびしも　**よみ人しらず**

前前項で麻呂から求愛されている坂上郎女の古詠に接してもらったが、ここで麻呂の作がいう「妹」は、坂上郎女を指している。

——蒸すように温かい夜具、その柔らかさに包まれて臥しているけれども、郎女と一緒に寝ているのではないから、なんとなく肌寒い感じがすることだ――。

布地で作った身体をおおう寝具一般が「衾」とよばれた。「蒸し衾」は、山野に自生するイラクサ科の多年草、カラムシの茎を蒸し、その繊維で編まれていたらしい。「なごや」の意は、和（なご）やか・柔らか。

――愛する夫がどこに行ったのか、その所在も知らないまま寝ている夜は、明け方が近づくほど枕もとが寂しくてなりません――。

「寝たる」の助動詞「たり」は作用が継続している状態を表わすから至妙。ほんのり物の輪郭が分かるにしたがい、かたわらに夫の寝顔がないのが身に応えてくる。この歌はそう言っている。

さらでだに絶えぬ思ひに臥ししづみ床くつるまで物をこそ思へ　藤原顕仲（あきなか）

いまはただ寝られぬ寝（い）をぞ友とする恋しき人のゆかりと思へば　宣源（せんげん）

顕仲の作は。――そうでなくてさえあの女（ひと）への焦がれは絶えることはないのに、ますます焦がれがつのってうち臥すので、わたしの夜の床は悲しみの涙で朽（く）ち腐るほどです。それほどまで、あの女のことを思っているのです――という。

宣源の作は。――今はまるで、就寝する夜のわたしは、眠られないことを友としているようなもの。恋は人を眠らせません。今のわたしはただ、眠られないという事実だけであの女と繋がっていると思うと、余計にね――といった意になる。

両首ともに平安末ちかく、白河院政期の作である。

あかざりし匂ひのこれるさむしろはひとり寝る夜も起き憂かりけり　**殷富門院大輔**

しばしこそ来ぬ夜のちりもはらひしか枕のうへに苔むしにけり　**殷富門院大輔**

前首には「移り香にまさる」と詞書がみられる。

――いつもあの人に満足させてもらった思い出の残る敷物からは、独りで寝る夜も起きあがるのがつらいものです――。

「匂ひ」の意を作者は、共寝をした人の残す移り香と解釈されたくはなかったのであろう。「匂ひ」は残り香より、余情・情趣、言いかえれば逢瀬の思い出そのものなのだ。「さむしろ」は寝所でもちいた敷物のこと。「さ」は接頭語で、ここでは狭い筵の意はない。

後首も「枕に寄す」と詞書が添う。

――ほんのしばらくは、あの人が来ない夜の寝所の塵をはらったものです。明日は来てくれるだろうと思って。しかし、その期待も空しく、わたしの流す涙で乾くことのない枕に今は、苔が生えるほどになってしまっているのです――。

係り結びで「こそ」を受ける活用語は已然形。「しか」が過去の助動詞「き」の已然形である。

ひと夜とてよがれし床のさむしろにやがても塵のつもりぬるかな　二条院讃岐（さぬき）

見せばやな夜床につもる塵をのみあらましごとにはらふ気色を　慈円

頼めぬを待ちつる宵もすぎはててつらさ閉ぢむる片敷きの床　藤原定家

綾むしろ緒（を）になるまでに恋ひわびぬした朽ちぬらし十編（とふ）のすがごも　源実朝（さねとも）

讃岐詠はいう。――今夜だけは無理だよ。あの人がそう言って離れていった寝所の敷物に、訪れがそのまま途絶えて、なんとそのうち塵がつもってしまったのです――。

「よがれし」は夜離れし。ここで「さむしろ」には寒筵（さむしろ）という意をも汲んでみたい。「やがても」の「も」は強調で、「かな」の詠嘆に呼応している。

慈円詠はいう。――あの人に見せたいものです。夜床につもっている塵を。さらに、逢えたときにはこうしようと思う予定と期待から、夜床は敷いたまま、塵をのみ念を入れて払いのけているわたしの身振りや表情をも――。

この作は歌合における「夜恋」という題詠で、女性の立場から詠じられている。そして「見せばやな」が「塵」に掛かり「気色」にも掛かると重ね読みするところに、味わいが深まる。「あらましごと」には、逢瀬の仕来りなどに関して〔恋路のはじめ〕の項でふれたのだった。その「あらましごと」の語に、ここでは前途に予想される事態への期待の意がこめられている。

定家詠も、同じ歌合、同じ「夜恋」の題詠。慈円詠同様にこれまた女性の立場での詠である。

――来るとは言っていないあの人が、もしや来るかと待っていた宵も過ぎてしまいました。今から、待ちに待った辛さを閉じこめるつもりです。片敷きをした独り臥す床に――。

「片敷きの床」は自分ひとり分の夜具のみを敷き延べた床。

実朝詠では、〔逢えない、逢わない、逢いたい恋〕の項で賞玩した万葉歌を思い起こしていただこう。《ひとり寝(ぬ)とこも朽ちめやも綾むしろ緒になるまでに君をし待たむ》。――独り寝を長くつづけたとて下に敷く菰莚(こもむしろ)まで朽ち腐ることはあるまい。わたしはしかし、上に敷く綾織の筵がすり切れて編み糸だけになるまでも、あなたを待つことにしよう――。実朝はこれを本歌に取っている。

――わたしは綾織の上敷の、美しい模様がすり切れてほんとうに編み糸だけになるまで、苦しい恋を耐え忍んでしまった。下敷もどうやら朽ちてきているらしい。下敷は十編(とふ)の菅菰だが

——と、実朝詠はいう。

夜ごと夜ごとの独り寝で輾転反側をくりかえすことがあったから、実朝はこのような作の着想をえたのかもしれない。

「綾むしろ」は斜文組織で模様を織り出した筵であっただろう。「すがごも」は菅菰。スゲを編んでつくった筵を意味し、東北地方で産するそれは十編、つまり編み目が十筋ある幅のひろいもので、よく知られていたという。ちなみに〔待ちに待つ宵〕の項で源師光の作、《さりともと十ふのすがごもあけて待つ七ふに塵のつもりぬるかな》を味わってもらったのだった。

塵はやま涙はうみとなりにけり逢はぬ夜つもる床のさむしろ　藤原為家

いつまでか枕ばかりにしられけむ袖にもいまはあまる涙を　日野俊光

鐘の音に逢ふとみえつる夢さめて来ぬ人にさへ別れぬるかな　足利義詮

為家詠。——塵は山のごとくたまり涙は海のごとくひろがってしまった。逢えない夜が重なるこの寝所の床の敷物のうえに——。

〔つれなさを恨む〕の項で家隆の作、《とこは海まくらは山となりぬべし涙も塵もつもる恨みは》をとりあげたのを思い起こす。実朝の前詠が万葉歌をいわば倒立させているように、為家のこの作は、意識的に家隆詠の向こうを張って、その未来予測を達成させているともいえるではないか。

俊光詠。——いったいいつまで、あの女(ひと)には気づかれず、枕だけに知られつづけてゆくのであろう。いまは袖にあまって零れつづける涙のこのありさまを——。

義詮詠。——鐘の音に不意を衝かれ、逢瀬に耽っていた夢から覚めたがゆえに、この独り寝で、現実にはそばに来ていない女(ひと)とさえも別れることになってしまったなァ——。

鐘の音、鐘の声のちがいについても〔待ちに待つ宵〕の項で言及したのを思い起こす。屋上屋を架すのだが、鐘については、こんなふうに表現をわきまえたい。

鐘の音(ね)に心が澄む。鐘の音(おと)に不意を衝かれる。鐘の声にあわれをもよおす。鐘のひびきに家路をいそぐ。

黒髪・鏡

黒髪は歌語として万葉期から恋歌の素材となっている。和歌にのみ詠じられて物語ではほとんどこの語はもちいられていない。まず万葉歌四首から見ていこう。

恋に身を焼く女性は鏡をも手離せなかった。鏡詠二首をも添えることにしたい。

ありつつも君をば待たむうちなびくわが黒髪に霜の置くまでに　　磐姫皇后(いわのひめのおおきさき)

黒髪に白髪まじり老ゆるまでかかる恋にはいまだ逢はなくに　　大伴坂上郎女(さかのうえのいらつめ)

朝寝髪われは梳(けづ)らじうるはしき君が手枕(たまくら)ふれてしものを　　よみ人しらず

ぬばたまのわが黒髪を引きぬらし乱れてなほも恋ひわたるかも　　よみ人しらず

第一首。――このままいつまでも君を待ちつづけよう。長ながと垂れ靡くわたしの黒髪に白いものが霜が置くようにまじるとしても、その日までも――。

作者の磐姫皇后は仁徳天皇の正室。記紀の説話で伝わるのだが、この皇后は、天皇が八田皇女を側室として召したのを寛恕できず、難波宮を出奔してふるさとへ去った。そして、天皇の心が翻るのをふるさとに待ちつづけて崩じたらしい。

第二首。——黒髪に白髪がまじる老いの坂にかかるまで、このように苦しい恋にはかつて出逢ったことなどありませんでした——。

〔恋は久しく老いるまで〕の項で、坂上郎女の異母兄、大伴旅人の部下であった大伴百代の、《こともなく生き来しものを老いなみにかかる恋にもわれは逢へるかも》という作を採った。一首は百代の作に呼応すると思われているが、果たしてそうなのか。

この郎女はすでに見てもらったように、麻呂に求愛されて「佐保の川門」に打ち橋をわたすほどであったが、一方で、異母兄のひとり宿奈麻呂と結ばれ、大伴家持の妻となった坂上大嬢、さらに二嬢、ふたりの女子をもうけている。

近親不婚の拘束などなかった古代、血がかよい合う兄弟姉妹の恋は、小野篁と峰守女の相聞をみてもらっているように、劇的な亢進をたどりがちだった。古代の年齢概念では四十歳がすでに老い。一首の「かかる恋」という語句には、じつは、宿奈麻呂との恋の劇的な経過が秘められているのではあるまいか。

第三首。——寝起きの髪がどれほど乱れていようと、わたしはその髪を櫛で梳いたりはしません。愛しい君の腕に触れ、手枕をしてもらった髪なのですもの――。

後朝(きぬぎぬ)の女性一般の心情が代弁されているかのような詠じぶりである。髪を梳けば男性の移り香が消えてしまい、置き残してくれた魂も去ってしまう。そんなふうに考えて梳くのをためらった女性もあったのではなかろうか。

第四首。――われとわが黒髪を解きほどき、身も心も乱れるにまかせて、なおいっそう狂おしくあなたさまを恋しつづけております――。

「ぬばたまの」は、夜の暗闇と黒髪とにかかる枕詞。アヤメ科の多年草、ヒオウギの実が真っ黒な顆粒であり、ヌバタマとよばれていた。「引きぬらし」の「ぬらす」は、結ばれているものが弛みほどけるさまを意味する自動詞「ぬる」の他動詞化と考えられている。

加えて一言。平安期以降、ヌバタマはウバタマと発音されて、「烏羽玉」と漢字が当てられたりしている。「髪は烏(からす)の濡れ羽色」という成句は烏羽玉からもたらされたのであろう。この成句からさかのぼれば、一首の「引きぬらし」の語をとおして、濡れをおび艶つやとひかる黒髪のみずみずしさがズーム・アップしてくる。


忘れずも思ほゆるかな朝なあさなしが黒髪のねくたれのたわ　源　順(したごう)

黒髪の乱れもしらずうちふせばまづ掻きやりし人ぞ恋しき　和泉式部

黒髪の色かはるまでなりにけりつれなき人を恋ひわたるとて　能因（のういん）

この三作はいずれも、在りし日の黒髪のおもむきを験にしている気配があって、そこが共通する。

順（したごう）詠はいう。――忘れることなく思い起こしてしまうなァ、朝ごとに。ほれ、おまえの黒髪が朝にはいつもみせていた、寝乱れたままの、くせのついた、あのしどけないたわみを――と。

「朝なあさな」を上二句をうけ下の句にもかかる掛け詞として味わいたい。「忘れずも」の「も」が意味を強める係助詞で「かな」と呼応する。古語で代名詞の「其（し）」はつねに助詞「が」をともない、このように「しが」の形でもちいられた。ここでは、指示代名詞として、ほれ・それ、人称代名詞として、おまえ、両意をみせている。長く連れ添った妻を前に語りかけているかのような、なかなか味のある作だ。

和泉詠はいう。――黒髪が乱れるのも意に介さず臥せていると、この黒髪を最初にやさしく掻き撫でてくださったのはあの人だったと、恋しさがよみがえってくるのです――。

和泉の初恋の人は〔相聞(二)〕の項でふれたように為尊（ためたか）親王だった。彼女の夫の和泉守は藤原道貞という。酷な表現になるが、これは彼女が敦道（あつみち）親王と終生の恋に生きる以前、和泉の国府で、夫道貞の腕のなかにありながら、為尊親王を追慕した一首であるだろう。

能因詠はいう。――黒髪の色が以前とはすっかり変わるほど褪せてしまいました。あのころから、情け知らずな、思いやりのない人を恋いつづけたものですから――。

もとは歌合への出詠作で、これは女性の立場で詠じられている。みずからの黒髪を惜しむ女性の心情を汲みとっておこう。


長からむ心もしらず黒髪の乱れてけさは物をこそ思へ　**待賢門院堀河**

櫛の歯をこころにひきてかよへどもわが手にかくる黒髪もなし　**正広**

堀河の作は後朝の詠である。――末長く愛は変わらない。そう約束してくださるあなたの心はほんとうに真実なのか。お逢いして別れた今朝は、寝乱れている黒髪そのままに、わたしの心も乱れて、物思いに沈んでいるのです――。「百人一首」で知られるこの歌の大意はいう。

源師時が思われ人であった。ほぼ二十八歳も年長で、風流三昧、放縦な私生活をおくったとみられる歌人相手に、堀河はこのように一途な恋をしていた。

ところで、「百人一首」に採られている西行の歌といえば、《歎けとて月やは物を思はするかこち顔なるわが涙かな》である。この歌の大意は、――歎け歎けと、空に澄む月がわたしを物思いに沈めるのか。そうではなく、つれない女性ゆえの物思いであるのに、月にかこつけて溢(こぼ)してしまう恋の涙であることよ——という。

堀河・西行の両首は、「物をこそ思へ」「物を思はする」の語句によって照応する。

少年期から西行の慕いつづけた憧れの存在が堀河だった。けれども、師時にもてあそばれるばかりの堀河は、西行の思いを受け容れなかった。定家はこの二人のすれちがいの恋に気づいたがゆえ「百人秀歌」に両首を撰んだのであろう。ひいては「百人一首」の成立をみて、両首は後世までひろく伝わることになった。

正広(しょうこう)の作は室町中期までくだる。——櫛の歯を一筋ひとすじ心のなかに挽(ひ)いてゆくように、ひきもきらず、あちらこちらと女性のもとへかよってきたのです。しかし、いまだに巡り合えません。わたしのこの手で黒髪を梳かせてくれる女性には——と、歌意はいう。

櫛の歯は鋸(のこぎり)を挽(ひ)くように次つぎと削って成形するところから、物事を絶え間なくつづけることを譬えて「櫛の歯を挽く」という。古来の成句である。ちなみに、正徹の愛弟子であったこの歌僧には、ひと味ちがう軽妙洒脱な発想の作が多くみられる。

見えもせむ見もせん人を朝ごとにおきてはむかう鏡ともがな　　和泉式部

朝ごとにかはる鏡のかげみれば思はぬほかのかひもなきかな　　小侍従

和泉は思っている。——あの人から見られもしましょう。わたしから見もしよう。あの人を、来る朝ごとに起きては向かう鏡とすることができたらいいのに。いえ、そばに置く鏡と一緒に、あの人そのものを、朝という朝、わたしのそばに引きとどめておくことはできないものかしら——。

小侍従は呟いているようだ。——朝ごとに鏡にうつるわたしの容姿が、みれば、こんなにやつれてきている。つれない人のせいなのかも。これでは、思いもかけない他の人たちから慕われて、せっかく艶っぽくなった甲斐もないわねえ——。

下紐・衣返し

下紐は肌着のうえに結んだ紐。古くは下紐と濁って発音した。女性のばあいは下裳（腰巻き）を結んだ紐をさしたようだ。愛し合う相手があり、その人から思われているとき、下紐が自然に解けるという俗信があった。

衣返しは就寝するさいに肌着あるいは寝衣を裏返しに着たことをいう。これまた俗信で、愛する人を夢に見ることができるとされていた。

この項も万葉歌四首から味わってもらおう。

人の見る上は結びて人の見ぬ下紐開きて恋ふる日ぞ多き　　よみ人しらず

夢にだに見えむと我はほどけども相し思はねばうべ見えざらむ　　大伴家持

二人して結びし紐をひとりして我はとき見じ直に逢ふまでは　　よみ人しらず

我妹子し我を偲ふらし草まくら旅の丸寝に下紐解けぬ　　よみ人しらず

一首目。――人に見られる上裳の紐はかたく結んでおりますが、人から見えない下裳の紐を解きあけておいて、昨日も今日もと、逢いたい君に恋い焦がれる日が重なります――。

古代、腰から下に巻かれた衣服の総称を「裳」とよぶが、これは女性の歌で、上裳と下裳をさしているとみて見当ちがいではないと思う。下紐はおのずから解けたのではないだろう。しかし、愛されているという確信があるとき、自分の手で解いておいても効果があって、それだけ早く相手が来てくれるという考え方が女性一般になされていたのではないだろうか。

二首目。前項〔黒髪・鏡〕で坂上郎女が宿奈麻呂ともうけた娘、大嬢は家持の妻となったと言及した。これは家持が坂上大嬢に贈っている歌である。

――せめて夢でだけでもあなたに逢えるように、わたしは下紐を解いて寝たのです。けれども、今は相思う仲だとはいえないからでしょうか。もっともなことに、あなたは夢に姿を見せてくれません――。

結婚後のことで、ふたりは何かの原因から仲違いの状態にあったのでは。前首同様ではないが、思われていれば下紐が解けるという俗信を、この歌も逆手に取っている。仲直りをしようと、家持は白旗をかかげているかのようだ。

なお、「夢」の語源は「寝目」とされ、万葉歌の多くが「夢」とよぶ。

三首目。――二人で結び交わした下紐ですから、わたし独りで解いてみたりはしません。直接あなたに接し、あなたに解いてもらうまでは――。

相愛の男女は後朝(きぬぎぬ)の別れぎわ、互いに相手のほうの下紐を結び合う。そして、夕べの再会まで自分ではそれを解かないと誓い合うのも、逢瀬の慣わしであったようだ。『伊勢物語』三十七段に、本首を証歌とした一作、《ふたりして結びし紐をひとりしてあひ見るまでは解かじとぞ思ふ》と男に約束する、女の歌があらわれる。

四首目。――妻がわたしを恋い慕っているらしい。道の辺の草を枕に着衣はそのまま旅寝をしていると、下紐がひとりでに解けてしまった――。

この歌こそ俗信をそのまま追認している。「我妹子し」の「し」は上接する語を指示強調する副助詞で、「大和しうるはし」などと同様。そして、帯をも解かない、着物を着たままのごろ寝を「丸寝」ともいう。

思ふとも恋ふとも逢はむものなれや結(ゆ)ふ手もたゆく解くる下紐(したひも)　よみ人しらず

下紐のとけしばかりを頼みにてたれともしらぬ恋をするかな　凡河内躬恒(みつね)

人しれず思ふ心のしるければ結(ゆ)ふともとけよ君が下紐　馬内侍(うまのないし)

よみ人しらずは、――いかに思ってもどれほど恋い慕っても、逢ってくれる人ではありません。でも、結ぶこの手がだるくなるほど強く締めるのですが、今夜は下紐が解けてくるのです――と言う。

この作者には、思いの届く恋ではないことが骨身に沁みてわかっている。にもかかわらず下紐がひとりでに解けるから、心が騒いでしまった様子。「逢はむものなれや」は、逢おうとでも相手は気持が揺れてくれたのか、そんなはずはないのだが、という意。

躬恒（みつね）は言っている。――下紐が解けたことだけを拠りどころとして、わたしを慕ってくれている女（ひと）は誰なのか、その誰とも分からない相手を探す恋をすることにしよう――と。

馬内侍（うまのないし）の歌には、「したの袴（はかま）の腰に結びて、謙徳公のもとにつかはしける」と詞書が添う。謙徳公とは、井殿との相聞をみてもらった藤原伊尹（これまさ）のこと。〔古詠にちなんで〕の項でも複数の女性との関係が浮上したのであったから、この貴顕はなかなかの艶福家であったようだ。

馬内侍は伊尹が摂政位にあった円融朝で中宮媓子に出仕していた上臈女房。「したの袴」はこの女官が平素に着用していた下裳を意味するだろう。腰の部分に一首を結びつけて折り畳んだ下裳を、摂政のもとへ女童（おんなわらわ）に献呈させたとは、ずいぶん大胆なことをしたものである。

――誰にも気づかれないであなたさまをお慕いしているわたしの心が並なみでないのを、ここにお知りになったうえは、たとえお結びになっても解けてくれますように、あなたさまの下紐が――。

「しるければ」は、著けし（著し）の「著」に「知る」の意を掛け合わせてある。さらに念を入れて、「結ふとも」にも「言ふとも」、わたしがこうして告白するからには、の意までこめてある。

内侍も艶名を馳せた女官なのだ。これは恋愛遊戯の一方の烈士に他方の烈女が鞘当てをこころみた、戯れ贈歌かとみるのもよい。むしろ、そういう賞玩が思わしいだろうか。

もろともにいつか解くべき逢ふことのかた結びなるよはの下紐　　相模

世とともにおなじ枕に臥しながらさてしも解けぬ下紐ぞ憂き　　藤原重家

相模の詠は『後拾遺集』に採られて、長いこんな詞書が付せられている。「忍びて物思ひはべりける頃、色にやしるかりけん、うちとけたる人、〈などかものむつかしげには〉と言ひはべりければ、心のうちにかくなん思ひける」と。

「うちとけたる人」とは、相模の夫、つまり相模守の大江公資をさすだろう。ひっそり物思いに沈んでいたとき、意中の人に馳せる思いが表情にあらわれてしまったのか、〈なぜかふさぎこんでいるね〉と夫からことばを投げられ、この一首に詠じたそのままを心に思ったという。

――あの方と二人して、いつまた解くことができるだろうか。あの方に逢いたいがために弱く片結びしている、この夜着の下紐を――。

相模の意中の人は〔相聞(二)〕で贈答をとりあげた藤原定頼。「よはの下紐」に、夜半・弱の両意を汲むべきだろう。紐の片結びは、真結びにくらべて解けやすい。逢うことが難い（むつかしい）から、反って簡単に解ける片結びをする。恋する女性の心がけだった。

重家の詠のほうは題詞に「馴不会恋」という。この題詞はすでにとりあげた「遇不逢恋」の次の段階を表わしているようだ。

遇って逢わざる恋は、結婚はしたものの男女の交わりは稀になっている恋を意味していた。「馴不会恋」すなわち、馴れて会わざる恋は、結婚生活に倦怠して夜床を共にはしているものの顔さえも見合わさない恋、という意味になろうか。

――夫婦生活を共にしているので、枕も同じものを並べて夜床に就きます。しかし、反ってそんな状態になってから、下紐が解けるのに気づくということがありません。情けないことですけれども――。

「世」という語の包摂する意味範囲がひろい。ここでは、夫婦生活、という意にとらえるのが適切ではないかと思う。そして、「世」にはもちろん「夜」の意も掛け合わせてある。「さてしも」は、そういう状態になってから。

いとせめて恋しきときはむばたまの夜の衣を返してぞ着る　小野小町
つれなくぞ夢にも見ゆるさ夜衣うらみむとては返しやはせし　藤原伊綱
思ひかね夢に見ゆやと返さずは裏さへ袖は濡らさざらまし　源頼政

小町詠。——耐えきれないほど胸に迫って恋しいときは、夜の寝衣を裏返して着ることです。そうすれば、夢に必ず逢えるといいますから——。

「いと」は、あまりにも・非常に。「せめて」は動詞「迫む」の連用形に助詞「て」の付いた副詞で、自分の心に迫るような感じを表わす。枕詞「むばたまの」は前項の「ぬばたま」に同じ。ヌバタマ・ムバタマ・ウバタマと発音・表記が変化した。

万葉歌にはこれとは逆に、袖を折り返して寝ると自分の姿が恋する相手の夢に現われると詠む一首がある。《白たへの袖折り返し恋ふればか妹が姿の夢にし見ゆる》。すなわち——彼女が袖を折り返してわたしを慕いながら寝てくれているからか、彼女の姿がはっきりと夢に見える——と。

伊綱詠。——夢に現われたあの女はなんと冷淡で素っ気なかったことか。恋しいばかりか逢いたいから夜の衣を裏返しに着て寝たので、なにも恨もうと思って裏返したのではないのに

――。

頼政詠。――恋しさを抑えきれず、せめて夢に逢えるかと寝衣を裏返しになどしなかったならば、袖は表が湿る程度、裏をまでこれほど涙でぐしょ濡れにしなくてすんだものを――。

忍ぶ草・忘れ草

忍ぶ草は、シダ類の常緑多年草、ノキシノブの異名。忘れ草は、ユリ科の多年草で漢名が萱草（かんぞう）、日本名がヤブカンゾウの異名。

前者は樹の幹に寄生するのを現今もよく見かける。往日は屋根の軒先などに盛んに着生した。後者は初夏、姫百合に似る花を藪かげなどに咲かせてくれる。ちなみに、ニッコウキスゲは同属という。

忍ぶ草も忘れ草も、恋の苦しさを耐えようとする、恋する相手を忘れようとする、いずれも比喩としてうたわれた。時代が推移するにつれて忍ぶ草は忘れ草に収斂されてゆくのだが、その曲折をも本項で読んでいただくことになる。

ひとりのみながめふるやのつまなれば人を忍ぶの草ぞ生ひける　貞登（さだののぼる）

ひとりしてながむる屋戸（やど）の端（つま）に生ふる忍ぶとだにも知らせてしかな　藤原通頼（みちより）

登詠の意は。――長雨が降りつづく空を古屋の軒下からぼんやりと眺め、ただ独り、所在なく物思いにふけっているわたしを想像してみてください。軒端には忍ぶ草が生い茂っていますが、わたしの心のなかにもあなたを思い偲ぶ、忍ぶ草が茂るばかりです――という。

「ながめふるやのつま」を、「ながめふる」「ふるやのつま」と二分して、さらに掛け詞を味わおう。「ながめふる」にまず「長雨降る」と物思いにふける意の「眺め経る」が掛かる。「ふるやのつま」は古屋の軒端を意味する「端」と「夫」の両意が掛かる。

通頼詠の意は。――ただ独り物思いにふけりながらわが家の軒端に生い茂る忍ぶ草を眺めているわたしだ。せめてこの忍ぶ草という名のように、恋する思いをじっと耐え忍んでいるとだけでも、あの女に知らせたいものだなァ――。

いはざりきわが身ふるやの忍ぶ草おもひたがへて種を播けとは　藤原定家

忘らるる人に軒端のしのぶぐさ涙の雨の露けかりける　藤原兼宗

忘れじの露のなさけを忍ぶぐさ名をかふるまで生ひにけるかな　藤原隆信

定家の作は『伊勢物語』二十一段にあらわれる女歌を証歌とみなせる。夫と仲違いをした妻が、別居生活を耐えられなくなり、家にもどってもらえないかと夫に折れて出た歌である。《今はとて忘るる草の種をだに人の心に播かせずもがな》。大意、――あなたが去られて久しくなりました。今はもうこれきりなどと、わたしを忘れるための忘れ草の種をあなたの心に播くことだけはしないでくださいな。あなたが播こうとなさっても、そうはさせたくありません――と、この歌は言っている。

そこで定家詠はいう。――わたしはあなたに言ったことはありませんよ。忘れ草の種をあなたの心に播いてはどうか、などと。わたしの身は古屋の忍ぶ草のようなもの。年を経てもあなたを恋い偲びつづけてきているのです。思いちがいをしないでください――と。

「わが身ふるや」に、わが身経る古屋、と節を認めたい。歌意が深まる感をそこにおぼえる。

兼宗詠。――あの人から忘れられ、あの人に遠退かれたわたしは、軒端の忍ぶ草です。雨露にいつも忍ぶ草が濡れているように、わたしも苦しい恋を忍ぶ涙の雨に濡れていますから――。

この作は女性の立場で詠じられている。「軒端」の「軒」に「退き」の意をも汲むべきなのだ。

隆信詠はいう。――あなたを忘れないとあの女は言ってくれた。しかし、その露のような薄情けを頼みとして忍び偲びの日々をおくるうち、あの女は、忍ぶ草が忘れ草と名を変えて生長もしてゆくように、わたしのことをすっかり忘れてしまったよ――と。

本項冒頭に「忍ぶ草は忘れ草に収斂されてゆく」と書いた。忘れ草はヤブカンゾウである一方で、和歌のうえでは、忍ぶ草すなわちノキシノブを指しても呼ばれるようになっていったのだが、隆信は「忍ぶぐさ名をかふるまで」の語句に、この呼び名の変遷をも含ませているかのようである。

道知らば摘みにもゆかむ住の江の岸に生ふてふ恋忘れ草　紀貫之
恋ふれども逢ふ夜のなきは忘れぐさ夢路にさへや生ひ茂るらむ　よみ人しらず

貫之の作を賞玩するに先立って、ヤブカンゾウの異名がなぜに忘れ草なのか、その事由からふれておきたい。

万葉歌に《忘れ草わが紐に付く香具山の古りにし里を忘れむがため》と大伴旅人の詠じた一首がある。旅人は大宰帥(だざいのそつ)として九州に赴任していた。香具山のふもと、大和の故郷を思い出すことがないように、忘れ草を衣の下紐にくりつける。そのように言うこの歌で「忘れ草」の原語表記が「萱草」なのである。

ヤブカンゾウの花はオレンジ色。上古の中国では、この花の色の明るさが憂いを忘れさせ郷愁をも癒やしてくれると詩文に詠じられていた。旅人はそれに領くがゆえに、「萱草」をあえて「忘れ草」と翻訳したことになる。

ところで、浜辺にうちあげられる貝殻のうち、二枚貝の一片が「忘れ貝」とよばれ、これを拾えば恋の悩みを忘れることができるとみなされていた。旅人の妹、坂上郎女には、大宰府の兄のもとから帰京する途上で詠じた《わが背子に恋ふれば苦し暇あらば拾ひて行かむ恋忘れ貝》という作もある。大伴氏の所領であった摂津の住吉の海岸が、うちあげられる貝殻が多いので知られていた。そこに、坂上郎女の作とも関連して、よみ人しらず《暇あらば拾ひに行かむ住吉の岸に寄るといふ恋忘れ貝》という万葉歌も流布していたようだ。

貫之の作は、右の背景があって詠まれているから、大意はこのようになる。

――道がわかりさえすれば忘れ草を摘みにゆきたいと思う。住吉の浜は、恋にわずらう男女が忘れ貝を拾いにゆくが、浜からつづく草原には忘れ草も咲いているという。「恋忘れ貝」のように忘れ草は、苦しい恋をも忘れさせてくれるかもしれないから――。

ハマカンゾウの花が色も姿もヤブカンゾウに似る。私見だが、住吉の海岸線にはハマカンゾウが群生していたかと思われる。

ヤブカンゾウは解熱剤として、乾燥させた花が煎じられ、飲用されていたらしい。解熱効果があるならば、恋の熱をも冷まし、恋を忘れさせもするのではあるまいか。貫之のこの一首は、そういう考えが敷衍する端緒の作となったようである。

——これほどまでに恋い慕っているのに、逢える夜がおとずれない。というのも、夢のなかにさえ忘れ草が生い茂って、わたしのことをあの人は忘れているのではないだろうか——。

よみ人しらずのほうは言っている。

わが屋戸の軒の忍ぶにことよせてやがても茂る忘れ草かな　よみ人しらず

忘れ草しげれる宿を来てみれば思ひのきより生ふるなりけり　源俊頼

このよみ人しらずは『後拾遺集』に採られていて、「男ありける女を忍びに物言ふ人はべりけり。ひまなきさまを見て離(か)れがれになりはべりければ、女の言ひつかはしける」と詞書がみられる。要するに、密かな関係を結んだものの疎遠になってゆく男におくった、女の歌である。

——わたしの家の軒に茂る忍ぶ草にかこつけて、そっくりそのまま、あなたのほうでは忘れ草が茂っているではありませんか。人目を忍んでばかりいなければならないのを口実に遠退いて、とりもなおさず、わたしを忘れようということですか——。

「軒の忍ぶ」はノキシノブすなわち忍ぶ草。「やがても」の意は、そっくりそのまま・とりもなおさず。

俊頼の作のほうは、ノキシノブそのものを「忘れ草」と詠じている。ここに至って、そのことを見極めていただけるだろう。

——恋した相手を忘れる「忘れ草」が茂るという、あなたの宿へ来てみたところ、確かに、忘れ草は「思い退き」という軒から生えているのでした——。

「思ひのき」が奇語を好んだ俊頼の、この歌の節である。「主檜（おもひのき）」の軒という意をも汲んでおこう。檜皮葺（ひわだぶ）きの屋根はノキシノブが着生しやすい。まさしく、檜の樹皮を主に葺いた軒端に茂るノキシノブ、すなわち忘れ草が瞼にうかんでくる。

忘れ草おふる軒ばをながむればむなしき露ぞかたみなりける　宜秋門院丹後（たんご）

忘るるも忍ぶもおなじふるさとの軒端の草の名こそつらけれ　藤原顕氏（あきうじ）

丹後は言う。——忘れ草が茂る軒先にぼんやり目をやっていて気づいたのです。この羊歯（しだ）の葉にとどまるはかない露が、なんと、失った恋を思い起こす拠りどころとなってくれているのです——。

「かたみ」は形見。意味はすなわち、過ぎ去ったことを思い出させる手がかりとなるもの。

顕氏詠はもはや解釈をほどこす必要などないかもしれない。「ふるさと」は広義の意で、愛し合った男女にとって懐かしい思い出の場所。その軒端に茂る同じ草が、忘れ草とも忍ぶ草ともよばれている。――こんな二つの名でまで呼ばれることに、のきしのぶよ、耐えがたい思いをしてきたのではなかろうか――。

錦木・しじのはしがき

古代、東北地方で、求婚したい女性にめぐり会った男性は、五色に彩った一尺（約三〇センチ）ばかりの木を意中の女性の家の門前に差し立てたという。その木が「錦木」とよばれている。女性は応ずる意志があればその木を取り入れる。応じてもらえないとき、男性は千本を限度に、女性に応諾してもらえるまで、一日に一本ずつ錦木を立て加えてゆく慣わしであったとされる。

他方、「しじのはしがき」とは。

牛車の乗降にもちいた机状の踏み台が榻とよばれていた。伝説がいう。昔、ある女性が言い寄る男性の誠意を確かめるために、百夜通って榻に証拠を書きつけたならば逢おうと約束した。男性は九十九夜まで通いつづけて榻の端に印を刻みつけた。しかし、百夜目は支障が生じて行けなかったため、可哀相に、思いを遂げることは叶わなかった。この伝説から、恋の思うように成就しない譬えとして「榻の端書き」が成句となっている。

思ひかねけふ立てそむる錦木の千束(ちつか)もまたで逢ふよしもがな　大江匡房(まさふさ)

錦木は立てながらこそ朽ちにけれ狭布(けふ)の細ぬの胸あはじとや　能因

君がため日つぎに立つる錦木のした朽つばかりなりにけるかな　源俊頼

匡房詠。——恋しい思いを耐え忍べず、今日から錦木を立てはじめる。けれども、千束まで待たされては切ない。少しでも早く逢える手段はないものであろうか——。

錦木は本数のみならず束の数でもかぞえられていた。一本の木を五色に彩ったほか、それぞれ色の異なる五片の枝を束ねて一束ともしたのであろうと思われる。

能因詠。——錦木はあの女(ひと)の家の門口に立てたままで朽ちていった。狭布の細布が狭くて胸元が合わないように、あの女はつまるところ、わたしには逢うまいと決めているのであろうか——。

これは「東国風俗五首」と題して詠じられている作中の一首。「狭布の細布」は織り幅の狭い白の麻布で、朝廷が陸奥の国から調進させていた。

俊頼詠。——あなたのために毎日、休みなく差し立てている錦木ですが、古いほうから根元が腐って折れるばかりになってきているのですよ。ぼつぼつ逢ってくれてもいいではありませんか――。

宿かへてゆくへもいまはしられねば錦木をだにいかが立つべき　　源有房(ありふさ)

錦木も歎きをたつるものならば幾千束にかいまはならまし　　藤原隆信

――と。

有房は呟いている。――あの女(ひと)は居場所を変えて行方もいまは分からないとはいうものの、せめて錦木だけは差し立てつづけたい。いったい、どこに、どのように立てればよいものか――と。

隆信も呟くかのよう。――錦木を立てるということは歎きの声をたてるに等しい行為に思える。だとしたら、もうこうなった以上、千本が限度という掟など無視して、幾千本までも立てつづけたいものだが――と。

恋歌はすでにお気づきくださっているように、題詠が一般化するにつれ、作者個人の主情を伏せたところに、遊戯性の面が強調されるようにもなりつつあった。

錦木も、しじのはしがきも、とりわけ言葉遊びを煽った題材なのである。

匡房(まさふさ)、能因、俊頼、有房、隆信。このなかに自身で錦木を現実に立てた人物などいないのは断るまでもないけれども。

しるしあれよたけのまろ寝を数ふれば百夜(ももよ)はふしぬ榻(しぢ)の端書き　源俊頼

思ひきや榻の端書きかきつめて百夜も同じまろ寝せむとは　藤原俊成(しゅんぜい)

「まろ寝」は前前項でも詠まれていたように、帯をも解かない着物を着たままのごろ寝。

俊頼は言う。――好い加減に効果をみせてくれよ。榻の端に印をつけ、あの女の家の門前でつづけてきた丸寝を全部かぞえると、すでに百夜は臥しているのであるから――。

「たけ」は丈で、このばあいの意味は、ありったけ・全部。さらに「たけ」を竹とみるとき「ふし」が竹の節を連想させるところが面白い。丈高く伸長した竹の稈は、強風や豪雪で、丸く弧を描いて地まで臥す。奇語を好んだこの作者の面目が「たけのまろ寝」に躍如としている。

俊成のほうの意は。――思ってもみなかったことだ。榻の端にもう余白もないほど、来たことの印を書きとどめつづけて、百夜も同じ丸寝をしようなどとは――。

「かきつめて」が、書き詰めて。隙間もないほど一面に文字・記号などを満たすことをいう。

とにかくに憂き数かくやわれならん榻のはしがき鴫(しぎ)のはねがき　慈円

寝ぬ夜半のかずはいくらかつもりぬる数へてもみよしぢのはしがき　慈円

百夜かく榻の端書きかきつめてさてしもおなじまろ寝なれとや　**慈円**

古今集よみ人しらずで《暁の鴫の羽がき百羽がき君が来ぬ夜はわれぞ数かく》という一首が伝わる。シギは夜の白むころ「百羽掻き」とよばれるほど羽ばたきを繰り返す。古今歌は、意中の恋人が来てくれず眠れない夜に、シギの羽掻きにくらべられてよい、数取りの数を書きしるすのだ、と言っている。

しぎ・しじ、はねがき・はしがき、ももはがき・ももよがき。いずれも表音と言い回しが似る。じつのところ、「榻の端書き」は、「鴫の羽掻き」が古今歌によって周知されたがゆえに、百夜通いという伝説に付加された成句ではないかと考えられていたようだ。

そこで慈円の感慨はいう。

一首目。――とにもかくにも、あれこれと憂うつな数取りのかずを書いているのはわたし自身なのかもしれない。「君が来ぬ夜は」というあの古今歌があって、榻のはしがき、鴫のはねがきが言われるけれども――。

二首目。――眠らない深夜の数はどれくらい積もったか、ずいぶん積もってしまっただろうなァ。おい、おまえ、数えてみてはどうか。心のなかの榻の端書きを――。

「か」「ぬる」は係り結びで、完了の「ぬ」が連体形となる。慈円は自分自身に問いかけているおもむき。

三首目。――百夜ものあいだ榻の端に文字を書き詰めつくしておいて、にもかかわらず、今夜もするのは、なお同じ丸寝であるということか――。

これは俊成の先詠を本歌に取り、感慨のそのあとを、追体験として再現させてみたのであろう。

さて、想像上の榻の端書きを離れ、本項を結ぶにあたって、現実の懸想文（けそうぶみ）を詠じている二首を添えることにしたい。

玉章（たまづさ）はわが結び目にかはらねどもしやと裏を見ぬたびぞなき　**藤原俊成**

結び目もかはらでかへす玉章にとけぬ心のほどを知るかな　**源頼政**

懸想文すなわち艶書は細く折り畳んで「へ」の字状の結び文とするのが通例であった。送った結び文は、裏面に返答が書かれ、戻されてくることがあった。

俊成詠の意は。――あの人（ひと）に送った恋文はいつも読まずに返されてくるのです。わたしが結んだそのままの変わっていない結び目を見て、それでも、もしかして読んでくれているのでは、裏に何かが書かれているのではと、結び目を解(ほど)いて確かめないことはありません――。

頼政詠はいう。――送った恋文が結び目を解いた形跡もなく返されてきます。悲しいかな、その結び文に、いつまでもうちとけてくれない、あの女(ひと)の心の固さを思い知らされてしまうのです――。

涙・涙川

物を見る目が乾いてしまうと心まで干涸(ひから)びる。目をも心をも涸(か)らさないように、涙はもよおしてくるものだ。恋の体験をとおして心のうるおいを保つため、歌人たちは盛んに涙をもよおしている。あまりにも涙があふれ流れるのを川に譬えて「涙川」とよぶほどに。

涙川なに水上(みなかみ)をたづねけむ物思ふときのわが身なりけり　よみ人しらず

泣く涙あめと降らなむわたりがは水まさりなば帰りくるがに　小野　篁(たかむら)

前首はいう。――涙川はどこから流れ出るか、どうして水源を探すなどしたのであろう。気づいてみれば、その水源は人を恋う物思いに沈むときのわが身であったのだから――。

後首は『古今集』哀傷歌の部の冒頭に配されていて、「妹の身まかりにける時、よみける」と詞書が添う。

篁（たかむら）については〔相聞（一一）〕の項で採った妹との贈答を思い起こしていただきたい。篁と妹の恋は近親相姦に進展、妹は母親の手で座敷牢に監禁された。そして、篁と逢えない苦しみから妹は座敷牢で悶え死んだ。

——わたしの泣く涙が死者の霊魂がゆく冥界への道に雨となって降ってくれないものか。その道にあるという三途（さんず）の川の水がふえれば、彼岸へ渡れず、妹がこの現世へ帰って来るだろうから——。

最初の勅撰和歌集である古今集は、実在した人物が現実に詠んだ歌をしか収集していない。詞書にも高い真実性が見出される。すれば、この後首が哀傷歌の冒頭に配された重い扱いにも、それなりの理由が潜んでいることになる。説話によって伝わる妹の悶死は衝撃的な事実であったのだろう。

人しれずつつむ思ひのあまるときこぼるといふは涙なりけり　**藤原公任（きんとう）**

涙川おなじ身よりはながるれど恋をば消（け）たぬものにぞありける　**和泉式部**

公任は言う。——恋する人に知られることなく心に秘めている思いを抑えきれなくなったとき、あふれ出るというのは、言葉ではありません。昔から、それはただ涙だったのです——と。

「つつむ思ひ」という表現が意味深長。「つつむ」は慎むで、意は人目をはばかる。隠すという意の「包む」がそこには付加されているだろう。つつむ・あまる・こぼるが、縁語の綾をなす。

和泉詠は本項冒頭の一首を証歌として意識している作。

——涙川は人を恋う同じその身から流れ出るのは間違いありません。けれども、それなら恋の火を消しそうなものを、この川の水は決して恋を消しはしないのですね——。

「恋（こひ）」は語としての音に火（ひ）を含み、しかも現実に恋は燃えあがる。にもかかわらず、波も多くたつ「涙（波多）（なみだ）川」は恋の火を消そうとはしない。消す・消つ、消さぬ・消たぬは同意。

きみ恋ふる涙のとこに満ちぬればみをつくしとぞ我はなりぬる　藤原興風（おきかぜ）

恋ひわたる涙の川のふかき江（え）にみをつくしても逢ひ見てしかな　宜秋門院丹後（たんご）

葦の茂る海の湾口、川や沼などで、水の流れる筋となっているところが澪（みお）とよばれる。「みをつくし」は澪を通行する舟に水脈・水深を知らせるため、目印として水中に立てた杭。漢字では「澪標（みおつくし）」と表記する。百人一首で知られる元良親王（もとよし）の《わびぬれば今はた同じ難波なるみをつくしても逢はむとぞ思ふ》と、ここに採る興風詠がほぼ同時代の作で、両首から「みをつくし」に「身を尽くし」の意を掛け合わす詠作がひろまっている。

興風詠。――あなたを恋い慕う涙がわたしの独り寝の床に満ち、すっかりあたりを濡らしてしまいました。わたしは涙の沼に杭の頭を出す澪標のようなありさま。あなたを恋してわが身をほろぼすことになったと言うほかはありません――。

「満ちぬれば」は、満ちてしまったので、という完了の意だが、「満ち濡れば」とも汲んでみたい。

丹後詠。――あなたを慕いつづけているこの恋は、涙の川の奥ふかいところまで、たとえ命を失うことになろうとも、澪標をたどって行って、お逢いしたいとねがうばかりでありますの――。

「江」は海辺のみならず、川・沼などの入りくんだ場所をさす。「澪標」に掛けた「身を尽くし」の「尽くす」は、生命を賭ける・使い切る、という意になる。


堰きかぬる涙の川の早き瀬は逢ふよりほかのしがらみぞなき　源頼政

涙川たぎつ心のはやき瀬をしがらみかけて堰く袖ぞなき　二条院讃岐

この父娘のあたかも唱和したかのような詠作ぶりは〔きぬぎぬの別れ〕の項でもみてもらっ

たのだった。讃岐の後首はまたしても、父頼政の前首を掌中の玉としたところに詠まれているといえるだろう。

頼政は言う。——堰き止めようのない涙の川の早い流れ。この流れを押しとどめることができる柵といえば、恋する相手と逢うより以外に、代わるものなどないではないか——と。

讃岐は言う。——涙川は心の底からあふれる恋の思いに早瀬をなして流れます。この流れは衣の袖を柵として堰き止めようとしても、できるものではありません——。

「瀬」の意は、両首のばあい、浅く勢いのある水の流れ。「しがらみ」は漢字で柵をあてる。水の勢いを弱めるため、川床に杭を打って柴・竹などをからみつけた柵をさす。

袖にみつ涙の玉を貫きためて恋しき数をきみにみせばや　**寂然**

きみゆゑにおつる涙のをしければかたしく袖をしぼらでぞ寝る　**寂然**

出家前に西行が思慕していたのは堀河、同じく出家前の寂然にとって意中の女性は堀河の妹兵衛であった。そのことは〔相聞(二)〕の項をふりかえって思い起こしてもらえるだろう。

この二首で「きみ」とは、いまは互いに境遇が異なって逢おうにも会えない兵衛をさす。

——袖いっぱいを濡らす涙の粒を勾玉のように糸にとおして集めることはできないだろうか。

貯めておいて、これがあなたをなおも恋している数なのですよと、あの女に見せたいものだが——。

——あの女を思ってこぼれ落ちる涙が袖を濡らす。涙が失せてしまうのは惜しいから、独り片敷くこの袖を絞って乾かしたりしないで眠ることにしよう——。

〔黒髪・鏡〕の項で、堀河詠に照応する一首、西行の《歎けとて月やは物を思はするかこち顔なるわが涙かな》に言及したのであった。西行のその涙と同様に、この寂然詠二首からも、形象として定かな涙の結晶が浮かんでくるところが新鮮である。

逢ふ瀬だに涙の川にあらませば水屑となると歎かざらまし　**祝部成仲**

隙もなく落つる涙は洗へどもなほ身にしむは恋にぞありける　**藤原季経**

涙がは身もうきぬべき寝覚めかなはかなき夢の名残ばかりに　**寂蓮**

成仲詠の意は。——せめてお逢いする機会だけでも涙の川に浮いてくださるなら、わたしも一緒に浮きましょう。たとえ水中に沈む塵芥となっても、わたしは決して歎きはしません——。

季経詠はいう。——絶え間なくあふれ落ちる涙は洗って袖を乾かすよう努めています。とはいうものの、相変わらず身まで滲みとおって乾いてくれないのが、恋そのものでありますね

——と。

寂蓮詠。——涙川に身が浮いてしまったような思いのする、この寝覚めであることよ。あの女（ひと）に逢う束の間の夢をみた余波なのだろうか。そんな理由だけで——。

くれなゐに衣は染めむわが涙いろかはるとも知られざるべく

木下幸文（たかぶみ）

江戸も末期にちかく詠じられているこの一首をもって、本項の幕を引かせていただこう。尋常ではない悲歎にくれて流す涙を、血の涙とも紅涙（こうるい）ともいう。——あらかじめ衣服を紅に染めて着ておくことにしよう。これから恋の告白をするが、受け入れてもらえず、たとえ血の涙を流すことになっても、失恋を人びとに気づかれずにすむかもしれないから——。作者はそんなふうに思っていることになる。

宮内卿・藤原定家

宮内卿と定家の立場をまず推量してもらいたいがため、やや煩雑な書き出しになる。歌人名の羅列などをお許しねがいたい。

建仁元年（一二〇一）七月、後鳥羽院は「和歌所（わかどころ）」を設置、藤原良経・源通親（みちちか）・源通具（みちとも）・慈円・藤原俊成・藤原有家・藤原定家・藤原家隆・藤原雅経・源具親（ともちか）・寂蓮の十一名を「寄人（よりうど）」に指名した。「和歌所」は勅撰和歌集を編集するための作業所、「寄人」は編集委員を意味する。そして、この寄人中から、通具・有家・定家・家隆・雅経・寂蓮の六名に、第八番目の勅撰集（新古今和歌集）の撰者とする旨、「上古以後の和歌を撰進すべし」と院宣がくだったのが十一月三日であった。

この間、後鳥羽院は九月に、みずから考案した歌題五〇種を良経・慈円・俊成女（しゅんぜいのむすめ）・宮内卿・定家の五名に配給、一首ずつの詠作を求め、後鳥羽院を加えた六名による「仙洞句題（せんとうくだい）五十首」が年末までに成立をみている。

この建仁元年、後鳥羽院は二十二歳、宮内卿は私の推定するところ十七歳、定家は四十歳であった。

明けて建仁二年（一二〇二）には、八月二十九日の給題で、九月十三夜、後鳥羽院・良経・慈円・徳大寺公継（きんつぐ）・俊成女・宮内卿・有家・定家・家隆・雅経の十名が水無瀬殿（みなせどの）に会合、「水無瀬恋十五首歌合」が成立をみた。

後鳥羽院は固陋（ころう）な歌人たちが評価しようとしない定家の詠風に和歌の新生面を見出し、定家に期待を寄せていた。それゆえに、宮内卿という彗星のごとく現われた少女の清新な才能をも育てたいと、機会あるごとに定家に引き合わせようと意図したのだと思われる。

本項では、「仙洞句題五十首」から、寄雲恋・寄鳥恋・寄衣恋・寄風恋の題詠を宮内卿・定家の各四首、「水無瀬恋十五首歌合」から、暁恋・寄風恋の各二首を味わおう。

今はとて人は出でぬる跡になほ独りながむるあかつきの雲　　**宮内卿**

知られじな千入（ちしほ）の木の葉こがるるともしぐるる雲に色し見えずは　　**藤原定家**

「仙洞句題五十首」雲に寄する恋。

――「今夜はこれでお別れ」と恋人は帰ってゆきました。恋人を見送った門口にそのまま独りたずんで、未明の空に浮かぶ雲に別れのさびしさを慰められたわたしです――。

きぬぎぬの別れだが、相手が「今はとて」と言ったのは夜半がすぎたばかり。時刻が早すぎるから未練が残る。元良親王の《来やくやと待つ夕暮れと今はとて帰る朝といづれまされり》、待つ夕暮れと帰りゆく人を送り出す早朝ではいずれの辛さが勝るか、と問う一首がよく知られていた。数え年十七歳の才媛宮内卿に、今はこれまでという「今はとて」がつよく印象されていたのであろう。


――知っていただけないでしょうね。時雨に繰り返し染められた木の葉が恋い焦がれるほど紅くなっても、時雨を降らす雲にその色は見えないのですから、同じようにわたしの気持などは――。


「千入」は、繰り返し幾度も染める、そのこと。「こがる」は、焦がる、恋い焦がれる。

九月に題が配給された「句題五十首」は順次、後鳥羽院のもとに詠進されていた。定家は宮内卿の「寄雲恋」を後鳥羽院から見せられたうえで、この作を詠じたにちがいない。というのは、「今はとて」と「知られじな」が照応関係にあるからだ。

元良親王の「今はとて」の証歌を採る『後撰集』には、よみ人しらずの一首《知られじなわが人知れぬ心もて君を思ひのなかに燃ゆとは》もみえる。――知ってもらえないでしょうね。人に知れないよう、こっそりとあなたを思って燃えているのですよ――と言っているが、定家はこの一首の意をそのまま新進の才媛に差し向けたのだ。すなわち、定家は千入に染まった「木の葉」に自分自身を、「あかつきの雲」をながめ心のなかで涙したかもしれない宮内卿を「しぐるる雲」に譬えていることになる。

逢ふことのやがて絶えぬる歎きまで思へば鳥の音こそつらけれ　宮内卿
かりにだにとはれぬ里の秋風にわが身うづらの床は荒れにき　藤原定家

「仙洞句題五十音」鳥に寄する恋。

——恋しい人とする共寝もいずれはきっと終わりがくるのではありませんか。経験のないわたしですが、その終わりの歎きをまで思うと、夜明けを告げる鶏の声に独り寝から起こされるのさえ、辛いものですね——。

恋人同士には一番鶏の声にきぬぎぬの別れを強いられるほど辛いことはなかった。『千載集』にみる寂蓮の一首《思ひ寝の夢だに見えで明けぬれば逢はでも鳥の音こそつらけれ》は、その逢うことの「あらましごと」を逆手に取っているといえようか。——恋しい人を思いながら就寝すると夢に逢えるというのだが、夢にさえ見えないで夜が明けてしまったので、鶏の声を聞くのは逢えなくても辛いものだ——と、この歌意はいう。

若き才媛は、寂蓮の一首を吟味したすえに、さらにその果てを沈思したのであろう。

——狩にかこつけても仮にさえもあなたはこの里をたずねてくださらない。里を吹く秋風、あなたの飽き風に、鶉（うずら）のこの身は、憂（う）、つら（い）と泣くばかり、涙の床はすっかり荒れてしまいました——。

定家のこの作を味わうには〔相聞（一）〕に採った業平と妻のやりとりを思い起こしていただくのみでよい。証歌は《野とならば鶉となりて鳴きをらむかりにだにやは君は来ざらむ》。

忘らるる身をし思へば唐衣（からころも）うらみぬ袖もあやしかりけり　**宮内卿**

みしかげよさて山あひのすり衣みそぎかひなき御手洗（みたらし）の川　**藤原定家**

同右、衣に寄する恋。

——やがて忘れ去られてしまうこの身だと思うと、いまあなたに見てもらおうと着ている衣服も空しいものです。別段、あなたを怨んでいるわけではないのに、衣服を裏返してみれば、涙を拭ったあとをとどめて、袖の裏は怪しく濡れているにちがいないのですから——。

「唐衣」は美しい衣服をもさすが、和歌では衣服の部位などにかかる枕詞であるばあいが多い。ここでは枕詞として「袖」にかかり、加えて、空衣（からころも）、着ても張り合いがない衣、という意を宮内卿は含ませている。「うらみぬ」も、怨んではいない、裏を見ていない、の両意がこもる。
ところで、宮内卿はこの作でも、『後撰集』にみえる紀貫之の一首を意識においている。《怨みても身こそつらけれ唐衣きていたづらにかへすと思へば》と詠じられているのがそれ。詞書によれば、意中の女性を訪ねたものの懇ろに逢うまでには至らず、空しく引き返して贈った歌という。ここでは「唐衣きて」に、衣服の着換えまでして来て（行って）」の意があるだろう。

――山の谷間に見えた人の姿よ。はてさて、もはや恋などはするまいと御手洗川の滝に打たれて身の穢れを落とすつもりだったのか。しかし、あんな山藍（やまあい）の摺（す）り衣姿では、水に流れ落ちて消えるのは衣の文様ばかり。祈誓は神に通じなかったことだろう――。

「山あひ」は、山間（やまあい）・山の谷間だが、「山あゐ」すなわち山藍を掛け合わせている。ヤマアイはトウダイグサ科の多年草。深く染まる藍色で知られるタデアイはタデ科の一年草。往日は簡単に山藍・月草などの汁で文様を白布に摺り染めをした。その布で縫製、遊興などに着用したのが「すり衣」であった。

この作を詠じた定家の念頭にはもちろん、『伊勢物語』六十五段で知られる《恋せじと御手洗川にせし禊（みそ）ぎ神はうけずもなりにけるかな》などがあったわけである。ちなみに、この「恋せじと」の歌は本書の最終項でとりあげる。

逢ふことは絶えにしねやの板間よりたのめぬ床をはらふ秋風 宮内卿
いかにせむ人もたのめぬくれ竹の末葉ふきこす秋風のこゑ 藤原定家

同右、風に寄する恋。

――逢って夜を共にすることは無くなってしまった閨房の板間をとおって、わたしに飽きたあの人が送ってくるのか、もはや使う当てもない寝床につもっている塵を、秋風が吹き払ってゆく――。

「板間より」の語句によって現われる具体性が絶妙。格助詞「より」は動きの経由する場所を示すから、ここでは、板間を通って。

――どうすればよいものやら。待つ人は来るのか来ないのかはっきりしない夜も更けて、聞こえてくるのは、もうあなたには飽きたと告げるかのような、呉竹の上葉を吹き越す秋風のそよめきばかり――。

この作を味わう勘どころは、「人もたのめぬ暮れは闌(た)け、呉竹(くれたけ)の末葉」と、掛け詞を汲む折返し読みに尽きる。「呉竹」といえば淡竹(はちく)の異名だが、ここでは観賞用として庭に植栽される丈の低い竹の種類全般の美称。

いまはただ風やはらはん憂き人のかよひ絶えにし庭の朝露　宮内卿

おもかげも待つ夜むなしき別れにてつれなくみゆる有明けの空　藤原定家

「水無瀬恋十五首歌合」暁の恋。

宮内卿が左、定家が右で、この二首は番（つが）われた作である。

——いまはひたすら風だけが吹き払ってくれる以外、振り落とす人はないようです。つれないあの人がかよって来なくなった、この庭に置く暁の朝露を——。

秋の夜に共寝をした女性と別れて自宅にもどった男性は、帰りみちに草葉を分けたため露に濡れているわが袖に気づき、その感興をひとしなみに「道芝の露」と詠じている。

宮内卿のこの作も結句は「道芝の露」でおさまる。そこを「庭の朝露」と屈折させた心理の推移には、二条院讃岐の一首《あと絶えて浅茅（あさぢ）がすゑになりにけりたのめし宿の庭の白露》が作用しているかもしれない。讃岐は——人の歩んだ跡も見えなくなるまで茅（ちがや）の末葉が覆ってしまった。いつも当てにしてあの人を待った宿の庭にはいま、白露が置くばかりで——と言っている。

白露の寓意といえば涙。「庭の朝露」は、「憂き人」を見送った在りし日を回想する、独り眠れずに暁の庭に出た女性の涙を感じさせるところが余情であろうか。

泉鏡花「夜叉ヶ池」の雨乞い

秋山稔

龍潭に初霞松の翠なり

明治三十年正月の鏡花の句である。龍神の棲む池の物語は、前年十一月の「龍潭譚」から十七年後の「夜叉ヶ池」（大正二年三月）まで水脈を保つ。

「夜叉ヶ池」は、水を司る龍神白雪姫が白山千蛇ヶ池の主への恋に我を忘れ、麓の越前大野郡鹿見村が激しい日照りに苦しむところから始まる。絶体絶命の時、村一番の美女を裸にして黒牛の背に荒縄で縛めて山上の池で牛を屠り、頭と尾を龍神に供えるのだから凄まじい。村一同冷酒を飲んで肉を啖うと、雨が降り注ぐという。実際の夜叉姫神社の雨乞いでは、「くし・こうがい・紅・おしろいの類」を奉げるのだから、相当な落差がある。かつて、作中の雨乞いに俗界の醜悪さがあると指摘したのだった（日生劇場「夜叉ヶ池」パンフレット、平成四年七月）。

昨年、牛を殺して肉を食らう雨乞いが実際に行なわれてきたと知って、愕然とした。「続日本紀」や「類聚国史」には、越前で「殺牛用祭漢神」が行われていた記述がある。「大正年間まで池・沼・滝などへ牛首を投げ込む雨乞いの習俗があった」という地域もあり、供物は神と共に皆で食べたという（佐伯有清「日本古代の政治と社会」参照）。

なお、明治四十四年、鏡花の盟友柳田国男が人身御供をめぐって加藤玄智と「仏教史学」で論争し、「牛を殺して漢神を祭るの風」が「正史」にあると言及している（「掛神信仰に就いて」）。生贄に取材したのは、こうした背景があるかもしれない。

〈金沢学院大学学長・泉鏡花記念館館長〉

歴史的身体としての和歌

―松本章男著『花あはれ』によせて

佐々木　健一

若かりし日、西洋文化の魅力は自明のものと見えた。しかし、いざ立ち入ってみると、どこかによそよそしさを感じないでもなかった。むしろ、親しい思考法、感じ方にのっとった非西洋の美学を構築すべきではないか。そう思い立っての五十歳の手習い。注目したのは和歌である。短いので多くを読める。そのとき参照した一冊が松本章男『花鳥風月百人一首』だった。自著には、「女性は梅の香を、男性は橘の香を、衣服にたきしめた」という一句を借用した。古歌を京都の今につなぐ松本さんの著述には、独特の魅力があった。松本うた学の精髄を凝縮した新著『花あはれ』の刊行は、その魅力を語るのによい機会だ。

松本さんも西洋思想・文学から日本文化への回帰を遂げた一人だった。だが、その探究はわたしのように生半可なものではない。松本さんの著述は、和歌の世界、花と草木の植物界、そして京都という文化都市空間におけるご自身の生活の三位一体によって成り立ち、それが他に類を見ない個性となっている。そして、これらをつなぎ、相互浸透させている原理が「交感」である（交感とは、感性のうえであれとこれとを関係づけることだ）。活字化された和歌は百万首くらいあり、そのほとんどを読んだと松本さんは言われる。こんな人はまれだろう。しかも味読された。だから珍しい歌人のうたが多くとりあげられる。わたしなどから見ると凡作と思われるうたもある。しかし、花にまつわる生活を読み取って、松本さんはそこに生命を吹き込む。うたわれた植物のたたずまいは、繊細に、かつ生活とのかかわりで捉えられている。花の師範なればこその交感だ。また、そもそも「うたう」とは、詠むことであるとともに誦することである。京都を訪ね、祇園を横切ったとき、祇園小唄を口ずさむ、というのがうたの基本形態だ。身についたうたしかうたえない。書中には古歌を愛誦された経験が何度も出てくる。諳んじていてこそできることだ。目の前の花、草木との交感が古歌の世界に通い、ご自身の詠作（『じんべゑざめの歌』）にまでつながっている。交感は更にうたの世界の内部にも浸透し、この百人一首に調和的一体性を与えている。その証拠となるのが、頻出する「証歌」の概念である。詠作に際して歌人が意識していたうたのかずかずがよみがえり、濃密なネットワークが現出する。

この《うた―はな―都市生活》の三位一体と、それをつらぬく交感の総体は、西田幾多郎の「歴史的身体」の概念でまとめることができる。西田が考えたのは、おそらく、身体がデカルトの言うような単なる物質ではなく、そこに生活経験の歴史が集積している、ということだと思う。多くのうたを暗誦し、なつかしい風習をからだで覚えている松本さんは、歴史的身体の典型だ。それだけではない、この概念を京都という都市に適用したのは西谷啓治である（『風のこころ』）。王朝期に火葬場だった鳥野辺には、「風光に歴史が匂い、そこはかとなく哀れが漂う」（松本『京都花の道をあるく』）。これが歴史的身体としての古都である。この二相の歴史的身体に表現を与えているのが和歌だ。ここに挙げられた百首は、単なる三十一文字の集合ではない。先人たちの生活、かれらの喜怒哀楽、その伴侶となった花や草木の植生、さらにはときの移ろいをうたって、われわれの歴史的身体を覚醒させる。『花あはれ』は百の親しい声と松本さんとの交唱である。

〈美学者・東京大学名誉教授〉

紅通信第八十三号　発行日/2024年6月18日　発行人/菊池洋子
発行所/紅(べに)書房　〒170-0013 東京都豊島区東池袋5—52—4—303
振替/00120-3-35985　電話/03-3983-3848　FAX/03-3983-5004
https://beni-shobo.com　info@beni-shobo.com

——夢に見た情景も待つ夜のみがいたずらに経過した別れになってしまい、独り目覚めたいまは、白むにはまだ早い暁の空にぽつりと浮かぶ下弦の片割れ月さえもが無情に見える、夜明け前であることです——。

「有明け」は旧暦で二十日ごろ以降、月がまだ中天に有りながら夜が明けようとする時間帯。この作には、「有明けばかりにて月なきがいかに」と意見が出、定家は「本歌も月ははべらざるなり」云々と応じたらしい。本歌とは定家が後年「百人秀歌」に採った、壬生忠岑(ただみね)の《有明けのつれなく見えし別れより暁ばかり憂きものはなし》をさす。

聞くやいかに上(うは)の空なる風だにも松に音するならひありとは　　**宮内卿**

しろたへの袖のわかれに露おちて身にしむ色の秋風ぞふく　　**藤原定家**

同右、風に寄する恋。

宮内卿の作は有家(ありいえ)と、定家の作は雅経と合わされた。この二首は番(つがい)として組まれたのではないことを断わっておく。

——ご存じありませんか、いかがでしょう。上空を吹く気まぐれな風ですら、松には訪(おとず)れて音を立てる習性があるということを。あなたはどれほどわたしが待っても訪れてくださらないのですね——。

松の梢にあたる風の音を松籟（しょうらい）とも松韻ともいう。風など吹いていないと思っても、松の樹の下に立って耳を澄ませば、梢から幽かな松籟が聞こえてくるものだ。

「松」と「待つ」の掛け合わせ。「訪（おとず）る」も原意は「音（おと）する」であるらしい。風流心さえないのか、待てど音も立てない男性をなじっている。

——きぬぎぬの別れの朝がきた。真白な衣の袖に別れを悲しむ紅涙の露が落ち、秋風までが身にしみる紅い色となって吹いてゆく——。

万葉集よみ人しらずに《白妙（しろたへ）の袖の別れは惜しけども思ひ乱れて許しつるかも》という。秋風は露を探したずねて吹くものともされていた。

木に寄する恋

前項で賞美した宮内卿と定家の作、恋そのものを物に依存するところに表現している作を、寄物陳思(きぶつちんし)の恋歌という。

「寄物陳思歌」すなわち、「物に寄せて思いを陳(の)ぶる歌」は、万葉集ですでにみられる和歌の部立ての一つなのである。時代がくだるにつれ、定められた主題で定められた数の歌を詠ずる試みが盛んになるにつれ、恋歌でも、寄物陳思の詠作は増している。

本項以降の七項目は、私の恣意で題詠ではない歌をも取り込むが、見出しは「寄物陳思」を強調してみたい。

思ひかねうち寝(ぬ)る宵(よひ)もありなまし吹きだにすさめ庭の松風　藤原良経

枝しげき松のこまより洩る月のわづかにだにも逢ひ見てしかな　藤原良経

前首、木に寄する恋。

――恋に悶え苦しんでいるので、夜はおそらく輾転と寝返りばかりをうつだろう。かといって、せめて吹き弱まったりはしないでほしいものだ、庭の松風よ――。

松風に待つ風をかけ、恋が成就するのを松韻を頼りに待っている。眠りを妨げるなどと遠慮しないで松韻をとどけてくれるほうが身の励みになる。松樹にそう語りかけているおもむき。

後首、松に寄する恋。

――枝の密生する松の樹間であっても月の光はわずかながら洩れてくるように、せめてほんの短い時間だけでも思う人には逢いたいものだ――。

「こま」は木間・樹間。木の間に同じ。広葉樹の茂りではないので、松の枝葉は密生していても隙が生じて月光が射しやすい。そこに待つをかけている。

よしやさは頼めぬ宿の庭に生ふる松とな告げそ秋の夕風 後鳥羽院

しるらめやさすがに峰のひとつ松ならぶかげなく思ひわぶとは 堯孝

後鳥羽院の作は、秋の恋。

――よし、それならば、信頼もしていない宿に生長する松などと気脈を通じて、待つことにすると知らせたりするなかれ、秋の夕風よ——。
「よしやさは」という以上、対応する先詠があるわけで、この作が成立するに至った経緯をみておこう。

在原行平の作、「百人一首」でも知られることになる《立ち別れいなばの山の峰に生ふるまつとし聞かばいま帰り来む》が本源としてある。行平が因幡守（いなばのかみ）に赴任したのは斉衡（さいこう）二年（八五五）。——お別れして因幡の国へ行きますが、因幡の山の峰をおおって生えている松にちなんで、わたしを待っていてくださると聞いたならば、直ちにあなたのもとへ帰ろうとわたしは思い立つにちがいありません——。「いなば」に国名の因幡（鳥取県）と「往なば」、「まつ」に松・待つを掛けている歌だ。

後鳥羽院がこの「秋の恋」をものする二年前、定家が行平詠を本歌に取って、《忘れなむ松とな告げそなかなかに因幡の山の峰の秋風》と詠じている。——忘れることにしたいのだ。あの人がわたしの帰りを待っているなどと、なまじ知らせないでほしい。因幡の山の峰を吹きわたってくる松風だからといって——。

定家の作は「秋の旅」という題詠。定家が宿泊した先を後鳥羽院は「頼めぬ宿」と見立てていることになる。つけ加えていえば、「庭に生ふる松とな告げそ」が求めているのは、「庭に生ふる松と（ともに）待つとな告げそ」の重ね読みである。

堯孝（ぎょうこう）の作は、松に寄する恋。

――想像もつかないだろうなァ。なんといっても、おまえは峰に立つ孤高な一本松だ。連れ添ってくれる人がないので失意落胆しているわたしの心のなかなどは――。

副詞「さすがに」の意は、やはりそれだけのことはあって。堯孝が山裾から見上げた峰のこの松は、独り暮らしの寂しさなど微塵も感じさせない姿に映ったのだろう。

梅のはな香（か）をかぐはしみ遠けども心もしのに君をしそ思ふ　市原王（いちはらのおおきみ）

屋戸（やど）ちかく梅の花うゑじあぢきなく待つ人の香にあやまたれけり　よみ人しらず

ねやちかき梅のにほひに朝なあさなあやしく恋のまさるころかな　能因

この三首は題詠ではない。それをいずれも「梅に寄する恋」の趣旨で味わっていただければと思う。

第一首は万葉歌。――梅の花の香りがよく、なお香を懐かしくも感じるので、遠くにいても心が萎（な）えて力が抜けるほどにあなたのことばかりを思ってしまいます――と、大意はいう。

市原王に「君」とよばれている女性は、梅の花の香を好んで衣服に染（し）ませ、移り香を匂わせることがあったのではなかろうか。

「かぐはし」は香りのよさをさすが、懐かしい、という意味も付加されていた。

「心もしのに」という語句からは、柿本人麻呂の名歌《近江のうみ夕波千鳥なが鳴けば心もしのにいにしへ思ほゆ》が想起される。「しのに」の「しの」は、萎(しお)れる・力なくうなだれる、といった意味でもちいられた動詞「しなゆ」の「しな」と同源の語とみられている。

第二首は古今歌。――わが家の軒端ちかくに梅の花木は植えないでおこう。あまりにも花の香りがよいので、いつも訪れを待ち焦がれているあの女(ひと)の袖の香と間違ってしまい、遣る瀬ない思いがつのるばかりだから――と、こちらはいう。

「あぢきなく」の意は、条理に合わないほど、どうしようもなく。

万葉期は未だしだったが、平安期以降とくに好まれている花の香が梅と橘(たちばな)である。女性は橘の香に癒やしをおぼえたが、男性は梅花の薫りにこころを和ませた。女性はそこで意中の男性の前に出るとき、「あらましごと」の一つとして、みずからの衣服にたきしめてある梅の花の香を匂わせたのである。

第三首。――寝室まで近くから梅の匂いが薫ってくるので、来る朝ごと、自分で意外に思うほど恋心がまさるこのごろであることだ――という意になる。

『後拾遺集』に採られている歌で、能因は古今集よみ人しらずの第二首を念頭にするところにこの作をえたのかもしれない。

折らばやとなに思はまし梅の花なつかしからぬ匂ひなりせば　西行

心には深くしめども梅のはな折らぬ匂ひはかひなかりけり　西行

前首は『山家集』恋の部に「梅に寄する恋」の題で詠まれている。

そばにいて離れがたい気分になる、引き寄せて手放せない。そのような意が「懐かしい」という語の原義である。この作はそこで「なつかし」を手がかりとし、節とみるところに、徐々に深まる解釈を楽しめる。

折ってみようと、どうして思うだろう、思わないのではないか。もしも梅の花の香がわたしにとって懐かしい匂いでないならば——。これが基本の趣意。

梅の花枝をどうして折りたいと思ってしまうのか。懐かしいあの女(ひと)がいつもただよわせていた匂いを花の香に感じるからだろうなァ——。この意が派生してくる。

あの女(ひと)と契りたいとどうして思ってしまうのか、思いはしまい。もしも梅の花の移り香があの女から匂ってこないとするならば——。ここまで歌意を汲んでこそ「梅に寄する恋」の題詞にふさわしいかと思える。

後首は『山家集』「恋百十首」中に無題でみえる作である。

——心には深くその匂いが染みついているとしても、梅の花の匂いは折って実地にかぐのでなければ、ほんとうに効験があるとはいえないものだ——。

この作も恋する女性に梅の花を見立てているので、前首同様に、「折る」はその女性と契り合えるかどうかを譬えていることになる。


ますらをの弓に切るてふ槻(つき)の木のつきせぬ恋もわれはするかな　**藤原顕季(あきすえ)**

恋ひわびてよものあらしの風ふけば堪へぬ木の葉やわが身なるらん　**藤原範宗(のりむね)**

人もしれ浮き木の亀もえにしあればなほ逢ふことのかぎりなしやは　**中院通勝(みちかつ)**

顕季詠。庚申(こうしん)和歌の一首である。

——公家(こうか)の護衛たちは槻を切って弓にする。槻の木は弓をいくら作っても無くならないよう植栽されているが、わたしも好運(つき)の尽きないところにもあやかって、いつまでも絶えることのない恋をしたいものだなァ——と、大意はいう。

槻はケヤキの古名。定家が後年、《あづさ弓まゆみつき弓つきもせず思ひいれどもなびく世もなし》と初学百首で詠じているが、梓(あずさ)（ヨグソミネバリ）檀（マユミ）槻（ケヤキ）が古弓の三大材料であった。

「庚申」は十干と十二支を順に組み合わせた「干支」の五十七番目、かのえさる。庚申の夜に睡眠をとると、「三尸」とよばれる三匹の虫が体内を出て天に昇り人の罪業を天帝に告げるので、寿命が縮まるとみなされていた。そこで、親しい者同士などが集まって徹宵をしたのが「庚申会」。この会合では眠気をはらうため種々の趣向が凝らされ、和歌会も催された。とくに恋歌・誹諧歌の詠み競べがおこなわれている。

範宗詠。落葉に寄する恋。

——恋に思い悩んで眠れない。周囲から嵐の音が聞こえてくる。突風をこらえられない木の葉が散り舞っている様子だが、まるで、わたしのおかれている身空そのものではないか——。

失脚して須磨の地に引き籠った源氏の心境を『源氏物語』「須磨」の巻は描く。一節に「ひとり目をさまして枕をそばだてて四方の嵐を聞きたまふに、波ただここもとに立ちくる心地して、涙落つともおぼえぬに枕浮くばかりになりにけり」と語られている。一首も「よもの嵐の風きけば」であったほうが、意味合い鮮明となる感をうけるのだが。

通勝詠。木に寄する恋。

——あの女も知ってほしい。浮き木の亀も、機縁があってこそ特別な対応など起こさず、流木と限りなく行動を共にするのであるからと——。

流木に巡り合った海亀は、間髪を入れずその木に跨がって、大海をどこまでも漂流すると伝わる。仏教経典はそこで、仏の教えを悟る得がたい機会に恵まれることを譬えて「浮き木に会う亀」という。浮き木と亀のように二人の関係がいつまでもつづくように。一首はその願いがいじらしい。

天象に寄せて

風・雲・露・雨・雪の順で、それぞれにことよせて詠じられている恋歌を一六首、本項では取りあげる。天象そのものからほのめく情趣をも味わっていこう。

君待つとあが恋ひをればわが屋戸の簾（すだれ）うごかし秋の風ふく　　額田王（ぬかたのおおきみ）
秋風のさ夜ふけがたに音のせばかならず問へよわれと答へむ　　藤原実方（さねかた）
わが背子（せこ）が来まさぬ宵の秋風は来ぬ人よりもうらめしきかな　　曽禰好忠
あはれとて訪ふ人のなどなかるらんもの思ふ宿の荻（をぎ）の上風（うはかぜ）　　西行

風に寄せて、まずこの四首を。

一首目。――あの方のおいでを待ち、恋しさに胸をときめかせていると、わが家の簾をさやさやと動かして秋風が吹く。わかった、もうすぐ行くよ、と、あの方からの音信ではと思うばかりに――。

『万葉集』所収。「額田王の、近江（天智）天皇を思ひて作りし歌」と詞書にいう。上代「あ・わ」は一人称の体言「わたし」の意であった。「我(あ)が・我(わ)が・我(あ)れ・我(わ)れ」は同意。

二首目。――夜も更けようとする頃合い、秋風の何かを動かす音がしたなら必ず誰何(すいか)してみてください。わたしだよ、と答えますから――。

実方の家集によれば、ある女性のもとへ、「夜更(よふ)けてなむまかりいづべき」つまり、遅くなりますが間違いなく伺うつもりです、と、使いに持たせた手紙に添えた歌らしい。

三首目。――わたしの夫が来てくださらない夜に吹く秋風は、ひとしお身に沁みて肌寒く感じられる。なんとまあ、訪ねて来ない人よりも風のほうを恨めしく思ってしまうなんて――。

好忠は天禄三年（九七二）ごろ、一年間をとおして欠けることなく、日記がわりに、一日に一首ずつ歌を詠んだ。この一首は八月十八番目の作で、まさしく天禄三年八月十八日であったとすれば、現行暦の十月三日にあたることになる。秋がにわかに深まって夜が冷えたのでは。小官吏の好忠は出張先にあり、都で帰りを待つ妻の立場にみずからを仮託して、このような感懐をもよおしたのであろう。

四首目。――わたしを可哀相に思って、せめてあの女(ひと)がこの宿に恋の痛手を癒やすわたしを慰めに来てくれたなら。しかし、どうしてか、訪ねてくれる人は誰もないらしい。もの思いに沈みながらわたしがこの宿でふれるのは荻の上風のみであるとは――。

荻の茂みの上を秋風が吹きわたると、葉がともずれを起こし、さやさやと音をたてる。萩の葉と葉が摩(す)れ合うその音を聞かせる風が「荻の上風」である。

西行は積年の思慕を堀河にうちあけたが、親密な友として互いの仲を保とうと、恋情は受け容れてもらえなかった。その直後の作か。荻の葉摩れに恋のはずれを、秋風に飽き風を含ませもするところに、この一首は「荻の上風」と結句されたかとも思われる。

恋ひ死ぬる夜半のけぶりの雲とならば君が宿にやわきてしぐれむ　慈円

時のまに消えてたなびく白雲のしばしも人に逢ひ見てしかな　藤原定家

両首ともに『六百番歌合』の題詠、雲に寄する恋。

前首。――わたしが恋い死にをして、わたしの遺体を焼く煙が夜空に立ちのぼり、願いどおりに雲となるならば、他のどこよりもあなたの家に時雨を降らせたいものです――。

動詞「時雨(しぐ)る」は、落涙することの比喩でもある。別れが悲しいから涙の雨を降らせたいと言っている。

後首。――ほんのしばしの間に白雲は消えて薄くたなびいてしまう。そういう白雲を見るようにごく短い間でもいいから、あの人に逢いたいものだ——。

「逢ひ見てしかな」は恋歌で好まれた句。前項でも良経の一首にみてもらった。

もろくともいざ白露に身をなして君があたりの草に消えなん　壬生忠岑
もろともにおきゐる露のなかりせば誰とか秋の夜をあかさまし　赤染衛門
わが袖に秋の草葉をくらべばやいづれか露のおきはまさると　相模
消えわびぬうつろふ人の秋の色に身をこがらしの森の下露　藤原定家

忠岑詠。——もろく壊れるのははかないけれども、はてさて、わたしも露となって、あなたのそばの草の葉のうえに消えることにしようかなァ——。

すでに他界した以前の恋人を夢にみて、忠岑は一連の歌をのこしている。これはそのなかの一首。「君があたり」は、あなたの墓のあたり。

赤染詠。——露だけがわたしと一緒に眠らないでいてくれました。もし露が置いていなかったら、わたしはいったい誰と長い夜を共に起き明かすことができたでしょうか——。

家集に「秋の夜ひとり泣きあかして」という。この歌は『詞花集』に採られて、そちらの詞書は「前なる前栽の露をよもすがらながめてよめる」となっているが、通ってきて当然の夫が心変わりをして姿を見せなくなっていたらしい。

相模詠。――わたしの衣の袖に秋の草葉を較べ合わせてみたい。露の置いている程度は、いずれが甚だしいかと――。

「わが袖」の露は恋する相手に飽きられた涙。「草葉」のほうは大気中の水蒸気が凝結したほんとうの露。家集ではこの歌に「枯れがれになる草のうへに、露のおきうきたるを見るも、われならぬ草葉もとおぼえて」と詞書が添う。草葉も枯れはじめは女盛りをすぎて涙もろくなったこの自分に似るらしい。ふとそんなふうに思ったようなおもむき。

『後撰集』にみえる藤原忠国の先詠《**われならぬ草葉も物は思ひけり袖よりほかにおける白露**》を、相模は証歌として念頭にしていたろうか。

定家詠。――もはや消える気力もありません。心変わりをしたあの人が飽きた素振りを見せるので、わたしはいたずらに身を焦がすばかり。秋も果てとなって木枯らしの風が吹きつける森の、わたしは色も朽ちてきている木々の下葉においた露のようなものです――。

身を焦がる、恋に思い焦がれるという意を、「木枯らしの森」に掛け合わせて詠じられている。


人恋ふるこころは空になきものをいづくよりふる時雨なるらん　**源宗于**（むねゆき）

かきくらし雲間も見えぬさみだれは絶えずもの思ふわが身なりけり　藤原長能
年経れどしるしもみえぬわが恋やときはの山の時雨なるらん　藤原清輔
しられじな槙の尾山にふる時雨いろこそ見えね袖はかわかず　飛鳥井雅有

風・雲・露に次いでは雨。時雨と五月雨にことよせた詠作をみていただく。

宗于の歌は、元良親王家の歌合で詠まれたとされるので、天慶六年（九四三）以前の作。落涙を時雨に譬えている。

恋に熱中していれば他のことが「上の空」になってしまう。つまり、人を恋する心そのものは空にはない。というのに、空から時雨がぱらぱらと降ってはやみ、降ってはやみするかのように、涙はこぼれ落ちる。――恋の涙という時雨はいったいどこから降るのであろう――と、訝るおももち。

長能の作は、家集で「雨のいみじう降る夜、女のもとに」と詞書が添うから、二の足を踏んで自分は赴かず、この歌だけを使いに届けさせたのであろう。――漆黒の闇となって、雲の切れ間も見えない五月雨にみまわれています。あまりに激しい雨のためにお伺いできませんが、降りつづいてやまないこの雨は、絶えずあなたのことを思って泣いているわたしの身そのものなのかもしれません――と。

五月雨は梅雨期の長雨のこと。とりわけ、梅雨末期の災害をひきおこすほどの豪雨が和歌では「さみだれ」とよばれている。時代はくだって《五月雨をあつめて早し最上川》の雨も同じ。

清輔（きよすけ）の作はいう。——長い年月が経過したにかかわらず何の効能もあらわれないわたしの恋は、まるで常緑の山に降る時雨のようなものではないか——と。

常磐（ときわ）の山は、植生が常緑樹のみからなり、年間をとおして色の変わらない山をいう。時雨が木々を濡らすたび、山々の色は紅く染まっていくものだが。

さて、雅有（まさあり）の作は題詠で、雨に寄する恋。ここでは「槙の尾山」についてまず述べたい。『源氏物語』宇治十帖が、「橋姫」の帖で、《あさぼらけ家路も見えずたづね来（こ）し槙の尾山は霧こめてけり》という薫の歌から展開する。京都をたずねて世界遺産の宇治上神社・平等院を観光される人びとは、宇治橋から宇治川の上流を見わたしてみてほしい。平等院をへだてた彼方、東の山並みの外山として望めるこんもりした小峰が「槙の尾山」である。

「尾」は山裾の細い部分を意味するから、普通名詞とすれば「槙の尾山」はイヌマキ・コウヤマキの茂る支脈ということになる。ところが、木材としてすぐれるヒノキ・スギなどを「真（ま）木（き）」とよぶから、和歌では時が経つにつれ、マキのみならずヒノキ・スギなど常緑高木が茂る小峰をさしても「槙の尾山」と詠まれてきた。そのうえ、宇治十帖が愛読された事情とも関連してこの傾向に拍車をかけたのが、後鳥羽院歌壇が形成された新古今時代であった。

雅有詠は大意、このようにいう。——知っていただけないでしょうね。わたしの恋は常緑の山に降る時雨のようなものだということを。いくら木の葉を濡らしても染まってもらえないのですから、あなたはわたしの気持がお見えにならないわけですが、わたしの時雨の袖はあなたをお慕いする涙で乾くときがないのです——。

雅有が証歌として愛誦したにちがいないと思われる先詠二首を添えておこう。《わが恋はまきの下葉にもる時雨ぬるとも袖の色にいでめや》《わが恋はまきのをやまの秋の露いろに出でじと忍び来しかな》。いずれも後鳥羽院の作である。

白雪とけさはつもれる思ひかな逢はでふる夜の程も経なくに　藤原兼輔

身をつめばあはれとぞ思ふ初雪のふりぬることを誰に言はまし　右近

最後に、雪に寄する二首を。

兼輔詠はいう。——夜のあいだに白雪が積もりました。あなたへの今朝のわたしの思いもこの白雪と同じように深く積もっているのです。逢わないで過ごした夜がそれほどつづいたわけではないのに——。

雪の朝、車を差し向けて仲違いしている女性を迎えようとし、この歌を手紙に添えたという。

女性は《白雪のつもる思ひも頼まれず春よりのちはあらじと思へば》と返歌して、迎えに応じなかったらしい。

右近詠はいう。――わが身を抓(つね)ってみて、しみじみ哀れな思いがするのです。今朝は早くも初雪が降ったのですが、あなたに忘れられて古ものとなったわたしは、初雪よ、と誰に言ったらよいのやら。誰にも言えそうにありません――。

男の通いが久しく絶えていた。「十月ばかりに、雪の少し降りたる朝(あした)」、その男（藤原敦忠）に宛てた歌という。

すでに言及しているが、「百人一首」で《逢ひ見ての後(のち)の心にくらぶれば昔は物も思はざりけり》が敦忠の作。すなわち、右近を捨てたのちに、他の女性に贈ったきぬぎぬの歌である。右近の作も《忘らるる身をば思はず誓ひてし人の命の惜しくもあるかな》が「百人一首」に採られていて、歌意は――忘れ捨てられるとは考えもせず、わたしは愛を誓った。あの方も誓ったのだから、わたしを裏切ったあの方が罰を受けるのはいい。でも、生命まで落とされるのはお気の毒――と、敦忠を哀悼している。敦忠は三十八歳の夭死であった。

草に寄する恋

恋歌は草本にも花卉にも数多くことよせて詠じられている。ところが、「寄草恋」という正面きっての題詠はあまり見当らない。そこを「寄物陳思」と解釈する私独自の視点から一二首を撰んでみた。

春くれば雪の下草したにのみ萌え出づる恋を知る人ぞなき　大江匡房

人しれずしたにゆきかふ蘆の根やきみとわれとが心なるらむ　二条院讃岐

山吹の花は八重さく君をわが思ふこころはただひとへのみ　熊谷直好

匡房の作は『堀河百首』への出詠歌で「不被知人恋」すなわち「人に知られざる恋」の題詠である。――春が来れば雪の下草が、積もっている雪の下で芽を出す。積雪に覆われて見えないその若草のように、ひそかにわたしの心に芽生えている恋を知る人は誰もない――。歌意はいう。

古来、「雪の下草」という表現は特定の草本を指すものではなかった。普通名詞であった「雪の下草」に、固有の草本、ユキノシタの概念を託す歌人がおいおい現われたのは、江戸初期から。ここではユキノシタを含めて、ナズナ・ハハコグサ・ハコベ・スズナ・スズシロなどの芽生えを喩にしておきたい。

讃岐(さぬき)の作は「忍びて心をかよはす恋」と題詞が添う。――人に知られることなく蘆の根と根は水底で絡み合っていますわね。誰にも知られないで固く結ばれているあなたとわたしの心は、蘆の根に引けを取らないのではないでしょうか――と、こちらの歌意はいう。

直好(なおよし)の作。題詞は「寄款冬恋」すなわち「山吹に寄する恋」。和歌の題詞は日本における漢詞の歌題から影響をうけている。漢詩では山吹を款冬(かんとう)と表記するので、直好は見倣ったのであろう。なお、植物の分類上「山吹」は落葉低木だが、和歌では草本の範疇で「萩」が賞美されているから、私は山吹をも萩同様に扱わせてもらうことにした。

――山吹の花は八重咲きが見事ですね。その八重というところにもあやかって、いつまでも山吹のようにお美しいあなたを慕うわたしの心は、これからもひたすら変わることはありません――。

「山吹の花は八重、八重さく君を」と、掛け詞を味わってみたい。八重の潮路といえば長い海路であるように、「八重咲く君」には、いつまでも美しい君、という意が生じる。そして「ただ一重」といえば、ただひたすら。

石のごとゆるぎげもなき吾妹子に苔となりても臥しみてしかな　藤原重家

今はまたたがかよひぢとなりぬらん夜なよなわけし庭のよもぎふ　尊良親王

重家の作は「寄苔恋」、苔に寄する恋、とある。

――まるで岩のごとく意思堅固で、浮気心などみじんもない、愛しいわが妻に、この身が苔となってでも添い寝をつづけることができたらなァ――。

岩石には幾星霜を経て苔が生す。妻のかたわらに身をいつまでも横たえて、岩石に根をおろす苔のようでありたい、という。

尊良親王の作のほうは、庭に寄する恋。

――今はわたしが歩んだ当時と変わりなく、誰かの通い路となっているだろう。夜ごとに分けたあの家の庭の草径も――。

「よもぎふ」は蓬生。ヨモギなどの草が生い茂っているところ。この親王は後醍醐天皇の第二皇子。南北朝の戦乱で数奇な運命をたどった。下向先にあって往日を偲んだ作である。

わぎもこを片待つ宵の秋風は荻の上葉をよきてふかなん　俊恵（しゅんえ）

いたづらにひとむらすすきしげりつつ君が手なれの駒ぞ待たるる　弁内侍（べんのないし）

俊恵は言う。——もしや愛する女（ひと）が訪れてくれるかとひたすら待ちつづける宵の秋風は、生い茂る荻の葉のうえだけは避（さ）けて吹いてほしいものだ。荻が葉摩れのそよめきを立てるたび、来てくれたかと、思い違いばかりをさせられるのはうんざりだから——と。

これは俊恵が百首の歌を友人たちと共詠したさいの一首だが、題詞・詞書はない。自由な発想で恋の情趣をうたい競べ合うために、敢えて題目などは定められなかったのであろう。前項で採った西行歌の「荻の上風」とも合わせて言外の含みを味わってもらえばと思う。なお、趣意の似る先詠に、大中臣輔親（すけちか）の作《待つ人にあやまたれつつ荻の音のそよぐにつけてしづ心なし》などがある。

弁内侍は言う。——何の役にも立ってくれず一群の薄（すすき）がますます大きな株に茂ってゆくものの、せめて、あの方が手なずけていられる愛馬だけでも立ち寄ってくれないかと、心待ちする日々なのです——と。

後嵯峨院が四〇名の主要歌人に出詠をうながした『宝治百首』。その恋歌二〇首中に「寄獣恋」という題目がみられる。弁内侍のこの作はそれ、獣（けもの）に寄する恋、の詠進。
往日、上流の人士を名目の夫とする女性たちは、夫を一日でも多く自分のもとに通わせようとして、夫の愛馬と、その馬の世話をする舎人（とねり）までに手厚い心くばりをした。道綱母といえば『蜻蛉日記（かげろうにっき）』の作者であり、摂政・関白を歴任するに至った藤原兼家の妻妾。兼家を引き寄せたいがために、道綱母は兼家の愛馬を手なずけた。主人を乗せずに懐（なつ）いた馬だけが遊びに来るほどであったらしい。《駒や来る人や分くると待つほどに茂りのみます屋戸の夏草》。道綱母の一首だが、——馬が草を食（は）みに来はすまいか、あの人が草を踏み分けて訪れはしまいか、心待ちするうちに、わが家の夏草はむなしく茂りすぎるばかり——と歌意はいう。馬にことよせて愛しい人を待つ弁内侍は、この一首を証歌に意識をしているのであろう。

秋風にふきかへさるる葛（くず）の葉の裏みてもなほ恨めしきかな　**平定文（さだふむ）**
秋はなほ葛の裏風うらみてもとはずかれにし人ぞ恋しき　**藤原良経**
憂き人の心の秋のことのはにまたふきかへす葛のしたかぜ　**藤原宣子（せんし）**

クズはつる性の茎が長いので風に翻弄されやすい。晩秋ともなれば茎ごと葉の白っぽい裏面をみせて反転し、枯れてゆく。そのような外見から「葛の葉の」という語句は、恋歌で「恨み・心」にかかる枕詞ともなっていった。

定文詠。――秋風に吹き裏返される葛の葉を見るにつけても、わたしに飽きがきたあの女の心の内面を知った今は、いくら恨んでも恨んでも、やはりあの女が恨めしい――。

「秋風」は飽き風でもある。「裏みて」には心見てが掛かる。「心」は身体の内面にあると考えられたところから、心とも表音されていた。この歌は『古今集』に採られて、そちらでは《秋風の吹き裏がへす葛の葉のうらみてもなほ恨めしきかな》となっている。

良経詠。――秋は相変わらず葛の葉を裏返す風が吹きますね。風を恨み、あの女の心の内をも見たというものの、わたしには、もはや訪ねてくれず離れて行ってしまったあの女が恋しいのです――。

宣子詠。――わたしに冷たいあの人の心の飽き風が言葉となって伝わってくるごと、やはりあの秋風が吹き返すように思われます。葛の葉の裏をみせる下風が――。

岩に生ふる松のためしもあるものをはらめの万年青たねをかされよ　相模
なにとなく芹と聞くこそあはれなれ摘みけん人の心しられて　西行

相模の歌は「子をねがふ」と題詞があって詠まれている。

――岩に松が生えるという例もあれば、万年青は妊婦のように赤い実を宿します。万年青にちなんで、権現さま、御許の子胤をおさずけください――。

相模の夫、大江公資が相模守を拝命したのは寛仁四年(一〇二〇)、〔相聞(二)〕の項で定頼との相模の関係をみてもらったが、夫に任国へ帯同された相模は、公資とのあいだに子をもうければ、定頼との恋を昇華させ過去を清算できるか、と考えたのかもしれない。そこで、伊豆山の走湯権現に籠って奉納している歌のなかに、この一首がみえる。

オモトはユリ科の常緑多年草。「はらめの万年青」とよばれるのは、球形の液果を風霜から守るため葉で包みこみ、あたかも胎内に宿すかのように赤熟させるから。走湯権現の境内は万年青が茂る名所であった。

西行の歌は『山家集』雑の部にみえるのだが、寄物陳思の恋歌として味わうのも、決して不自然ではないと思われる。

――芹の名を耳にすると、何ということもなく、あわれな気分をもよおしてしまう。芹を好まれた后にひそかな思いを寄せ、摘んで献じたのであろう昔の人の心が偲ばれるので――。

その昔、ある舎人が禁庭の朝清めをしていると、風が起こって、後宮の御簾を吹きあげたという。舎人の眼底にそのとき、御簾の内で芹らしきものを食している嵯峨天皇の妃、檀林皇后の麗姿が焼きついた。それからというもの、舎人は皇后の美しさに今一度接したいとねがい、芹を摘んで、ひそかに御簾のあたりに置くようになった。年を経たのだが効験はなかった。舎人は物思いに沈み、ついにむなしく命をおとした。

一首はこのような説話を西行が知っていたところに詠まれた歌である。待賢門院璋子を西行が恋したとみる旧説に与することはできないのだが、少年のころに抱いた淡い憧憬を舎人の思いに仮託したとまでは読み取ってよいかもしれない。

鳥に寄せて

恋歌で単に「鳥」とのみ詠まれている鳥、それは鶏(にわとり)をさす。人間の生活と古くから密接に結びつき、とりわけ、後朝(きぬぎぬ)の別れの時刻がきたことを知らせる鳥であったからである。まず、この「鳥」にことよせて詠じられている作から味わってゆこう。

ひとり寝(ね)し時は待たれし鳥の音(ね)もまれに逢ふ夜はわびしかりけり　よみ人しらず

鳥の音は恋しき人の何なれや逢ふ夜はいとひ逢はぬ夜は待つ　藤原兼宗(かねむね)

前首。——独り寝をした時は夜が長く感じられるので待たれた鶏の鳴き声も、たまたま逢って、このように共寝をする夜は、早くも朝が来るのかと、別れの時刻を告げられるのを辛く悲しく思ってしまうなァ——。

この歌は『拾遺集』所収。小野小町の姉による作として『後撰集』にみえる《ひとり寝(ぬ)る時は待たるる鳥の音もまれに逢ふ夜はわびしかりけり》の重出である。後撰集の成立は天暦九年（九五五）ごろ。拾遺集は寛弘三年（一〇〇六）ごろ。語句の現在形から過去形への推移が、約半世紀にわたって人びとの口の端にひろく上っていた歌であることを知らしめる。

後首。——鶏の鳴き声は恋しい人の何だというのか。別に何の関係もないではないか。それなのに、恋しい人と逢う夜は後朝の別れを促すから厭わしく思われ、逢わない夜は早く夜明けを告げてくれないかと待たれる——。

兼宗（かねむね）のこちらの作は「寄鳥恋」の題詠で、建久四年（一一九三）成立の『六百番歌合』に出詠された。

世の中に鳥も聞こえぬ里もがなふたり寝（ぬ）る夜の隠れ家にせむ　よみ人しらず

きぬぎぬの飽かぬ別れを思ひ出（い）でてひとり寝にきく鳥の音も憂き　上冷泉為村（ためむら）

きぬぎぬの別れはゆめになりゆけどうかりし鳥の音こそわすれね　大はし

この三首は室町期から江戸期にかけての作。

一首目。——この世の中に鶏の声など聞こえない集落があってほしいものだ。ふたりで共寝をする夜の隠れ家をそういうところに持ちたいと思うので——。

所収する『慕景集』から嘉吉元年（一四四一）以前の詠ということのみが分かる。

二首目。——後朝の名残のつきない別れを思い出してしまうので、鶏の鳴き声は独り寝ていて聞くのも恨めしい——。

為村のこの一首は「暁恋」の題詞で詠まれている。江戸中期の作である。

三首目。この歌の大意はいう。——あの朝の別れは夢だったのでしょうか。わたしのような遊女を愛してくださったあなたの、やさしい最後のおことばを、忘れようにも忘れることはできません。わたしもあなたに心をうばわれたままでいるのを忘れないでいてください——と。

大はしは京都島原の名妓で、名を馳せたのは寛文年間（一六六一—七三）。「うかりし」は傾城（せい）ことばで魅せられた状態をいう。「うかりし鳥」は相手をさすが、自身をもこの語句に包み込めているかと思われる。

白波のうちかへすとも浜千鳥なほふみつけて跡はとどめむ　紀貫之

逢ふことはいつとなぎさの浜ちどり波のたちゐに音をのみぞ鳴く　源雅定

思ひかぬる夜はの袂（たもと）に風ふけて涙の川に千鳥鳴くなり　慈円

和歌では古来、コチドリ・イカルチドリが景物として詠まれているが、一般に名も確かでない小鳥を十把一絡げに「千鳥」と総称してきたところもある。そこから、恋歌にかぎって「千鳥」といえば、恋する相手から一顧だにされない霞んだ存在である自己を卑下する寓意となる。この三首は景物としての千鳥にことよせて、その寓意の千鳥を詠じている。

　貫之詠の大意はいう。――うち返す白波に痕跡を消されても消されても、千鳥たちは相変わらず波に洗われる浜辺の砂に足跡をしるします。わたしはその浜千鳥。わたしの手紙にあなたからの返事が無ければないほど、わたしは千鳥が砂を踏みつけるようにあなたに文を贈りつけて、恋の跡を残すことにしますから――と。

　前項で葛の裏風にことよせて女を恨んだ定文に、この歌と相前後して《**たちかへりふみゆかざらば浜ちどり跡見つとだに君言はましや**》という作がある。伊勢のもとに数年来、定文は恋文を送りつづけていたのだが、一度も返事がない。それを責めたところ、「見つ（見た）」と二字のみの全く素っ気ない通知が来た。一首はそこで詠まれた作で、歌意は――返事が無くても、浜千鳥が砂に跡をしるすように文を贈りつづけなかったならば、あなたは「見つ」とさえ言ってくださらなかったでしょうね――と言っている。

　はて、貫之詠と定文詠、「ふみ」に踏み・文を掛け、「跡」に千鳥の踏み跡・恋文の筆跡を掛けている機知の、この先蹤の栄をいずれに認めればよいのであろうか。

　雅定詠。――逢うことはいつと定まってはいないので、渚の浜千鳥が波の寄せては返すたび鳴き声をあげるように、わたしも立ったり坐ったりするたび、あなたに逢いたくて泣いてばかりいます――。

「なぎさ」は、無きさ、であり、渚。「たちゐ」は起ち居。波の寄せ返すさまと自らの動作との掛け合わせ。

慈円詠は、先に見てもらった兼宗詠同様、『六百番歌合』から「寄鳥恋」の一首。

歌意は、――恋い焦がれる思いに耐えられなくなった深夜、寝衣の袂に風も冷たく、わたしが身を横たえる涙の川に、千鳥の鳴く声が聞こえてくる――という。

貫之の冬歌《思ひかね妹(いも)がりゆけば冬の夜の川風寒み千鳥鳴くなり》が『拾遺集』で名高い。慈円は、――恋しさに耐えかね、愛する女(ひと)のもとへ行こうとすればいつも、冬の夜の川風が寒いので千鳥が鳴いている――という、この作を本歌に取っている。

「涙の川に千鳥鳴くなり」とは、奇異であり、誇張がすぎる。旧派の面々が難癖をつけた。否、これぞ新風、姿も詞(ことば)もまことによろしいと、判者の俊成は取り合わなかったらしい。

玉章(たまづさ)のたえだえになるたぐひかな雲井の雁(かり)の見えみ見えずみ　藤原有家(ありいえ)

秋ごとにわすれぬ雁の声きけばたちわかれにし人ぞ恋しき　土御門院(つちみかどいん)

雁のゆき燕のくるも世の中はかくこそありけれ身をばうらみじ　三条西実隆(さねたか)

有家詠。——まるで恋人からの手紙が途絶えがちにももたらされたという風情だなァ。大空を行く雁の列が雲もあるので見えたり見えなかったりする——。

「玉章」は手紙、ここでは恋文。津守国基の《薄墨にかく玉章と見ゆるかな霞める空に帰るかりがね》や、紀友則の《秋風にはつかりがねぞ聞こゆなる誰が玉章をかけて来つらむ》などから、大空を飛翔する雁の列は玉章になぞらえられていた。有家は春の帰雁ではなく、秋の来雁を詠じている。

じつはこの有家詠も『六百番歌合』の「寄鳥恋」。慈円の先詠と番われているのがこの作である。俊成は「涙の川に千鳥鳴くなり」を勝としたが、こちら「雲井の雁の見えみ見えずみ」が春秋いずれの雁行か、それが一目に分かるほどであったなら、判定は覆っていたかもしれないと思う。

土御門院の作は七言「年年別思驚秋雁」を題詞として詠じられている。

——来る秋ごとに聞いた来雁の声は忘れることがない。いまこの南国でその雁の声を聞くことになり、忽ちに都に別れ残して来た女が恋しい——。

承久三年（一二二一）、幕府との擾乱に敗れた父後鳥羽院は隠岐へ、弟順徳院は佐渡へ配流されたので、擾乱に加わっていない土御門院も自ら配流を申し出、土佐に遷幸した。後に幕府の懇請で阿波へ遷御する院だが、この御詠は貞応二年（一二二三）、足摺岬が近い西土佐の僻地における作。

「驚秋雁」とあるから、こんな南国にまで雁は渡ってくるのかと驚き、都の里内裏で初雁の声を寄り添い合って聞いた女性、御息所を慕んでいるのであろう。

実隆詠はいう。――雁が行き、燕が来る。男女の情もじつは互いをほとんど知らないところに保たれてゆくのかもしれない。相手の心が見えないこんな身だというものの、恨みに思わないことにしよう――。

燕が南の国から飛来するのを待っていたかのごとく雁は北の国へ帰ってゆく。「世の中」の意は、男女の情・夫婦の仲。燕は日本の冬を知らない。雁は日本の夏を知らない。

春くればもずの草ぐきみえねどもわれは見やらむ君があたりを　よみ人しらず

わが恋は狩場の雉の草がくれあらはれて鳴く時もなければ　高峰顕日

葦鴨と何おもひけん恋ひわびてわれも涙にうき寝をぞする　藤原実清

まず、よみ人しらずは言う。――春が来ると百舌の速贄が日を経るにつれ見当たらなくなってしまうが、わたしはいつまでも視野のうちに入れてゆこうと思う。あなたが住んでいる家のあたりを――と。

これは万葉異体歌とみなしてよく、『万葉集』の原歌は《春さればもずの草(かや)ぐき見えずともわれは見やらむ君があたりをば》と詠じられている。

原歌の「春されば」は「春去者(はるされば)」ではなくて「春之在者(はるされば)」、春になれば、という意。しかし、「春されば」は春が去ればと誤解されやすい。「草(かや)ぐき」は草潜(かやぐ)きで、チガヤなどの草の茂みにモズが身を潜(ひそ)めること。一方、「草(くさ)ぐき」は草茎(くさぐき)と漢字を当てられるが、これはモズが秋に虫・蛙などを捕ってハゼの枝先などに刺し、冬に備えて保存しておく餌、「百舌の速贄」のことであった。

平安・鎌倉期ともなると「草(かや)ぐき」は「草(くさ)ぐき」と読まれやすかったから、「春されば」がもし「春去れば」と思われたとき、速贄は意味をなさなくなってしまう。そこに、異体歌が生まれ口誦されたのであろう。

なお、藤原公衡(きんひら)に《もずのゐる心もしりぬはじ紅葉さこそあたりをわれもはなれね》という作があって、異体歌はこの作を賞美した歌人によって弘められたのかもしれない。公衡の一首と百舌の速贄については、私の先著『和歌で愛しむ日本の秋冬』を参照していただければと思う。

顕日(けんにち)詠。――わたしの恋は、猟師たちに包囲されて草の茂みに隠れている、ディスプレーのできない狩場の雉のようなものだ。意中の人の前に出て思いを打ち明ける機会さえもないのであるから——。

キジの雄は春、領域をつくって盛んに鳴き、雌を呼ぶ求愛ディスプレーをする。顕日は鎌倉後期の禅僧。「寄鳥恋といふ題にて」と詞書があって、一首は詠じられている。

実清（さねきよ）詠。——これでは葦鴨の浮き寝のようなものだと、どうして思ったのだろうか。あの女（ひと）を慕うあまり、わたしもあれこれと思い悩んで、涙に濡れた憂き寝をするとは——。

アシガモは固有種ではなく葦の茂る水辺で浮き寝をするカモの類。眠っていても流されないよう脚を前後させて水を掻くから、カモは水に濡れた浮き寝となる。自分は思いを行き返りさせるから涙に濡れた憂き寝となると、浮き寝、憂き寝を対照させているようだ。

海べに寄する恋

海浜にたたずんで恋に苛まれた心身を癒やす人たちが古くからあった。恋の情念をうたいあげるにも、歌材として拾えるものが海浜の光景から見出された。「寄浦恋」「寄江恋」といった題詠も盛んにおこなわれ、秀歌が多く伝わってきている。

蘆べより満ちくる潮のいやましに思ふか君を忘れかねつる　山口女王（やまぐちのおおきみ）

八百日（やほか）ゆく浜の真砂（まさご）とわが恋といづれまされり沖つ島守　よみ人しらず

前首。万葉歌だが、ここには『新古今集』にみられる歌体を採った。山口女王が大伴家持に贈った歌で、『万葉集』では四句目が「思へか君が」となっている。

――海浜の蘆の茂みからひたひたと潮がなぎさに満ちてくるように、あなたを思う気持がますます強まってゆくからでしょう、どうしてもあなたを忘れることができません――。

汽水域に密生する蘆は強靭で節と節の間隔が狭い。差す潮が蘆の節目盛りを超えてゆく。微視的にその光景をまで連想させる説得力のあるうたいぶりだ。

後首。こちらも『拾遺集』に採られている万葉異体歌。原歌は《八百日ゆく浜の真砂もわが恋にあにまさらじか沖つ島守》と『万葉集』にみえ、やはり大伴家持に贈られた笠女郎（かさのいらつめ）の歌である。前首よりも語句が改まっているから、よみ人しらずとされたのであろう。

——蜿蜒（えんえん）とつづく海岸の砂浜を長い日数をかけて歩き尽くすのと、わたしの絶えることのない恋の悩みと、辛さ切なさはどちらが深刻でしょうか。お尋ねします、沖の島守さん——。

「八百日」は漠然と長い日数をさす複合語。文字のなかった悠久の上代、数えられる数の思考概念は八までであり、そのうえに、十・百・千・万という漠然とした量の概念があったのではなかろうか。八十島（やそしま）・八百万（やおよろず）・八千代（やちよ）とはいうが、九十島・九千代などとはいわない。八を頭とする古い複合語の伝承は多くの数におよぶものの、九を頭とするそれはきわめて少ない。九という概念が未だ無かった上古代、指示したい物について数えられない数量を表わすばあいには、頭に八を置けばよかったのであろう。

それはさて、両首ともに人口に膾炙していた歌であるため、勅撰集に採られることになった。

海人（あま）の刈る藻にすむ虫のわれからと音（ね）をこそ泣かめ世をばうらみじ　藤原直子（なおいこ）

恋ひわびぬ海人の刈る藻にやどるてふわれから身をもくだきつるかな　在原業平
君をなほ怨みつるかな海人の刈る藻にすむ虫の名を忘れつつ　閑院大君(おおぎみ)

「われから」は「割殻」と「我から」が掛け詞となっている。割殻は海藻(かいそう)に付着棲息する甲殻類の一種。歌人たちはみずからの恋の行為の浅はかなところを、この節足動物が細い小さな体を屈折させつつ見せる緩慢な動作になぞらえたので、この三首はいずれも自虐の恋歌ということになる。

直子(なおいこ)詠。――わたしは漁師の刈りとる海藻に棲んでいる割殻のようなもの。この恋が報われないのはわたしが暗愚だったからです。「われから招いたことなのね」と声をあげて泣きこそすれ、漁師が藻を刈る浦も見なければ、世間をもあの人の心(うら)をも恨んだりいたしません――。

個人が生活する場である世間、その世間で生じた人間関係、いずれをも「世」という。

業平詠。――あなたへの恋にわずらい果てました。漁師の刈る藻に棲みついているという虫の名のように、われから招いたのであるとはいえ、あァ、身をも砕く悲しい物思いをつづけてきてしまったことです――。

業平の家集に『在中将集』『業平集』の二種があり、後者のほうに「いとつれなき人のもとに」と詞書が添ってこの歌がみえる。『伊勢物語』五十七段でも知られる歌である。

大君詠。――あなたのことを相変わらず怨めしく思わずにはいられません。海人の刈る藻に棲む虫の名を忘れては思い出し、また忘れしながらも――。

文末の「つつ」が詠嘆をこめて反復継続の意を表わす。直子のように諦観するのは以ての外と、こちらは相手の不実を責めつづけているようだ。

おほかたはわが名も水門こぎ出でなむ世を海べたに海松布すくなし　よみ人しらず

しきたへの枕の下は海なれど人を海松布は生ひずぞありける　紀友則

わたつみに人をみるめの生ひませばいづれの浦の海女とならまし　和泉式部

みるめなくかれにし人のおもかげはたつもかなしき袖のうらなみ　西園寺実材母

「海松布」は波の静かな海底の岩に生える緑藻、ミル（海松）のこと。和歌では「見る目」の意を掛けて多用されていた。

一首目。――ありのままを言えば、わたしの噂も、人目の多い港から舟が漕ぎ出してゆくように世間にひろまってほしいのです。海べに立っているだけでは、波に根を切られて渚にうちあげられる海松布しか拾えません。このまま世間ばかりを気にしているのでは、もう嫌になってしまうほど、二人の逢える機会は少ないのですから――。

「水門」は、水、人、舟の集まるところ、河口などの意。「たに」は為に、ために。四・五句に掛け詞が重層する。世を倦んで海べに立つだけでは、海松布はわずかしか採れない、見る目(会える機会)は少ない、と。

往日、ミルは盛んに食用されていた。海人・海女に刈られるのみでなく、海が荒れたあとなど、渚にミルを拾い歩く人も多かったのである。

二首目。友則は言う。——恋の悶えからもよおす涙のために、枕の下は海になっているけれど、海松布が生えてくれないからか、あの女に逢う機会は一向にやって来ません——と。「しきたへの」は、枕、床、袖、衣などにかかる枕詞。栲(白い布)を敷物にしたところから使いはじめられたとされる。

三首目。和泉は言う。——もし大海原に恋してもよい値打ちのある人物を探し出す、見る目という海松布が生えるものならば、わたしはいったい、どこの浜辺の海女となればよいかしら——と。

宮中に出仕して為尊親王と浮き名を流す以前、少女期の作。恋人を思うがままにつくれる機会がおとずれてくれるものなら、数多い男性のなかからどんな人を選ぼうか、と考えている。

四首目。——逢える機会も途絶えて離れていってしまった人のお顔や姿は、思い起こすのも悲しく、それは海松布の生えない浦に波がたつように、衣の袖がただ涙に濡れるばかりなのです――。

実材母は舞女出身で、現在の金閣寺の旧跡、北山殿を建立して太政大臣公経の愛妾となった。「袖の浦」は衣の袖が涙に濡れているのを浦に譬えていう成句。時代は隔たるが、「たつもかなしき袖のうらなみ」に、前項でみた大はしの「うかりし鳥の音こそわすれね」と通底するひびきが感じられ、哀憐をもよおす。

藻塩焼く海人の苫屋に旅寝して波のよるひる人ぞ恋しき　肥後

藻塩焼く海人の苫屋にたつけぶり行方もしらぬ恋もするかな　源俊頼

恋をのみすまの浦びと藻塩たれほしあへぬ袖のはてを知らばや　藤原良経

「藻塩焼く」という語の意は、藻塩焼き製塩をおこなう。

海岸にみられたこの製塩法は、まず海女たちが海に潜って海藻（ホンダワラ）を採取。砂浜に幾条もの竿棚を組んで、海藻を吊り干しする。藻が乾けば海水をかける。乾くごとにかける。この作業がくりかえされ、乾いた最終の藻、表面に塩分の凝結がみられるまでになった乾燥藻を水にもどせば、鹹水すなわち濃い塩水がえられる。海浜の苫屋、粗末な作業小屋では、海人が鉄釜でその鹹水を焚きつめたと私は考える。

肥後の作。「旅恋」の題詠である。――海人が藻塩を焼くような海浜の粗末な宿の旅寝なので、波が寄るにつけ引くにつけ、夜昼を分かたず、都に別れてきたあの人が恋しくてなりません――と、歌意はいう。

「波のよるひる」に、寄る干る・夜昼をかけてあるが、肥後は『古今集』で知られる在原行平の一首《わくらばに問ふ人あらば須磨の浦に藻塩たれつつわぶと答へよ》を、思い起こしもしたのであろうか。業平の兄行平は権力抗争にかかわるのを避けて須磨の浦に籠居したことがあった。そのときの一首で、歌意は――稀にでも、あの者はどうしているかと尋ねる人があったなら、塩を焼くために竿に干されている海藻から水が垂れるように、涙を流して泣きながらわび暮らしをしていると答えてください――と、言っている。

題詠のため、肥後のばあいは、旅寝は架空の泊まりであって、心境のみを行平に仮託しているとみてもよいのではなかろうか。

俊頼の作。こちらの歌意は、――藻塩を焼く海人の苫屋からたちのぼる煙のように、どこへ流れてゆくか前途もおぼつかない恋であっても、そういう恋をしてみようか――という。

古今集よみ人しらずとして、《須磨のあまの塩焼くけぶり風をいたみ思はぬ方にたなびきにけり》という一首が伝わる。『伊勢物語』百十二段にも採られて、睦まじく情を交わしてきた海女が忽然と姿を消してしまったのを男が歎く歌となっている。――須磨のあまの塩を焼く煙が風がはげしいので海上を予期しない方向へたなびくように、海女のおまえもまた、わたしの手の届かぬところへ流れていってしまったのか――と。

物語に登場する海女のように自分も飄然と流れる恋をしてみたい。俊頼はよみ人しらずを意識するところに思ったのであろうか。

良経の作。――ひたすら恋をのみしている。須磨の浜辺に暮らしを営む海女たちは、竿に干す海藻に水をかけつづけ、垂れしたたる雫に濡れる袖を乾かすいとまもない。同じようにわたしは、恋の涙に濡れる袖を乾かすいとまがないのだが、この果てはどのようになるか、それを知りたいと思うので――。

「恋をのみす」「須磨の浦びと」と掛け詞を汲みたい。浦びとは塩水の雫に、自分は涙の雫に袖を濡らす。それを「ほしあへぬ」と表現した。さらに加えて、「藻塩たれつつわぶ」と詠じた行平の暮らしを憧憬している一首である。

みさごゐる入江の水は浅けれど絶えぬを人の心ともがな　待賢門院堀河

逢ふことは渚（なぎさ）に寄する捨て舟のうらみながらに朽ちや果てなん　徳大寺公清（きんきよ）

堀河詠。「江（え）に寄する」と詞書があって、大意はいう。――わたしたち二人の結びつき、つまり縁（え）は、それほど深くありません。けれども、みさごは水が浅いからこそ江（え）に居着いているように、わたしはこの縁が絶えないのをあの人の心と信じてゆきましょう——と。

ミサゴはワシタカ科の鳥。停止飛翔で狙いを定め、急降下して水中の魚を捕食する。水深があると魚体を見きわめにくく、逃げられもするからか、この鳥が生息するのは文字どおり「江」、海岸・湖沼などの水深の浅いところに限られる。その浅い「江」に「縁」を掛けている含みを、この歌からは味わいたい。

公清（きんきよ）の作は『延文百首』の題詠で「寄船恋」。歌意はいう。——恋し合う男女が逢瀬をつづけてゆくのは、おそらく、海岸の砂州に放置されている捨て舟が浦（入江）を見ながら朽ち果ててしまうように、互いに相手の心（うら）を見ながら捨て舟と同じ運命をたどるということなのでしょう——と。

多数の歌人による百首歌の題詠は、長治三年（一一〇六）頃に成立した『堀河百首』が最初である。『延文百首』は延文元年（一三五六）、三三名の歌人の詠進で成立している。『堀河』のほうの恋題は一〇。『延文』のほうは二〇。二五〇年という期間に恋歌が抒情性の範囲をいかに拡大させ変化もしたか、その経過が分かるので、ここに両百首の恋題を添記しておこう。

堀河百首（恋題一〇）——初恋・不被知人恋・不遇恋・初逢恋・後朝恋・会不逢恋・旅

恋・思・片思・恨

延文百首（恋題二〇）――寄風恋・寄雲恋・寄煙恋・寄杜恋・寄関恋・寄橋恋・寄藻恋・寄篠恋・寄杉恋・寄鳰恋・寄猪恋・寄蛛恋・寄鏡恋・寄枕恋・寄莚恋・寄衣恋・寄紐恋・寄弓恋・寄船恋・寄鐘恋

月に寄せて

月にうつして慕わしい人のおもかげを見る。月になぞらえて来ぬ人を待つ。月に思いを寄せるということを一つの手段として、人びとは恋のやるせなさを紛らわせてもきた。

来ぬ人を月になさばやむばたまの夜ごとにわれは影をだに見む　紀貫之
涙さへ出でにしかたをながめつつ心にもあらぬ月をみしかな　和泉式部

前首はいう。——訪れのないあの人を月にしてしまいたいと思います。月ならば夜ごとに、せめてその姿だけでも見ることができるのですから——。

貫之は女性の立場でこの歌を詠んでいる。「むばたまの」は、夜にかかる枕詞。〔黒髪〕の項で言及したのだが、ムバタマはヌバタマ。ウバタマも同じ。

後首は。——わたしは涙までもよおし、あなたが立ち去ってしまった方角をぼんやり眺めながら、心においていたあなたではなく、心にもない月を見たということです——。

和泉から、これは敦道親王への歌。〔相聞(二)〕の項を振り返っていただきたい。詞書があって、月の明るいある夜、親王はやって来たのに、寝所には入らず帰ったので、翌朝、使いに届けさせた一首なのだとわかる。

すむかひもなき世の中の思ひ出(いで)はうき雲かけぬ秋の夜の月　**待賢門院堀河**
秋の月もの思ふ人のためとてや憂きおもかげに添へて出づらん　**西行**

堀河と西行の関係は〔相聞(二)〕で知ってもらい、〔天象に寄せて〕の項で採った一首でも、堀河にたいする西行の恋が成就しなかったことに触れたのだった。また〔つれなさを恨む〕項では、源師時が堀河の伴侶であったことに言及した。

堀河の作。師時が故人となってさほど時を経ず詠まれたと考えられ、隠されている真意を汲めば、このように言っているだろう。

——師時を住み通わせて得るところのない夫婦生活でした。思い出といえば、雲もなく澄みわたる秋の月のように、わたしのもとへ、何の憂(うれ)いもかけない「月」として、あの人が通ってくれた日々もあったというだけのことです——と。

師時の死は保延二年（一一三六）。この年、西行は十九歳だった。

西行の作。堀河の前作を知って以降、保延六年（一一四〇）の秋、自身が二十三歳で出家するまでの間に詠まれている。

自動詞の「添ふ」は、付き従う。「秋の月」を師時、「もの思ふ人」を西行自身、「憂きおもかげ」を堀河とみなして大意を汲むべきだと思う。

――師時さん、秋の月である亡きあなたは、あなたの妻のひとりであったあの女（ひと）に思い焦がれるわたしをいっそう悩ませようとしてか、憂いの日々をおくるあの女の面影に連れ添って、わたしの前に現われるのですね――と。

西行は一首を堀河の前首に照応させて、このように歎いているのではあるまいか。

帰るさのものとや人のながむらん待つ夜ながらの有明けの月　　**藤原定家**
いま来むと契りしことは夢ながら見し夜に似たる有明けの月　　**源通具（みちとも）**
あだ人を待つ夜ふけゆく山の端（は）にそらだのめせぬ有明けの月　　**越前**

有明けは、夜が明けてきているのだが、月がなお空に有る頃合い。和歌ではとりわけて旧暦九月の下弦以降の月を心にとどめ、「有明けの月」と詠じている。

定家は言う。――あの人は他の女性と夜を共にして、帰りみちに見るものとかいうこの月を、今どこかで眺めているのではないかしら。わたしが一夜を待ち明かしたまま、あげくに仰ぎ見るこの有明けの月を――。

女性の立場に自身を仮託している作。「待つ夜ながら」の「ながら」は、状態がそのまま持続していることを表わす。

通具は言う。――今すぐ行くよと、あの人が約束してくれた言葉は夢となったままですが、その夜に見たのと同じような有明けの月が、今も空に浮かんでいます――。

これまた女性の立場に仮託しての作。素性（そせい）の《いま来むといひしばかりに長月の有明けの月を待ち出（い）でつるかな》を本歌に取っている。

越前は言う。――移り気なあの人は、来ると約束しておいて現われず、夜はむなしく更けてゆきます。けれども、その夜更けの山の稜線に、あてにはしていない有明けの月が、待たせたねといわんばかりに顔を見せてくれるのです――。

ふけにける真木の板戸のやすらひに月こそ出づれ人はつれなし　藤原隆祐（たかすけ）

来ぬ人によそへて待ちし夕べより月てふものは恨みそめてき　後嵯峨院

思ひわびうきおもかげやなぐさむとみれば悲しき有明けの月　藤原師継（もろつぐ）

ここに賞玩していただく三首はいずれも題詠である。

隆祐の作は「寄月恋」、月に寄する恋。

歌意はいう。——夜は更けてしまい、表戸を閉じるかどうか迷っているうち、遅くのぼる月が現われてきたものの、待つ人は無情にも姿を見せない——と。

「真木の板戸」は良質の木材で作ってある戸。「やすらひ」は「いざよひ」と同意で、ためらい、思い迷うこと。意中の人が来るかもしれないと、戸に錠をおろすのをためらっていたという。ちなみに、よみ人しらずの古詠《君や来むわれや行かむのやすらひに真木の板戸も鎖さず寝にけり》がよく知られていた。

後嵯峨院と師継の作は同じ歌合における題詠。いずれも「寄月恨恋」、月に寄せて恨む恋、を詠じている。

後嵯峨院の作。大意は、——来るはずの女性に月を見立て、なぞらえて、月と女性とを待ったので、その夕べから月というものはわたしの恨みの対象になってしまった。というのも、月はいつも現われるが、女性のほうはとうとう姿を見せなくなったので——と、言っているだろう。

師継の作。こちらは、——恋に思い悩んで、せめて恨めしい人の面影だけでも薄れるように月を仰ぎ見てしまうのですが、反って悲しみはつのるばかりです。とりわけ、有明けの月を見たときには——と、歌意を汲みたい。

決して易しい歌とはいえないこの両首が出詠されたのは、建長三年（一二五一）九月十三夜の影供（えいぐ）歌合である。恋歌の題目は「寄月恨恋」といま一つ「寄煙忍恋」。当時の主要歌人四二名が顔をそろえているのだが、恋歌二題目の趣意が難解なため、出詠者全員が四苦八苦している。ちなみに、「影供歌合」とは、歌聖とみなされていた人麻呂、赤人などの絵像に供物をして、その前で催行された歌合をいう。

いたづらになるるもつらし待つ人の来ぬ夜かさなる袖の月かげ　**洞院公賢（きんかた）**

人もいまその夜に似たる月を見ばかくや見るらむかくや恋ふらむ　**徽安門院（きあんもんいん）**

これまた二首ともに歌合での題詠である。

公賢の作は「寄月恋」。——何もできない空しさに馴れているのが恨めしいのです。待つ人の来ない夜がつづくこと、悲しみの涙で光る袖に映る月を見ること、この二つの重なりに馴れてしまっていることが——。

徽安門院の作は「恋月」。——あの人も今もしかして、その夜に似ている月を見るならば、わたしが夢に見たように見るだろうか。在りし日のふたりの仲を、わたしのように恋しく思い返してくれるだろうか——。

「その夜」とは、夢によみがえったばかりの、かつて両人が契りを深めた思い出の夜。作者は夢から目覚めたばかりの感懐を詠じているのであろう。現実に月を見ながらの回顧「あの夜」でないところが、含み深長な一首である。

関に寄せ、橋に寄する

関といい橋といえば、その昔、愛し合う男女が旅立ちをする相手を見送って別れを惜しんだ場所である。長い旅から帰って来る愛しい人を出迎えたのもそこであった。このような場所柄ゆえに、関と橋は恋歌にことよせる格好の題材ともなっている。

思ひやる心はつねにかよへども逢坂(あふさか)の関こえずもあるかな　源公忠(きんただ)

かち人の渡れど濡れぬえにしあれば／また逢坂の関は越えなむ　恬子(てんし)・業平

公忠詠はいう。——結ばれたい心の思いは互いにいつも通い合っているけれども、現実に夜床を共にして愛し合う逢坂の関はいまなお越えずにいる、わたしたち二人であることだ——と。

「逢坂の関」は、平安京の東郊、近江（滋賀県）との境に設置されていた関所。東国へ赴く人を見送り、東国から帰ってくる人を出迎えるところであったが、恋歌のばあい「逢坂の関を越える」といえば、許されぬ男女が一線を越えて結ばれることを意味するまでになっていた。この一首では、秘めておかねばならない心の逡巡を詠嘆の「かな」が含んでいるところを読みとろう。

第二首は『伊勢物語』六十九段で知られる唱和で、業平の家集にもみえる。上句が伊勢斎宮の恬子内親王、下句が在原業平。

——徒歩で渡る人が衣服の裾さえ濡らさない浅い江、そのように浅い互いの縁であったようですね。——いいえ、そんなことはない。機会があれば、また逢坂の関を越えようではありませんか——。

貞観七年（八六五）、業平は「狩の使」として伊勢神宮に逗留した一夜、斎宮恬子を抱いてしまった。翌晩、いまいちど逢おうと思いを等しくしたのだが、伊勢の国守が業平接待の宴を徹宵でもよおし、この勅使を自由にしてくれない。明朝に尾張へ発たねばならない業平は焦る。恬子も同様。夜も白むころ、斎宮寮から差し入れという触れの酒が宴席に届き、杯をのせた台皿に上句を読めた。業平はとっさに火桶から消し炭を手にとって下句を書き継ぎ、台皿を返したという。

業平は現実に存在する逢坂の関を越えて、またいつの日か京都から伊勢まで逢いに来ようという意趣をも下句にこめたのであったろう。

逢坂のみちに垣ほは越えながらまだ許されぬ下紐（したひも）の関　藤原師氏（もろうじ）
頼めてもまだ越えぬまは逢坂の関も名こその心地こそすれ　藤原家隆
わがためはへだつる関となりにけりなど逢坂の名を頼みけん　細川幽斎

師氏詠。――恋路を妨げていた障害をとり除くことができたので、いわば逢坂の関をば越えたものの、いまなお下紐を解かせてもらえません。あの女（ひと）はまだ肌身を許してはくれないのです――。

「下紐の関」は陸奥国に置かれた古関の一つで、現福島県伊達郡国見町大木戸に存在したという。寓意ではあるものの架空の関所ではなかった。

家隆詠。――そのうち逢えると期待はしているものの、いまだ逢っていない現在、都から近い逢坂の関もただ名ばかりのところです。逢坂の関に、遥かに遠い、「来（く）る勿（なか）れ」ということばを連想させる勿来（なこそ）の関のような心地をおぼえます――。

「勿来の関」が設置されていたのは現福島県いわき市。恋歌にかぎらず和歌で「逢坂」と「勿来」といえば、つねに対比される歌枕であった。

幽斎詠。――わたしにとっては逢坂がふたりを永遠に隔てる関になってしまった。あの関で別れるとき、逢えるという名のついた関だからいつかは再会できると、どうして期待までしてしまったのだろう——。

東路（あづまぢ）の勿来の関はわが恋ふる人のこころの名にこそありけれ　**源俊頼**

はばかりも勿来の関もこえはてていま逢坂ぞうれしかりける　**源行宗（ゆきむね）**

わがかたに勿来の関はなきものをいつ東路に遠ざかりけん　**飛鳥井雅世（まさよ）**

一首目。——東路の遠い彼方にある、来る勿れ、とよばれる関は、まるでわたしが恋い慕っている女性の心そのものが名になったような感じだなァ——。

俊頼は、ある女性をたずねたところ、「こよひはかへりね」今夜は帰ってちょうだい、と追い返され、《数ならぬわが身はよるの衣かはきつれば人のまづかへすらん》と詠み送ってもいる。勿来の関を越えれば、同じく陸奥の歌枕として名高い衣川に致る。ようやく衣川に立ち寄ろうとやって来たのに直ちに追い返すとは何ごとか。わたしの身は他の人に逢いたいがため着るやいなや裏返しにされる寝衣のようなものか。二つの意を掛けているが、衣返しの意は〔下紐・衣返し〕の項で小町詠にみてもらったとおり。

提示歌もまた「こよひはかへりね」と追い返したという女性を詠んでいるのであろう。それにしても、俊頼の歌には自虐的な恋を楽しむ風情が感じられる。

二首目。——差し障りも勿来の関をも越えきることができて、いま逢坂の関までやって来た。こんなうれしいことはない——。

行宗はこの作に「初遇恋」と題詞を冠する。初夜を目前にしての感懐なのだ。家集ではひきつづき、「後朝恋」と題詞して、《けさよりは妹がゐまひをおもひいでて暮れを待つ間の思ひ出にせむ》とある。「ゐまひ」は頰笑み。初夜のあらましごとに不覚を取ることはなかったのである。

三首目。——わたしのそばに来づらい思いをさせる関などはない。それなのにいつしか、あの女は来る勿れという関がある東国のほうへ遠ざかって行ってしまったではないか——。

雅世は最後の勅撰集『新続古今集』の単独撰者。門のひろい人であったから、ひとりの女性がいつの間にか自分の前から姿を消しているのにようやく気づき、淡い恋慕の情に浸っているかのよう。

恋ひわびて書くたまづさの文字の関いつか越ゆべき契りなるらむ　右京大夫
宵よひの人め思はぬかよひぢや現にまさる夢の浮き橋　細川幽斎

前首。題詞に「関をへだつる恋」とある。「文字の関」は架空だが、上代、現北九州市門司区に置かれていたとされる「門司の関」になぞらえてある。

——恋しさをおさえきれずに書く恋の手紙も、隔てがあって先方に届かない。堅く交わした約束どおり、いつの日か、またあの人と逢うことができるだろうか——。

右京大夫(うきようのだいぶ)は平資盛(すけもり)と二世を契っていた。志度(しど)の合戦に敗れた平家がすでに門司近辺まで退いたことは伝わっていたのかもしれない。書きおえても届かない文字(門司)の関が逢坂となって、いつか二人を逢わせてくれますように。資盛はしかし、壇ノ浦合戦に、弟有盛・従弟にあたる行盛と手に手を取り合って入水死する。

後首。「夢の浮き橋」は、夢に現われる、おぼつかない通いみち。

——夜ごと夜ごと、人目などはばからず通える夢のなかの恋路は、現実の人目にさらされる恋路よりも、わたしを仕合わせにしてくれる——。

幽斎は、前出の「わがためは」の一首を「寄関恋」、こちらをば「寄橋恋」と題している。

忘らるる身を宇治橋のなか絶えて人もかよはぬ年ぞ経にける　よみ人しらず

さむしろに衣かたしき今宵もやわれを待つらむ宇治の橋姫　よみ人しらず

おもひかね宇治の橋姫こととはむ待つ夜の袖はかくや濡れしと　宜秋門院丹後

宇治川に架かる「宇治橋」は、近江京と飛鳥京、平安京と平城京を結んだ交通上の要衝、日本最古の大きな桁橋(けたばし)である。

一首目はいう。——恋人から忘れられているこの身を憂(うれ)える日々なのです。その「憂(う)し」と語呂が通じる宇治橋も、中央部が流失すれば誰も往来できないように、二人の仲は絶え、久しく通ってもくれないまま年が経ってしまいました——と。

さて、これは零れ話。

宇治には往古、応神天皇が譲位を遺言した第三子、菟道稚郎子皇子(うじのわけいらつこのみこ)が日桁(ひけた)の宮に暮らしていた。この皇子には愛の体験が伝わっていない。というのも、骨肉の皇位争いを避けるため、皇子は短い生涯をみずからの手で劇的に閉じてしまったから。宇治に土着する人びとは、皇子の若い潔い死をあわれみ、日桁の宮跡に皇子を祭祀(現在の世界遺産・宇治上神社)、せめて死後の世で皇子に愛をもたらす女性が現われてくれるようにと祈念した。そこへ大化二年(六四六)宇治橋が架けられ、橋上の張り出しに設けられた祠(ほこら)に、橋の守護神として瀬織津姫(せおりつひめ)が請来されたのである。皇子神が橋の姫神のもとへかよう。姫神は夜ごと皇子神のおとずれを待つ。当然の帰結として、そういう伝説が胚胎した。

二首目はいう。——筵(むしろ)一枚の床(ゆか)の上で、自分の衣だけにくるまる独り寝をして、今夜もわたしの帰りを待ってくれているだろうか。あの宇治橋の姫神が皇子を待つように――と。

「さむしろ」は幅の狭いむしろ、狭筵（さむしろ）で、寒いむしろを掛けてある。「かたしき」は周知のように片敷き、すなわち独り寝の状態を意味する。平安京に暮らして大和街道を旅する男性は、宇治橋まで意中の女性に見送ってもらうのが通例であった。この一首は、大和街道を往来するうち稚郎子に哀憐の情を起こした男性の誰しもが、伝説の姫神に仮託しつつ宇治橋で当座の別れを惜しんだ女性を思い、詠みかさねるうち歌体がおのずから整った、もともと固有の作者は存在しない作例なのではなかろうか。

丹後の詠はいう。――恋にわずらう思いを押さえることができないので、宇治の橋姫さま、あなたにお尋ねいたします。稚郎子の皇子をお待ちになって逢えない夜、あなたの衣の袖は、わたしのこの袖のように涙で濡れそぼちましたか、と――。

「さむしろに」の前首がひろく知られたところに詠じられている恋歌が数多い。これはその作群中の一首である。

逢ふことを長柄（ながら）の橋のながらへて恋ひわたるまに年ぞ経にける　坂上是則（これのり）

忍びつつ恋ひわたるまに朽ちにけり長柄の橋をまたや作らむ　藤原隆房（たかふさ）

「長柄の橋」は淀川の河口に近い長大な桁橋であった。最初に架橋されたのは弘仁三年（八一二）。現在の大阪市大淀区を流れる新淀川に新長柄橋が架かっているが、旧地は遠くないところであったという。

是則は言っている。――あの女（ひと）と逢うことを引き延ばしながらも、えんえんと長い長柄の橋を渡るように、恋情は胸に燃やしつづけていたのだが、気がつけば年月ばかりが経ってしまった――と。

大川の河口域は風水害をこうむりやすい。現実のこの橋はたびたび損傷して架け替えられていた。

隆房は言う。――苦しい思いに耐えながらあの女（ひと）を恋しつづけるうち、長柄の橋が損朽したように、心身ともに疲れ果ててしまった。長柄の橋はそのうち架け替えられるだろう。わたしも恋の橋をいまいちど架け直そう――。

建仁四年（一二〇四）、後鳥羽院は長柄橋の朽ち残った橋柱で文台を作らせ、新たな勅撰集（新古今和歌集）の撰進作業が大詰めにさしかかった和歌所に据えている。

隆房がこの一首をものしたのは建久六年（一一九五）。当時、長柄橋は流失、橋脚など残骸のみを水上にさらしていたのかもしれない。

古詠にちなんで（二）

本書の掉尾を、四首の古詠と、その四首それぞれを証歌として詠み継がれた諸作をもって結ぼうと思う。

柿本人麻呂・山部赤人・衣通姫（そとおりひめ）がむかしから和歌三神とよばれている。

衣通姫は万葉歌人の人麻呂・赤人より古く、『日本書紀』に登場する女性である。容姿うるわしく、美しさが衣（ころも）を透（とお）して光りかがやいたと伝わるところに、「衣通姫」の名は由来する。

まず、允恭（いんぎょう）天皇の寵妃であったというこの姫が天皇をしのんでいる一首から。

わが背子（せこ）が来べき宵なりささがねの蜘蛛（くも）のふるまひかねて著（しる）しも　**衣通姫**

同母姉が天皇の正妃であった。姉の皇后に遠慮して、衣通姫は宮廷を離れたところに密やかな暮らしをしていた。

証歌一。――わたしの夫の天皇さまが訪れてくださりそうな夕べだわ。というのも、笹の根もとに巣をかける蜘蛛の動作が、さきほどから、いそいそと弾んでいるように見えるのですもの――。

蜘蛛のいちじるしい活動を待ち人が来る前兆とみる俗信があった。一首の詠じぶりは俗信であっても信じようとする稚気がいじらしい。

ここには『古今集』に入集している歌体を取ったが、三句目「ささがねの」のみは、書紀の伝える古体に則った。古今歌では「ささがにの」である。

「ささがね」は、笹が根と解されてきた。クモは小さなカニに似る。そこで「ささがに」は、細蟹（ささがに）または笹蟹を意味することになる。衣通姫の一首が親しまれ口承されたところから、「ささがに」は小さなクモをさす雅名として成語化したと考えられる。

今はわれ待たじと思ふ心さへまたかき乱す蜘蛛のふるまひ　寂蓮

はかなくぞさもあらましに待たれぬる頼めぬ宵の蜘蛛のふるまひ　藤原隆信

忍ぶ草ならぶ軒端のゆふぐれに思ひをかはすささがにの糸　藤原家隆

この三首は建久四年（一一九三）に成立をみた『六百番歌合』から。恋歌の題目はなんと五

○種もこの歌合にみられ、一二名の作者が全題目を一首ずつ詠じている。

寂蓮の作は「夕恋」。――今宵は待つまい。あの人は来そうもない。今のわたしは諦めて思っている。しかし、その心までをもやはりかき乱す蜘蛛の振る舞いであることよ――。

蜘蛛の挙動を見ていると心が揺らぎ、結果はどうあれ待ちつづけようという気分が起こってくる。そう言っている。

隆信の作は「寄虫恋」。――はかないことに、なんとまあ、あらかじめ予期をして、あの人の訪れを待ってしまった。当てにならない、夕まぐれの蜘蛛の挙動を注視したばかりに――。
「さも」は副詞で、なんとまあ。「あらまし」は、予想、予期。実現してほしいことを「あらましごと」という。

家隆の作は「近恋」。――恋する相手を慕(しの)ぶともみたい忍ぶ草が生え並ぶ軒端の夕暮れ。軒端と軒端のあいだに思いを交わすかのごとく、蜘蛛が糸をかけてくれている――。
「近恋」とは初めてこの歌合に出された題であり、近き恋、近くにいる人への恋、という意か。そこで、「忍ぶ草ならぶ軒端」を、ノキシノブが軒屋根に茂る家が二軒隣り合っている形容と解したい。

なお、寂蓮、隆信、家隆、三者ともに衣通姫を偲んで女性の立場にみずからを仮託するところに各首を詠じているだろう。

頼めての来る宵かたきささがにの糸のみだれてものをこそ思へ　藤原実明女（さねあきらのむすめ）
空みれば来べき宵なるささがにのふるまひ著（しる）し待たずしもあらず　正徹
しばしだに思ひやすめむ待つ人は来ずともかけよささがにの糸　大内政弘（まさひろ）
衣手にかかりし暮れはむかしにて風のまへなるささがにの糸　三条西実隆

南北朝から室町期にかけて、この四首は詠まれている。蜘蛛の語はもちいず「ささがに」とのみ表現するのが、すでに詠作上の嗜みとなっていた。

実明女。歌意は、――約束してもらっても、来てくださる宵は滅多にありません。細蟹が巣をかける糸が珍しく乱れるのを見ていると、悲しい思いがいっそう募ります――という。難（かた）し・難き・難い。南北朝期ともなると形容詞終止形の語尾は「き」ももちいられていた。「来る宵かたき、かたきささがにの」と掛け詞をも味わう。

正徹詠。女性の立場で大意は、――空をあおげば、今宵は来てくださるに違いありません。巣をかける夕まぐれの細蟹の行動がいつもより活発ですから。お待ちしないではいられないわ――。

この作も「来べき宵なり、宵なるささがにの」と折り返して読む。「宵」が後刻・現刻の二重づかい。やや高い中空に捕虫網を編むクモを見あげているおもむきだ。

政弘(まさひろ)は言う。——少しの間だけでも、おまえを眺めていてあの人のことは忘れよう。待つあの人は来なくても、懸(か)けつづけるがいい、細蟹よ、その糸を——と。

歌人たちは数かずの先詠を思い浮かべつつ、細蟹を詠じる境地に新たな趣向を見出そうと精進を重ねていた。

実隆の作は「絶恋」と題詞をともなう。

——待てど暮らせどあの人は来ず、衣服の袖に涙ばかりがふりかかった夕暮れは、遠い過去になってしまった。その在りし日がよみがえってくるのです。風にもてあそばれて切れてゆく細蟹の糸を見ていると——。

この歌の大意は言っているようだ。


笹の葉はみ山もさやにさやげどもわれは妹(いも)おもふ別れ来ぬれば　　柿本人麻呂

証歌二。——笹の葉は山いちめんに、さやさやと、清(すが)すがしく風にそよいでいるというのに、わたしはひたすら妻を思う。妻と別れてきてしまったので——。

人麻呂は流罪説もあるほどで、晩年の一時期を石見(いわみ)の国（島根県）に引き籠ったことが伝わっている。あるいは、地方官吏として左遷される憂き目をみたのだろうか。その人麻呂が都へ予期しない急な召還をうけたらしい。妻を石見に残して出立、道中で詠じられた一首である。「さや」は、あたりの静けさを破って音がひびくさま。原文は「三山毛清尓（みやまもさやに）」と表記されている。人麻呂は笹の葉の触れ合って鳴る音の清すがしさを深く心にとどめながらも、それ以上に妻の身が案じられたのだろう。前途にどのような処遇が待ちうけているか。今生の見納めとなりはすまいか。ふたりはそんな思いで別れてきたのかもしれない。

後世の歌人たちは、この歌の上句をつよく印象したところから、笹の葉への感情投射に、おのがじし心をくだいている。

秋の野に笹わけし朝の袖よりも逢はで寝（ぬ）る夜ぞひちまさりける　在原業平

笹の葉にあられふる夜の寒けきに独りは寝（ね）なむものとやは思ふ　馬内侍（うまのないし）

竹の葉にあられふるなりさらさらに独りは寝（ぬ）べき心地こそせね　和泉式部

業平詠。――秋の野に茂る小笹を分けてあなたのもとから帰った朝の、笹の葉におく露で濡れた袖よりも、あなたに逢ってもらえず独り寝をする夜の袖のほうが、わびしい涙ではるかに濡れまさってしまいました――。

ここには『伊勢物語』二十五段で知られる歌体を採ったが、歌の情景の奥まりから、小径に茂る笹を分ける葉ずれの音まで聞こえてくるように思える。

内侍（ないし）詠。——笹の葉を霰がたたく音がしています。こんな寒ざむとした夜に独りで寝ようと思いましょうか。寝ようとは思いません——。

家集で「人のもとより、こよひはいきやすべきとあれば」と詞書がみえる。今宵は行ってもよいかどうか、恋する相手から打診してきたという。なにとぞ、おはこびを。ご尤も、ご尤も。

和泉詠。——竹の葉をさらさらと鳴らして霰が降っている。こんな夜はいつにもまして、独りで寝ることができるような気がしない——。

敦道（あつみち）親王に先立たれた和泉は、左大臣道長の計らいを断われず、その家司（けいし）藤原保昌（やすまさ）の妻となる。この結婚で和泉はしばしば夫以外の男性と密通をした。一首は『詞花集』に採られて、「頼めたる男を今やいまやと待ちける」云々と、撰者の藤原顕輔による恣意的な詞書が添うのだが、「頼めたる男」は密通の相手をさすだろう。

副詞「さらに」であり、霰の竹の葉をたたく擬音語でもある「さらさらに」に、人からいかに非難されようとも、といった意も感じられる。そのうえ、敦道親王を忘れられないがゆえに淪落した生活を、和泉はこの一首で自虐してもいるかのようだ。

袖におく露のゆくへをたづぬれば逢はでくる夜の道の笹原　後鳥羽院
なよ竹の節(よ)をながしとは衣(きぬ)ぎぬのうきふししらぬ人やいひけん　下冷泉持為(もちため)

後鳥羽院詠。──袖の露はどのように置いたか、心のなかをたどってゆくと、あの女(ひと)に逢えなくて帰る夜の道の、笹の生い茂る原が浮かんでくる。あの女に逢えない悲しみの涙ばかりか、笹原の露にも、この袖は濡れてきている──。

人麻呂が踏みしめた山道も、業平がかよった野の小径も、わたしが歩んでいるような笹原だったか──。この一首にはそんな思いも託されているといえようか。

持為詠。──しなやかな笹竹の節目(ふしめ)のあいだが長いように、夜も長くこの世も長いとは、後朝の別れのつらさ悲しさを知らない人の言い出したことなのだろう──。

「なよ竹」は細くしなやかな笹竹。「節(よ)」は同音の夜・世を引き出す。「うきふし」は憂き節であり、笹竹の縁語として悲しいこと・苦しいことを表わす。

恋歌における笹や竹への感情投射は、やや牽強付会ではあるが、とどの詰まり、このような歌境へと行き着いていた。


ちはやぶる神の社(やしろ)にわが懸(か)けし幣(ぬさ)は賜(たば)らむ妹に逢はなくに　土師水道(はにしのみみち)

証歌三。――霊験あらたかといわれる神のお社ですが、わたしの奉納した御幣(ごへい)はこちらに返していただきましょう。あの女(ひと)に逢うことさえ叶いませんから――。

万葉歌。恋慕する女性と親しくなれるよう神に祈願したのに御利益(ごりやく)がないというのである。作者は大伴旅人の知り合いであったから、万葉第三期の人。

旅人の父、大伴安麻呂は《神木(かむき)にも手は触(ふ)るといふをうつたへに人妻といへば触れぬものかも》とも詠んでいる。歌意は――神木にさえ手を触れることはあるというのに、絶対に、人妻といえば手出しをしてはならぬものなのか。そんなことはあるまい――と。

ちはやぶる神の斎垣(いかき)も越えぬべし今やわが名の惜しけくもなし　よみ人しらず

恋せじと御手洗川(みたらしがは)にせし禊(みそ)ぎ神はうけずもなりにけるかな　よみ人しらず

恋しくは来ても見よかしちはやぶる神のいさむる道ならなくに　在原業平

逢ふまでの頼みぞかけむ恋せじの祓へをうけむ神はあやなし　中院通勝(みちかつ)

第一首。――神の社の神聖な玉垣さえも、とうとう越えてしまうことになりそうだ。すでに今となっては、わたしの大切な名前だって少しも惜しくなんかない――。

これも万葉入集歌。「斎垣」は神社などで足を踏み入れてはならない、とりわけ清浄な神域にめぐらされている垣をさす。比喩として、その垣を越えるというのであるから、人倫に背く恋の行為の決行をこの歌は暗示していることになる。

ちなみに「ちはやぶる」は「神」にかかる枕詞。取り立てて意味はないとされるが、「千早振る」とも表記されるように、千古の昔から早くも霊威をふるっていた、という意を、この語からは汲むべきだと思う。

第二首。――もう恋はするまいと御手洗川で身を清め、神に祈った。にもかかわらず、あァ、神はけっきょく、この切なる願いを受け入れてはくださらなかったのだ――。

古今入集歌だが、ここには『伊勢物語』六十五段にみる歌体を採った。

「御手洗川」は神前に柏手をうつに先立って手を洗い清める川。狭義には、京都の上賀茂・下鴨両社の境内を流れる禊(みそ)ぎ川をさす。

『伊勢物語』では、殿上に出仕する在原業平が、やがて天皇から寵愛をうけることが約束されている姫君を慕う。このままでは身の置きどころを失って破滅すると気づいた業平は、賀茂社の御手洗川で祓えまでしてもらうのだが、姫への情念はますます激しくなるばかり。そこで、この歌を詠んだということになっている。ただし、これは業平の実作ではない。

第三首。――わたしを恋しいのなら、越えてはならない玉垣を越えてでも逢いにいらっしゃい。恋路というのは、かよってはならぬと神が禁じていられる道ではありませんから——。
これまた『伊勢物語』七十一段で知られる歌。前項で恬子・業平の連句をみてもらったように、業平は「狩の使」として伊勢に下向している。その折、神宮に出仕する女官のひとりが業平に胸を焦がした。懸想されていると気づいた業平が女官に与えたとされる一首である。(この作は〔相聞(二二)〕の項にも採ったが、再出させてもらった)
第四首。——あの女と逢えるまで、わたしは恋が成就するようにこそ神に祈願をつづけよう。恋を断つ祈禱を神が受けつけるというのは不条理。あってはならないと思う——。
通勝のこの一首は時代もくだって安土桃山期の作。「あやなし」の意は、筋が通らない・理屈に合わない。「神はあやなし」という結句の、なんとよく効いていることか。

ほととぎす鳴くや五月のあやめ草あやめも知らぬ恋もするかな　よみ人しらず

和歌における「恋歌」の部立は古今集に始まるが、じつは、その『古今集』に収載された恋歌の冒頭を飾るのがこの一首である。
証歌四。——ほととぎすが鳴き、青年たちが恋をささやく季節、端午の節句のあやめ草よ。世の人びとよ、わたしたちも等し並みに、何がどうなるか分からなくても、恋をしようではないか――。

旧暦五月五日、端午の節句は、現行暦では六月十五日前後、梅雨入りに重なる。梅雨という湿潤なほぼ一カ月間は、食物が腐敗しやすく蚊など害虫も発生する。食中毒がおこり疫病もこの時期に猖獗（しょうけつ）をきわめた。そこで、往日は梅雨が迫ると疫病予防型に生活様式をきりかえたので、端午の節句はそのための節目、句切りの日であった。

アヤメはこの節句になくてはならなかった草本。葉の匂いに害虫を寄せ付けない薬種効果が顕著に認められ、長い根に強壮効果まであるとされていた。恋歌の視点にしぼっていえば、人びとは端午を目前に沼や小川でアヤメを引き抜き、それを薬玉に仕立てるなどして、意中の相手に贈り合った。

それはさて、綾織物の色目、さらに物事の筋みちなどを「文目（あやめ）」という。端午の頃合いは、鳴き声の最も美しい鳥、ホトトギスの繁殖期。女性に求愛する青年がこの鳥に譬えられていた。証歌はこの鳥から季節と「あやめ草」をみちびき、同音反復でさらに「文目」を引き出したのである。

こもり江のみぎはのしたにけふ待つとねざしつもれるあやめ草かな　大中臣能宣（よしのぶ）

逢はぬまのみぎはに生ふる菖蒲草（あやめぐさ）ねのみなかるる昨日けふかな　藤原実方（さねかた）

涙のみふるやの軒の忍ぶ草けふのあやめは知られやはする　和泉式部

あやめぐさかけし袂のねを絶えてさらにこひぢにまどふころかな　後朱雀院

一首目。――隠れて見えない入江のほとりに菖蒲草がふかく根をおろして引き抜かれる今日を待ってきているように、わたしにも、あなたと寝ることを心に秘めて思う日がつもっています。つまり、あなたに引き抜かれるのを待つ、わたしも菖蒲草なのですよ――。

能宣はこの歌に詞書を添えており、五月五日、アヤメの根に結びつけて意中の女性に贈った一首なのだと分かる。アヤメが根を伸ばすのは「根差し」、心に何かの思いを秘めることも「根差し」。そこに寝ることをこころざす「寝ざし」を被せている。

二首目。――沼の水ぎわに生い茂る菖蒲草ではないが、あなたに逢えない昨日今日、菖蒲の根が流れるごとく長いように、わたしは声をあげて泣きつづけているのですよ――。

実方のこの歌にも「二日ばかり逢ひはべらで、五日の日」と詞書がみられる。

アヤメの根はじつに長い。長いほど薬効もあると信じられていた。おそらく、二日ばかり逢えないのを辛抱して、五月五日、長い根つきのアヤメを女性のもとに届けたのであろう。

「逢はぬま」は、逢わぬ間・逢わ沼。「ねのみなかるる」は、根のみ流るる・音のみ泣かるる。声を出して泣くことを「音を泣く」と言った。

三首目。――わたしは古い家屋の軒に生える忍ぶ草のようなもの。あなたのことを偲んで泣いてばかりいます。このように菖蒲草を頂戴したのですが、今日のわたしの心の乱れ、わたしのあやめはどんな状態かはご存じありませんわね――。

和泉は「ある人への返事に、五月五日」と、この歌の詞書にいう。このある人からも菖蒲草が贈られてきていたのだと思われる。

ところで、卑猥な言及をするのは、九仞の功を一簣に失するに等しいだろうか。〔相聞（二）〕でもふれたのだが、「あやめ」は陰茎・女陰の双方を意味する秘語でもあった。

アヤメは現在、ショウブとよばれていてウインナーソーセージのような肉穂花序をつける。咲きはじめは白い肉穂が端午のころに人肌色になる。剣状葉の下部、株元ちかくに咲くこの花序が、勃起状態の陰茎を連想させる。一方、「あやめも知らぬ」という「文目」の筋が男性に女陰を想像させた。

一首にもどって、和泉は「けふのあやめは知られやはする」で、返事する相手に促している。今日のわたしの文目、心の状態をご存じだろうか、涙があふれたように湿っている陰部をも想像してみてほしい、と。

四首目。――袂にとりつけた菖蒲の根が切れたならば、新しい菖蒲を求めて泥土を踏み迷うことになるかもしれません。あなたとの共寝が絶えているので、改めてあなたが慕わしくなり、恋路に戸惑っているわたしです――。

これは在位中の後朱雀天皇が、五月五日、後宮に引き籠ってしまっている皇后に、天皇自身の日常の座所と寝室がある清涼殿へ顔を見せるよう、呼び出しをかけた歌でもある。

「こひぢ」は同音を縁ともした泥と恋路の掛け合わせ。アヤメは泥土を好んで生い茂る。アヤメを衣服にまで結びつけるのも邪気を払うための慣わしであった。

わが恋は人しらぬまの菖蒲草あやめぬほどぞねをもしのびし　宮内卿

宮内卿は言う。――わたしの恋は人の知らない沼にいつの間にか生い茂った菖蒲草のようなものです。長い根を菖蒲が沼の泥のなかに隠しているように、この恋を人に感づかれないあいだこそ、泣く声はたてないでいることもできたのですが――と。

「あやめぬ」は、動詞「怪む（怪しむ）」の未然形に打消の助動詞「ず」の連体形で、「あやめぬほどぞ」の意は、人の怪しまないあいだこそ。「あやめぬほどぞねをもしのびし」とは、なんと妖艶なうたいぶりであろう。

建仁元年（一二〇一）成立の『千五百番歌合』への出詠歌である。才媛とはいえ、数え十七歳でこのように蠱惑的な一首をものすることができたとは。

作者名一覧

ア

赤染衛門　九五七頃―一〇四一以降。大江匡衡と結婚。中古三十六歌仙のひとり。拾遺集以下に九四余首。23, 235

顕氏（藤原）　一二〇七―七四。六条知家の弟。続後撰集初出。197

顕季（藤原）　一〇五五―一一二三。六条藤家の始祖。堀河百首に出詠。後拾遺集以下に五七首。150, 229

顕輔（藤原）　一〇九〇―一一五五。顕季の三男。詞花集を崇徳院に撰上。金葉集初出。68, 117

顕仲（藤原）　一〇五九―一一二九。堀河百首に出詠。金葉集初出。170

朝光（藤原）　九五一―九九五。小大君と親交。拾遺集初出。22

敦道親王　九八一―一〇〇七。冷泉院皇子。和泉式部と恋愛。新古今集初出。25

有家（藤原）　一一五五―一二一六。六条藤家の有力歌人。新古今集撰者のひとり。千載集以下に六八首。253

有常女（紀）　生没年未詳。在原業平の正室。15

有仁（源）　一一〇三―四七。輔仁親王の長子。金葉集初出。103

有房（源）　生没年未詳。平清盛女を妻としたため勅撰入集遅れる。新勅撰集初出。46, 55, 201

イ

家隆（藤原）　一一五八―一二三七。新古今集撰者のひとり。隠岐配流後の後鳥羽院とも交渉を断たず、遠島歌合

に送歌。 131, 150, 277, 285

家長（源） —一二三四。後鳥羽院の近臣で和歌所の開闔をつとめ、新古今集の成立に貢献。新古今集初出。 56

石川郎女 持統朝の人（万葉集には複数の「石川郎女」が登場する）。 9

和泉式部 九七八頃—一〇二七以降。敦道親王との恋愛に絶唱をのこした。平安中期を代表する抒情歌人。中古三十六歌仙のひとり。拾遺集以下に二四八首。 25, 81, 82, 84, 117, 157, 178, 181, 207, 261, 268, 289, 296

伊勢 八七四頃—九三九頃。古今集女流歌人として小野小町と並称される。三十六歌仙のひとり。原伊勢物語の作者。勅撰入集一八一首。 76, 77, 78, 79, 159

市原王 生没年未詳。万葉第四期歌人。志貴皇子の曾孫。 226

出羽弁 生没年未詳。平安中期の女流。上東門院彰子、後一条中宮威子などに出仕。後拾遺集初出。 28

井殿 生没年未詳。母は中務。藤原伊尹とのあいだに男子二名をもうけた。 19

磐姫皇后 記紀歌謡詠者。仁徳天皇正妃。万葉集巻二の巻頭に短歌五首。 176

ウ

右京大夫 一一五七頃—一二三四頃。建礼門院徳子に出仕。箏の上手。新勅撰集初出。 279

右近 生没年未詳。醍醐天皇中宮穏子に出仕。後撰集初出。 135, 239

寵（源） 生没年未詳。嵯峨天皇皇子で臣籍にくだった源定の孫娘。古今集入集。 51

馬内侍 生没年未詳。円融朝で中宮媓子、一条朝で中宮定子に出仕した。中古三十六歌仙のひとり。拾遺集初出。 185, 289

エ

オ

カ

伊綱（藤原）　生没年未詳。正治二年（一二〇〇）の歌合に出詠している。千載集初出。189

是則（坂上）　生没年未詳。三十六歌仙のひとり。延喜十三年（九一三）の亭子院歌合などに出詠。古今集初出。282

伊尹（藤原）　九二四―九七二。多くの女性との恋愛贈答歌をまとめた家集、自撰の「一条摂政御集」を遺す。後撰集初出。19，152

サ

西行　一一一八―九〇。詞花集に読人不知で初出。新古今集に最多の九四首入集。高野山内の紛争解決に貢献、最晩年には東大寺大仏再建のため陸奥勧進をした。御裳濯河・宮河の両自歌合を伊勢神宮に奉納。32，112，145，154，228，232，246，269

坂上郎女（大伴）　生没年未詳。万葉第三・四期歌人。大伴安麻呂を父とし、旅人は異母兄、家持は甥にあたる。大伴氏の家刀自的存在であった。101，156，176

相模　九九四頃―一〇六一以降。名は夫の大江公資が相模守となり、共に任国に下降したことによる。中古三十六歌仙のひとり。後拾遺集以下に一一〇首。27，138，187，235，246

定房（藤原）　生没年未詳。元応元年（一三一九）に成立した文保百首に出詠。63

定文（平）　―九二三。貞文とも。中古三十六歌仙のひとり。「平中物語」は定文の歌を中心とした物語である。古今集初出。245

定頼（藤原）　九九五―一〇四五。公任の一男。中古三十六歌仙のひとり。後拾遺集初出。27

讃岐（二条院）　一一四一頃―一二一七頃。源頼政女。新古今撰進前の歌壇で活躍。千載集以下に七〇首。53，162，172，209，241

信明（源）　九一〇―九七〇。中務と相聞歌をのこしたのが著明。三十六歌仙のひとり。後撰集初出。18

実明女（藤原）生没年未詳。延文二年（一三五七）成立の延文百首に出詠。新千載集入集。287

実家（藤原）一一四五―九三。源頼政・俊恵らと交渉。千載集初出。162

実方（藤原）―九九八。左近中将の顕官から陸奥守に左遷され、辺境で客死。数多の説話が伝わる。中古三十六歌仙のひとり。拾遺集以下に六七首。46, 232, 295

実材母（西園寺）鎌倉期歌人。舞女出身とされ、西園寺公経とのあいだに権中納言実材をもうけた。121, 261

実清（藤原）生没年未詳。崇徳院近臣。保元の乱に配流される。千載集入集。255

実定（徳大寺）一一三九―九一。近衛・二条の二代后となった多子の同母弟。千載集以下に七八首。125, 145

実隆（三条西）一四五五―一五三七。一条兼良を継ぐ室町期最高の文化人と目される。古典文化の伝承に業績大。106, 253, 287

実朝（源）一一九二―一二一九。源頼朝の次男。鎌倉幕府三代将軍。新勅撰集以下に九三首。154, 172

実能（徳大寺）一〇九六―一一五七。実定の祖父で、徳大寺家の祖。出家前の西行は家人としてこの実能に仕えた。金葉集初出。125

シ

慈円　一一五五―一二二五。摂関家出身。天台座主。和歌所寄人。「愚管抄」の作者。新古今集に西行に次いで九一首入集。56, 71, 145, 165, 172, 202, 203, 234, 251

重家（藤原）一一二八―八〇。六条藤家の祖顕季の孫。兄弟に清輔・顕昭・季経、子に経家・顕家・有家。千載集初出。187, 243

重保（賀茂）一一一九―九一。賀茂社神主。俊成を判者にしばしば別雷社頭で歌合を催行した。月詣和歌集の撰者。千載集初出。130

順（源）九一一―九八三。純朴な歌風で好忠・恵慶などの先蹤をなす。後撰集撰者のひとり。三十六歌仙のひとり。拾遺集以下に五〇首余。178

実源 一〇二四—九六。叡山の僧。「袋草紙」が人となりの逸話を伝える。後拾遺集初出。102

下野（四条宮） 生没年未詳。関白頼通女、四条宮寛子に出仕。後拾遺集初出。29

寂然 一一一八頃—八二以降。西行の幼友達。常盤（大原）三寂のひとり。千載集初出。31, 145, 210

寂蓮 一一三九—一二〇二。定家の従兄。新古今撰者に指名されたが途中で没。千載集以下に一一七首。140, 211, 285

俊恵 一一一三—九五以前。源俊頼の男。自坊の歌林苑に地下歌人の歌壇を形成。詞花集以下に八四首。45, 111, 143, 164, 244

俊成（藤原） 一一一四—一二〇四。定家の父。五〇代で六条藤家に拮抗する歌壇指導者となり、七十五歳の千載集撰進で第一人者となった。詞花集以下に四一八首。144, 202, 204

俊成女 一一七一—一二五二以降。俊成の外孫。俊成に養育された。後鳥羽院歌壇で活躍。新古今集以下に一一六首。165

上西門院 一一二六—八九。鳥羽院皇女。母は待賢門院璋子。二歳から七歳まで賀茂斎院をつとめた。36

正広 一四一二—九三。正徹に師事。正徹没後、その歌集「草根集」を編む。180

正徹 一三八一—一四五九。歌僧。定家に傾倒。歌論書「正徹物語」の後世への影響大。113, 167, 287

式子内親王 一一四九—一二〇一。後白河院皇女で新古今歌風を代表する女流。一〇年間つとめた賀茂斎院を二十一歳で退下。千載集以下に一六四首。38, 39, 95, 96, 98, 99

進子内親王 生没年未詳。伏見院皇女。後期京極派の歌壇で活躍。風雅集初出。63

ス

季経（藤原） 一一三一—一二二一。六条藤家主要歌人のひとり。千載集初出。45, 55, 69, 211

尊良親王　一三一一―三七。後醍醐天皇の第二皇子。新葉集に四四首。続後拾遺集に一首。243

隆信（藤原）　一一四二―一二〇五。定家の異父兄。和歌所寄人のひとり。似せ絵の名手。千載集以下に六八首。69、164、192、201、285

隆房（藤原）　一一四八―一二〇九。「艶詞」ともよばれる家集を遺す。千載集初出。120、164、282

幸文（木下）　一七七九―一八二一。熊谷直好とともに桂園門の双璧。48、107、113、212

篁（小野）　八〇二―八五二。「野宰相」と親しまれて多くの伝説をのこす。地蔵信仰を庶民層にもたらした。古今集初出。11、206

但馬皇女　―七〇八。万葉第二期歌人。天武天皇皇女。108

忠度（平）　一一四四―八四。忠盛の男。清盛・経盛らの末弟。一ノ谷に敗死。千載集に「よみ人しらず」で初出。126

忠見（壬生）　生没年未詳。忠岑の子。三十六歌仙のひとり。後撰集初出。123

忠岑（壬生）　生没年未詳。古今集撰者のひとり。三十六歌仙のひとり。古今集以下に八〇余首。235

忠良（藤原）　一一六四―一二二五。近衛家の始祖基実の次男。後鳥羽院歌壇でも活躍。千載集以下に六九首。60

為家（藤原）　一一九八―一二七五。父は定家。歌道師範家（御子左）を継承。続後撰集を撰進。新勅撰集以下に三三〇余首。104、174

為村（上冷泉）　一七一二―七四。霊元院より古今伝授を受けた。江戸期冷泉家再興の祖。250

為世（二条）　一二五〇―一三三八。二条家祖為氏の男。新後撰集・続千載集を後宇多院に撰進。門下から浄弁・頓阿・兼好・慶運らが輩出した。続拾遺集以下に一七七首。62

丹後（宜秋門院）　生没年未詳。藤原兼実・任子に仕え、定家とも親交があった。千載集初出。197、208、280

ト

俊綱（橘）　一〇二八―九四。実父は関白藤原頼通。伏見丘陵に豪邸を営み、経信・能因らと交わって歌界に大きな影響力をもった。後拾遺集初出。29

俊光（日野）　一二六〇―一三二六。玉葉集撰進のさい自撰して為兼に付属した家集をのこす。新後撰集初出。174

敏行（藤原）　―九〇一。在原業平の義弟。三十六歌仙のひとり。古今集初出。13

俊頼（源）　一〇五五―一一二九。経信の男。俊恵の父。堀河百首に出詠。金葉集の撰者。金葉集以下に二一〇首。196, 200, 202, 263, 278

舎人娘子　生没年未詳。万葉第二期歌人。持統上皇に仕えた女官。10

舎人皇子　六七五―七三五、万葉第二期歌人。天武天皇の第三皇子。淳仁天皇の父。10

友則（紀）　生没年未詳。古今集撰者のひとり。三十六歌仙のひとり。古今集では貫之・躬恒に次いで重んじられている。勅撰入集六五首。261

頓阿　一二八九―一三七二。浄弁・兼好・慶運と為世門の和歌四天王。二条為明の没後、後補して新拾遺集を完成。続千載集初出。64, 74

ナ

直子（藤原）　生没年未詳。醍醐朝で典侍。古今集入集。259

直好（熊谷）　一七八二―一八六二。桂園門下の第一人者。大坂で活躍。152, 241

仲実（藤原）　一〇五七―一一一八。堀河百首に出詠。金葉集初出。130

中務　九一〇頃―九八九以降。敦慶親王女で母は伊勢。源信明と結ばれる。三十六歌仙のひとり。後撰集

宣長（本居）一七三〇—一八〇一。「古事記伝」の作者。歌学・語学上の研究に大きな業績をのこした。48，157

範宗（藤原）一一七一—一二三三。新古今後期歌壇に活躍。新勅撰集初出。229

ハ

土師水道　生没年未詳。万葉第三期歌人。天平二年（七三〇）太宰府で大伴旅人の梅花宴に連なり、詠歌したひとり。291

春海（村田）一七四六—一八一一。賀茂真淵門下で、加藤千蔭と並び江戸派の双璧をなした。167

ヒ

肥後　生没年未詳。堀河百首に出詠。金葉集以下に五〇首。43，263

等（源）八八〇—九五一。嵯峨天皇の曾孫。後撰集入集。150

人麻呂（柿本）生没年未詳。万葉第二期歌人。三十六歌仙のひとり。歌聖として仰がれ、人麻呂画像を礼拝しておこなう影供歌合が近世までつづけられた。67，288

兵衛（上西門院）生没年未詳。堀河の妹。寂然と交渉。姉とともに待賢門院璋子に仕え、上西門院の出家に従い落飾。金葉集初出。31

フ

深養父（清原）生没年未詳。中古三十六歌仙のひとり。清少納言の曾祖父にあたる。古今集初出。110，123，134

伏見院　一二六五—一三一七。九二代天皇。前期京極派の中心歌人。玉葉集撰出を京極為兼に命じ、撰進事業を花園院に引き継いだ。新後撰集以下に二九四首。61

へ

ホ

マ

麻呂（藤原）　六九五―七三七。万葉第三期歌人。不比等の第四子で、藤原氏京家の祖。　169

ミ

通勝（中院）　一五五八―一六一〇。細川幽斎から古今伝授を受ける。江戸開期の堂上歌壇で指導的地位に立った。　229, 292

通親（源）　一一四九―一二〇二。六条藤家の人麻呂影供を継承。和歌所寄人。通具・通光の父。千載集初出。　46, 120

満親（中山）　一三九一―一四二一。新続古今集初出。　64

道綱母（藤原）　九三六頃―九九五。中古三十六歌仙のひとり。「蜻蛉日記」の作者。拾遺集初出。　20, 21, 126

通具（源）　一一七一―一二二七。通親の次男。新古今集の筆頭撰者。新古今集初出。　270

道信（藤原）　九七二―九九四。和歌の上手として早世を惜しまれた。中古三十六歌仙のひとり。拾遺集初出。　52

通盛（平）　一一五五頃―八四。平教盛の嫡男で、清盛の甥にあたる。一ノ谷に敗死。　36

通頼（藤原）　―一〇八〇。加賀権守。後拾遺集に一首のみ。　191

躬恒（凡河内）　生没年未詳。古今集撰者のひとり。三十六歌仙のひとり。勅撰入集一七五首。　122, 156, 185

峰守女（小野）　生没年未詳。小野篁の異母妹。玉葉集入集。　11

ム

宗尊親王　一二四二―七四。後嵯峨院皇子。十一歳から一五年間、鎌倉幕府六代将軍の地位にあった。続古今集以下に一九〇首。　61, 104

宗隆（藤原）　生没年未詳。権右中弁として建久六年（一一九五）の民部卿家歌合に出詠。　70

宗武（田安）一七一五—七一。八代将軍吉宗の次男。江戸城田安門内に邸をえて、国学を研究、悠然院と号した。126

宗于（源）—九三九。光孝天皇の皇子、是忠親王男。三十六歌仙のひとり。古今集初出。236

モ

持為（下冷泉）一四〇一—五一。下冷泉家を興し、飛鳥井雅世・雅親父子と並んで歌壇に活躍。291

元方（在原）生没年未詳。業平の孫。棟梁の男。古今集巻頭歌人。中古三十六歌仙のひとり。古今集初出。111

元輔（清原）九〇八—九九〇。深養父の孫。清少納言の父、後撰集撰者のひとり。三十六歌仙のひとり。拾遺集以下に一〇六首。152

基忠（鷹司）一二四七—一三一三。二条・京極両派から重視された。続拾遺集以下に八五首。132

百代（大伴）生没年未詳。万葉第三期歌人。天平二年（七三〇）のころ大宰大監として帥の旅人の下にあった。67

師氏（藤原）九一三—九七〇。藤原忠平の四男。後撰集初出。277

師継（藤原）一二二二—八一。宝治百首に出詠。続後撰集初出。271

師光（源）生没年未詳。具親・宮内卿の父。六条藤家・歌林苑歌人と親交。正治初度百首に出詠。千載集初出。59

師頼（源）一〇六八—一一三九。師光の父。堀河百首に出詠。堀河院歌壇で活躍。金葉集初出。150

ヤ

家持（大伴）七一八—七八五。万葉第四期歌人。万葉集の成立に大きく関与。万葉歌人からは人麻呂・赤人・家持の三名が三十六歌仙に撰ばれている。183

ユ

ヨ

リ

隆源　生没年未詳。天台宗寺門派の僧。堀河百首に出詠。金葉集初出。139

レ

霊元院　一六五四—一七三二。一一二代天皇。譲位後、古今集などを講義、堂上歌人を指導。106, 159

（勅撰入集歌数は、五〇首を超えるばあいのみ、その数を記入した）

収載歌一覧——

出典個所は題名・歌集名で一例のみを示した（出典個所名が長いものは略記し、かつ出典個所が作者本人名の私家集であるばあいは「家集」「御集」などと略記している）。

勅撰二十一代集に入集している歌のみは、その勅撰集名をも略記入した。

なお、文中引例歌は末尾に添付した。

ア

あはれあはれこの世はよしやさもあらばあれ来ん世もかくや苦しかるべき（西行）山家集 145
あはれいかに草葉の露のこぼるらん秋風立ちぬ宮城野の原（西行）御裳濯河歌合・新古今 154
あはれとし君だに言はば恋ひわびて死なん命も惜しからなくに（源経基）拾遺 116
あはれとて訪ふ人のなどなかるらんもの思ふ宿の荻の上風（西行）宮河歌合・新古今 232
逢ひみてのあらましごとをながめして思ひつづけぬ夜半はあらじな（覚性法親王）出観集 44
逢ふことのやがて絶えぬる歎きまで思へば鳥の音こそつらけれ（宮内卿）仙洞句題五十首 216
逢ふことはいつとなぎさの浜ちどり波のたちゐに音をのみぞ鳴く（源雅定）金葉 251
逢ふことは絶えにしねやの板間よりたのめぬ床をはらふ秋風（宮内卿）仙洞句題五十首 219
逢ふことは渚に寄する捨て舟のうらみながらに朽ちや果てなん（徳大寺公清）延文百首 265
逢ふことや今宵こよひとかよふまに空忘れして月日へにけり（源国信）堀河院艶書合 30
逢ふことを長柄の橋のながらへて恋ひわたるまに年ぞ経にける（坂上是則）古今 282
逢ふことを待ちし月日のほどよりも今日の暮れこそ久しかりけれ（大中臣能宣）拾遺 52
逢坂の関やなになり近けれど越えわびぬれば歎きてぞふる（藤原兼家）蜻蛉日記 21
逢坂のみちに垣ほは越えながらまだ許されぬ下紐の関（藤原師氏）海人手古良集 277
逢ふ瀬だに涙の川にあらませば水屑となると歎かざらまし（祝部成仲）経盛家歌合 211
逢ふとみし夢の契りをたのみにてその寝覚めより思ひそめてき（飛鳥井雅有）隣女集 45
逢ふとみる夢を覚めつるくやしさにまたまどろめどかなはざりけり（二条院讃岐）家集 162
逢ふまでの思ひはことの数ならで別れぞ恋のはじめなりける（寂蓮）家集・新勅撰 140
逢ふまでの恋ぞいのちになりにける年月ながきもの思へとて（藤原為家）家集 104
逢ふまでの頼みぞかけむ恋せじの祓へをうけむ神はあやなし（中院通勝）家集 292
雨雲のわりなき隙を洩る月のかげばかりだに逢ひ見てしがな（西行）山家集 112

イ

ウ

エ

オ

音に聞く天の橋立たてたてておよばぬ恋もわれはするかな（伊勢）家集 78

おどろかす鳥の音ばかり現にて逢ふと見つるは夢にぞありける（平経正）家集 162

おのづから詐りならで来るものと思ひ定むる夕暮れもがな（二条為世）嘉元百首 62

おほかたはわが名も水門こぎ出でなむ世を海べたに海松布すくなし（よみ人しらず）古今 261

大名児ををちかた野辺に刈る草の束のあひだもわれ忘れめや（草壁皇子）万葉集 115

おもかげはわがひとり寝の床におきていづくにたれと夜を明かすらん（藤原隆信）家集 164

おもかげも待つ夜むなしき別れにてつれなくみゆる有明けの空（藤原定家）水無瀬恋十五首歌合 220

面影をともにうつせば筒ゐづつ井筒の水もむつまじきかな（村田春海）琴後集 167

思はむとたのめし人はありと聞くいひし言の葉いづちいにけん（右近）後撰 135

思ひかぬる夜はの袂に風ふけて涙の川に千鳥鳴くなり（慈円）六百番歌合 251

思ひかねうち寝る宵もありなまし吹きだにすさめ庭の松風（藤原良経）六百番歌合・新古今 223

おもひかね宇治の橋姫こととはむ待つ夜の袖はかくや濡れしと（宜秋門院丹後）千五百番歌合 280

思ひかねけふ立てそむる錦木の千束もまたで逢ふよしもがな（大江匡房）堀河百首・詞花 200

思ひかねつれなき人の果て見むとあはれ命の惜しくもあるかな（藤原仲実）玉葉 130

思ひかね夢に見ゆやと返さずは裏さへ袖は濡らさざらまし（源頼政）千載 189

思ひきやありて忘れぬおのが身をきみが形見になさむものとは（和泉式部）家続集 84

思ひきや榻の端書きかきつめて百夜も同じまろ寝せむとは（藤原俊成）長秋詠藻・千載 202

思ひきや立ち待ち居待ち待ちかさね独り寝待ちの月を見むとは（香川景樹）桂園一枝 65

思ひつつ恋ひつつは寝じ逢ふとみる夢はさめてはくやしかりけり（藤原道綱母）家集 126

思ひつつ寝ればや人の見えつらむ夢と知りせば覚めざらましを（小野小町）家集・古今 161

思ひつつ経にける年のかひやなきただあらましの夕暮れの空（後鳥羽院）水無瀬釣殿歌合・新古今 72

カ

キ

ク

ケ

コ

サ

シ

立ちそへるきみが面影やがてさは後の世までもわれに離るな（藤原隆房）家集 164
立ち濡るる山のしづくにあらねども待つ夜は袖のかわくまぞなき（頓阿）草庵集 64
たのむかなまだ見ぬ人を思ひねのほのかになるる宵よひの夢（式子内親王）家集 95
頼めての来る宵かたきささがにの糸のみだれてものをこそ思へ（藤原実明女）延文百首・新千載 287
頼めてもまだ越えぬまは逢坂の関も名こその心地こそすれ（藤原家隆）六百番歌合 277
頼めぬを待ちつる宵もすぎはててつらさ閉ぢむる片敷きの床（藤原定家）六百番歌合 172
玉章のたえだえになるたぐひかな雲井の雁の見えみ見えずみ（藤原有家）六百番歌合 253
玉章はわが結び目にかはらねどもしやと裏を見ぬたびぞなき（藤原俊成）為忠家初度百首 204
玉の井の氷のうへに見ぬ人や月をば秋のものといひけん（式子内親王）三百六十番歌合・新後拾遺 38
玉の緒よ絶えなば絶えねながらへば忍ぶることの弱りもぞする（式子内親王）新古今 95

チ

契りきなかたみに袖をしぼりつつ末の松山波こさじとは（清原元輔）家集・後拾遺 152
千ぢの秋ひとつの春にむかはめや紅葉も花もともにこそ散れ（染殿内侍）伊勢物語 14
千鳥なく佐保の川霧たちかへりつれなき人を恋ひわたるかな（凡河内躬恒）古今六帖 156
千鳥なく佐保の川瀬に立つ霧のたちてもゐても忘らえぬ君（本居宣長）鈴屋集 157
千鳥なく佐保の川門の瀬をひろみ打ち橋わたす汝が来と思へば（大伴坂上郎女）万葉集 156
ちはやぶる神の斎垣も越えぬべし今やわが名の惜しけくもなし（よみ人しらず）万葉集 292
ちはやぶる神の社にわが懸けし幣は賜らむ妹に逢はなくに（土師水道）万葉集 291
塵はやま涙はうみとなりにけり逢はぬ夜つもる床のさむしろ（藤原為家）家集 174

ツ

ト

ナ

ヒ

フ

ヘ

へだてける心もしらで瑞垣の久しきなかと頼むはかなさ（頓阿）草庵集　74

ホ

ほととぎす鳴くや五月のあやめ草あやめも知らぬ恋もするかな（よみ人しらず）古今　294

マ

ますらをの弓に切るてふ槻の木のつきせぬ恋もわれはするかな（藤原顕季）家集　229
ますらをや片恋せむと嘆けども醜のますらをなほ恋ひにけり（舎人皇子）万葉集　10
まだ知らぬこれや恋路のさがならんふみそむるより身のみ苦しき（俊恵）林葉集　45
まだ知らぬ人をはじめて恋ふるかな思ふ心よ道しるべせよ（肥後）千載　43
待たましもかばかりこそはあらましか思ひもかけぬけふの夕暮れ（和泉式部）家集　82
待ちしころまちならひしに夕暮れは待たれぬときもなほまたれけり（藤原忠良）千五百番歌合　60
待ちし夜の更けしをなにに歎きけん思ひ絶えても過ごしける身を（越後）金葉　139
待ちわびてひとりながむる夕暮れはいかに露けき袖とかはしる（宗尊親王）柳葉集・続拾遺　61
まつといへば心おごりはせらるれど波こそいたく越えにけらしな（藤原伊尹）一条摂政集　152
待つ人の来ぬ夜のかげにおもなれて山の端いづる月もうらめし（藤原定家）正治初度百首　131
松山と契りし人はつれなくて袖こす波にやどる月かげ（藤原定家）百番自歌合・新古今　152
松山はいとどこ高くなりまして立つあだ波を寄すべくもあらず（よみ人しらず）一条摂政集　152
待つ宵にふけゆく鐘の声きけばあかぬ別れの鳥はものかは（小侍従）家集・新古今　88

ミ

ム

メ

モ

ヤ

ユ

ヨ

ワ

ヲ

文中引例歌一覧

出典その他については「収載歌一覧」に準じた。

ア行

カ行

サ行

タ行

ナ行

慰むる言の葉にだにかからずは今も消ぬべき露の命を（よみ人しらず）後撰　106
歎きつつ独り寝る夜の明くる間はいかに久しきものとかはしる（藤原道綱母）蜻蛉日記・拾遺　62
歎けとて月やは物を思はするかこち顔なるわが涙かな（西行）御裳濯河歌合・千載　180, 211
濁り江のすまむことこそ難からめいかでほのかに影をだに見む（敦慶親王）伊勢集　165
野とならば鶉となりて鳴きをらむかりにだにやは君は来ざらむ（紀有常女）業平集・古今　217

ハ行

春さればもずの草ぐき見えずともわれは見やらむ君があたりをば（よみ人しらず）万葉集　256
ひとり寝とこも朽ちめやも綾むしろ緒になるまでに君をし待たむ（よみ人しらず）万葉集　173
ひとり寝る時は待たるる鳥の音もまれに逢ふ夜はわびしかりけり（小野小町姉）後撰　249
深草や秋さへこよひ出でていなばいとどさびしき野とやなりなん（藤原雅経）千五百番歌合　17
ふたりして結びし紐をひとりしてあひ見るまでは解かじとぞ思ふ　伊勢物語　185

マ行

待つ人にあやまたれつつ荻の音のそよぐにつけてしづ心なし（大中臣輔親）家集　244
みちのくの十編のすがごも七編には君を寝させて三編にわれ寝む（よみ人しらず）俊頼髄脳　60
もずのゐる心もしりぬはじ紅葉さこそあたりをわれもはなれね（藤原公衡）家集　256

ヤ行

ワ行

■識記

今回の新作は紅書房から上梓なさっては。古典の享受に力を入れていられる出版社です。最適と思いますよ――。船曳由美さんがそう言って、紅書房社主の菊池洋子さんを紹介してくださった。

船曳さんは平凡社と集英社とに長く勤務された名編集者。四十年前、私の処女作『京の裏道』は船曳さんの編集で本になった。以来『京の手わざ』『京都うたごよみ』『新釈平家物語』『西行』『後鳥羽院』の諸作も、この方の斡旋があって世に問うことができたのだった。

木幡朋介さんともお付き合いが長い。カバーの装幀を木幡さんに優雅で端正に仕上げてもらったのは、『京都うたごよみ』『西行』『後鳥羽院』についで、今回が四冊目となる。

さて、「百花繚乱」は四文字成語だが、ここから「百歌繚乱」という表題をつむぎ出してくださったのが、菊池社主である。「百」の漢字は、もろもろ、あますところなく、といった原意をもつから、「百歌繚乱」「百歌清韻」もあってよい。菊池さんの創意によって、私の採択したすべての収載歌がすっくと立ちあがってくれるような、うれしい感触を覚えた。ちなみに、収載歌に付しているルビは旧仮名、歌人名のルビは新仮名。それをお断りしておこう。

船曳さん・木幡さん・菊池さんの微に入り細を穿った配慮が結集したところに、本書は完成をみた。お三方に厚く御礼を申し上げる。

著者

●著者紹介

松本 章男（まつもと あきお、1931年～）
京都市生まれ。京都大学文学部フランス文学科卒業。
元人文書院取締役編集長。著述業、随筆家。
2008年、『西行 その歌 その生涯』で第17回やまなし文学賞受賞。

主な著書

■京の裏道　平凡社
■四季の京ごころ　筑摩書房
■京都の阿弥陀如来　世界聖典刊行協会
■京都うたごよみ　集英社
■京都で食べる京都に生きる　新潮社
■京の手わざ 石元泰博写真　学芸書林
■小説・琵琶湖疏水　京都書院
■メジロの玉三郎　かもがわ出版
■京都百人一首　大月書店
■美しき内なる京都　有学書林
■親鸞の生涯　大法輪閣
■京料理花伝　京都新聞社
■花鳥風月百人一首　京都新聞社
■古都世界遺産散策　京都新聞社
■京の恋歌 王朝の婉　京都新聞社
■法然の生涯　大法輪閣
■京都花の道をあるく　集英社新書
■京の恋歌 近代の彩　京都新聞社
■新釈平家物語　集英社
■京都春夏秋冬　光村推古書院
■西国観音霊場・新紀行　大法輪閣
■道元の和歌　中公新書
■西行 その歌 その生涯　平凡社
■歌帝 後鳥羽院　平凡社
■業平ものがたり『伊勢物語』の謎を読み解く　平凡社
■和歌で感じる日本の春夏　新潮社
■和歌で愛しむ日本の秋冬　新潮社

恋うた　百歌繚乱　奥附

著者　松本章男＊発行日　二〇一七年三月一六日　初版
発行者　菊池洋子＊印刷所　明和印刷＊製本所　積信堂
発行所　〒一七〇-〇〇一三　東京都豊島区東池袋五-五二-四-三〇三
info@beni-shobo.com　http://beni-shobo.com
紅（べに）書房
電話　〇三（三九八三）三八四八
FAX　〇三（三九八三）五〇〇四
振替　〇〇一二〇-三-三五九八五

ISBN978-4-89381-316-9
Printed in Japan, 2017